儒家美學的躬行者
向明詩作學術研討會論文集

白靈、蕭蕭　主編

〔前言〕

與時潮相呼應

──台灣詩學季刊社十五周年慶

　　「台灣詩學季刊雜誌社」創辦於 1992 年，《台灣詩學季刊》創刊號出版於當年 12 月，以「大陸的台灣詩學」為專題，並以此為題舉辦一場研討會；爾後效應逐漸浮現，在海峽兩岸震盪許久。

　　這相當程度反映出，我們站在上世紀九〇年代，面對台灣現代新詩的處境與發展，存有憂心；對於文學的歷史解釋，頗為焦慮。我們選擇組社辦刊，通過媒體編輯及學術動員，在現代新詩領域強力發聲，護衛詩與台灣的尊嚴。

　　從第一期到第四十期（2002 年 12 月），歷經白靈和蕭蕭二位主編，秉持「挖深織廣，詩寫台灣經驗；剖情析采，論說現代詩學」的創社／刊宗旨，在創作部分採大植物園主義，全面開放；在詩學部分，則針對詩活動的基本結構，整體考量，細部規畫，直面台灣現代新詩的歷史與現實問題。我們可以這麼說，總計四十期的《台灣詩學季刊》，堪稱台灣現代新詩具體而微的百科全書。

　　2003 年 5 月，原來 25 開本的「季刊」改成 20 開本的「台灣詩學學刊」。開始還刊創作，從蘇紹連（米羅・卡索）主持的「網路版」精選出詩作來發表，並請專人評析；但從 2005 年 9 月起，「網路版」擬另出紙本《吹鼓吹詩論壇》，「學

刊」乃從五號起（2005 年 6 月）改成一帶有學報性質的期刊。這一段期間的變化，說明我們正在摸索一個較契合同仁屬性，且能與時潮相互呼應的表現方式；而事實上，我們發展出同時發行嚴肅「學刊」與活潑「吹鼓吹」的雙刊模式，回望台灣現代新詩歷史，這樣的情況確實未見。

「學刊」從一開始便由鄭慧如負責，「吹鼓吹」由蘇紹連主持，他們都在台中；業務則由在台北的的白靈和後來加入的唐捐、李癸雲、解昆樺等人共同處理，運作流暢，社務雖談不上興隆，但一切皆穩定發展。

今年 12 月，欣逢本社創辦十五周年，同仁有感於文學日漸式微，詩道不昌，乃有擴大慶祝之議。我們決定在十二月間舉辦一場活動，贈獎及座談等，藉此探討一些與台灣詩學有關的歷史和現象，並向世人宣告詩自有其存在的價值，即便上下交爭利，舉世滔滔，我們還是堅持：詩之於人心人性，有那麼一點淨化的作用；之於社會，有那麼一點淑世的功能。

除此之外，出版品更是我們這一次的重點。首先是蕭蕭負責的向明詩作研討會論文集的出版，鄭慧如主編的「學刊」特別規畫了同仁論詩專輯；其次，我們首度出版同仁詩選，更策畫一套七本的同仁個人詩集。即使生活忙碌，俗務纏身，我們還是要把這些事做好。「台灣詩學季刊社」同仁之結社，理念相近，趣味相投，情義相交；有時不必開會，一通電話就可解決很多問題。

少年十五二十時，青春正盛，我們將著手規畫未來五年、十年，準備和歷史競走，走長遠的詩藝詩學之路。

李瑞騰

目 次

〔前言〕
與時潮相呼應
——台灣詩學季刊社十五周年慶／李瑞騰

人間的意象與想像
——以向明詩作為例 ————————————— 簡政珍 ………… 001

諷喻的詩生活
——向明《水的回想》評析 ————————— 劉正偉 ………… 013

論向明的〈生態靜觀〉
——兼及小詩的問題 ————————————— 鄭慧如 ………… 037

「家鄉／異地」之「內／外」糾葛
——剖析向明〈樓外樓〉 ——————————— 何金蘭 ………… 055

向明詩作中的現象與意涵
——以「詩選」為例 ————————————— 林于弘 ………… 071

燦爛在雪線以上的語言花
——論向明其世其人其詩 ——————————— 郭 楓 ………… 097

以溫柔樣態烘焙人間情味
——論向明《陽光顆粒》的詩藝與詩意 ———— 曾進豐 ………… 135

巨掌的寬厚
　　——試析向明詩作的鄉愁關懷 ——————— 虞慧貞 ………… 191

身體、纏繞與互動
　　——從向明的童詩看文學時空的指向 ——— 夏婉雲 ………… 241

試窺向明的新詩話 ——————————— 謝輝煌 ………… 279

附錄一　議程表 …………………………………………… 291

附錄二　向明（董平）先生履歷 ………………………… 293

附錄三　求不到的恩寵——向明詩作學術研討會答謝詞 ………… 323

人間的意象與想像
——以向明詩作為例

簡政珍
亞洲大學人文社會學院院長
◆

　　台灣的詩人與讀者經常陷入一種「迷思」，誤以為詩純粹是想像的發揮。詩當然展現想像，但是所謂「純粹」的想像，卻可能是想像不足所穿戴的面具。關鍵在於：這些想像是否有人生與現實的參考點。一個斷了線的風箏，表象飛得很高，但終必墜落。會放風箏的人，能讓風箏飛得高，與風雲辯證，但線的另一頭卻在人間，在人的手中。放風箏是人以線控制風箏，還能在高處演練各種姿態的藝術。沒有鬆緊調變的「控制」，就沒有藝術。

　　詩作亦然。沒有現實與人生的參考點，所寫作的意象，如「我嘴巴吐出一個太陽」，「貓在我體內掉了一根螺絲」，空有「想像」的假象，卻經不起檢驗。等而下之，在詩行中玩弄形式的遊戲，故意空一格，故意讓文字少了偏旁，故意用一些電腦的符號取代文字，「詩行」的行進故意落掉幾行，文字與意象刻意／任意的排列組合，都可以美其名為「後現代時代」想像的發揮。

　　當然，玩弄文字遊戲而美其名為「想像」，硬要詮釋，還是可以找到措辭與理論的根據，甚至可以從人生中找到點滴的

立足點。嘴巴裡不可能有太陽，但「我嘴巴吐出一個太陽」中的「太陽」，可以宣稱是一種比喻，表示熱情。整個詩句的意象表示「我講出充滿熱情的言語」。同理，貓肚子裡不可能有螺絲，但我們也刻意為「貓在我體內掉了一根螺絲」中的「螺絲」找到詮釋的說詞：「螺絲」暗喻關鍵生命的零件，這個零件已經轉到人體，因此貓的生命機能也危在旦夕。

任何不在現場的物像，跳脫時空的限制，而隨意拿來當作比喻，是早期藝術創作慣用的手法。二十世紀初，強調對比剪輯的艾森斯坦（Sergei Eisenstein），為了呈現帝俄時代沙皇屠殺老百姓的殘暴，在屠殺的場面中，穿插了屠宰牛的畫面，但現場並沒有牛。原來這是個比喻。但現今只有十幾流的導演才會如此拍攝電影，當作大學電影社團學生的「處女作」，還很難差強人意。

真正的創意才自於現場景象巧妙的運用。李安的《臥虎藏龍》裡，李慕白與俞秀蓮遊走江湖尋找玉嬌龍。有一景，兩個人在畫面右邊騎馬由遠而近，左邊一潭湖水，漁夫在撒網。細緻敏銳的觀眾看到這一景必然有所感動與感慨。電影一開始，李慕白已經向俞秀蓮表明想要封劍歸隱山林；所謂歸隱山林，正是當前畫面左邊漁夫生活的寫照，但是他必須要走右邊這一條路，去尋找盜劍的玉嬌龍，去捲入江湖的風暴。事實上，這條路的終點，就是他的死亡。漁夫撒網是李慕白心存退隱的隱喻，而這個隱喻在鄉野人間的現場，不是從外太空來的天兵天將。

當前大部分的電影導演有這樣的自覺：想像的展現，比喻與符號的襯托與指涉，要以現場的景象自然呈現，才能顯現真

正的創意。刻意為之的技巧意味其技巧有問題，因為這可能是編導缺乏運用現場的想像力，才需要以凸顯的技巧遮掩。

但台灣詩的創作者與讀者卻還在「崇拜」這類刻意為之的寫作。好似五、六〇年代部分玩弄超現實遊戲的詩人，被選上「十大詩人」後，變成傳世的仙丹。超現實的寫作，也經常搬出畫家達利當作護身符。殊不知首創超現實的思維是創新的想像，一再複製模仿超現實是缺乏想像。台灣的詩壇的讀者還在崇拜那些模仿、套用文字遊戲理論的詩人。

追根究底，我們的詩讀者因為對於詩的「敬畏」，而造成對想像的迷思，以填補內心的虧缺。由於「想像」被炒作成又鹹又辣的一道菜，讀者習慣這樣的口味後，自然而動人的意象已經沒有感覺。事實上，如此的「詩教育」情境，已經使許多詩讀者漸漸喪失想像力。自稱有想像力的讀者，不妨以上述《臥虎藏龍》的片段作自我的檢驗。許多讀者對於那個畫面的情境可能視若無睹，更多的人還懷疑是否有這個畫面，因為他們只能觀賞影片裡的「大動作」。

假如如此豐富的電影影像看過去都沒感覺，對於那些取自現實而深入人心的意象會有反應嗎？可以想見這樣讀者只能在類似「我嘴巴吐出一個太陽」的詩行，以及文字刻意耍弄拼貼的「大動作」裡，找到想像力的依托。

在五、六〇年代「超現實」時代，向明與大荒是兩位比較能以「現實」意象碰觸人生的詩人。所謂現實書寫，並非一般讀者僵化的反應，誤以為只是寫實的報導。玩弄超現實或是所謂前衛遊戲，可能是欠缺想像面對人間。但描寫現實，卻只是寫實報導，更是想像嚴重的匱缺。現實與想像的結合，是現代

詩最值得書寫的篇章。

但，結合現實景象與想像力的創作甚具挑戰性，因為意象要扣緊現場的狀態，又要以這種狀態延伸隱約的意涵。意象必須具有雙重面向，詩因而需要雙重的說服力。另外，在詩行的進展上，兩種面向也能相互對應滋長。這些意象有兩種型態。一種是想像出來意象，在實景與非實景之間，一種是存在於現場，有活生生的輪廓。

一、在實景與非實景之間的意象

假設以「鞋」命題，如此的詩行：「隨著運氣／在人的腳下過活／為了蛇蠍的慾望／曾經荊棘穿孔／為了一個濫情的場景／曾經豪邁地／踢起污濁的水花」。「蛇蠍」的意象可能是想像出來的，以物象取代「惡毒」的理念又包容如此的理念，「實」中有「虛」；但是在鞋子走過荊棘而被刺穿的過程中，也可能有蛇蠍在現場。事實上，假如把蛇蠍當作是實景，更能因為其「咬刺」的特性，進一步與「穿孔」的意象呼應。第二組意象「污濁的水花」是對典型「江邊惜別」的再書寫，將隱約的諷喻藏在「污濁」的措辭裡。

假設我們以「失眠」為題，如此的意象：「一條記憶深處／爬出來的毛蟲／搔癢午夜黏貼木床的肌膚」，毛蟲可能是現實裡的想像，但卻是思維裡的真實。這是「虛」依附「實」的說服力。詩中人因為這條毛蟲而失眠，因為它爬過記憶的傷口，搔動人心。「黏貼木床的肌膚」一方面是夏天睡覺時流汗的實景，一方面暗喻心思在又癢又痛的往事中，肌膚所滲出的

冷汗。

　　向明八〇年代有一首〈出恭〉[1]，意象以現實的景象為主，但穿梭其中的，讓詩顯現力度的，是一些介於實景與非實景之間的意象：

　　　　寬衣解帶
　　　　把腋下的「反敗為勝」翻至折頁
　　　　好一場
　　　　正襟危坐的
　　　　除舊
　　　　佈新

　　　　艾科卡的秘笈剛一露招
　　　　腹內一陣痙攣
　　　　挾泥沙以俱下
　　　　竟有一首
　　　　徹夜都消化未了的
　　　　現
　　　　代
　　　　詩
　　　　　　（《水的回想》　100-101）

　　本詩以詩襯顯現實人間的普世價值中，夾雜了幽默的暗

---

[1] 本文所討論的向明詩作，分別引自《水的回想》（台北：九歌出版社，1988 年）與《陽光顆粒》（台北：爾雅出版社，2004 年）。

諷。「反敗為勝」「除舊佈新」都是現實裡讓人耳根發燙的呼籲，也是社會走向的預定目標。但這個目標是在「出恭」的時候進行，遠景的芬芳夾雜異味。詩在表象人生正面取向的行程中，進行反面的拉扯。將艾科卡《反敗為勝》折頁夾在腋下進入廁所，表面上，是詩中人上廁所前就已經在看這一本書，上廁所仍然愛不釋手，想繼續看。但在語境的佈置上，卻是有意無意的曝顯詩中人所代表的社會價值，無時無刻想「成功」，想「反敗為勝」的傾向。以出恭的「正襟危坐」，反諷「除舊佈新」的意圖。「出恭」當然是「除舊」，排除體內的排泄物，應合「反敗」的企圖。排除排泄物後，心神氣爽，這是「佈新為勝」的表徵。但這樣的過程，卻是異味衝鼻，暗襯普世價值的腐臭。

第一節的意象是實景以及以想像為隱約的反諷佈局。第二節的意象則介於實景與非實景之間。排泄物很難說是「泥沙」，雖然這一切可能來自於塵土而歸之於塵土。但「挾泥沙以俱下」，有現實土石流的景象，而土石流是場災難。換句話說，按照名人的秘笈所做的除舊佈新可能是一種災難。但更大的災難，也是更大的反諷是，排泄物中最冥頑不化的是「現代詩」。不論是泥沙如何沖刷，它總是難以消化。

但現代詩是排泄物，是暗示詩中人要去除掉現代詩，才能除舊佈新，反敗為勝，還是不論艾科卡的秘笈再引人入勝，也難以消化詩中人對現代詩的執著。答案既是也非。有趣的是，從看秘笈到出恭的過程，詩中人的心中的思維辯證，已經是一首現代詩。因而，現代詩的「出恭」，既是除舊也是佈新。

本詩的可貴，在於暗諷人生的價值觀時，文字上沒有是非

對錯的價值論斷，使詩不被簡化成目的論的書寫。[2]詩保持一種意象語言的沈默，讓沈默引領眾聲交響。這種不作議論的詩作，是書寫人間成敗的關鍵。向明一些比較好的詩作中，即顯現這種傾向。例如，諷刺安全島的不安全，詩也只是以這樣的意象結尾：「我行至中途的這座島上／污染侵我右肺／噪音襲我左耳／而島的名字／叫做／安全」（《陽光顆粒》35）；諷刺人的心口不一，表裡不符的〈對稱〉也只是以這樣的詩行呈現：「所以大多的語言極不對稱／上唇章蓋的是唵嘛呢叭彌吽／下唇脫口溜出＃＠＄％LQ／都在趕流行的失語症」（《陽光顆粒》131）。

二、現場的實景

現場的實景要賦予想像與思維的縱深，是對詩人最大的考驗，但卻被一般讀者所忽視。試看如此的詩行：「國喪日那天／防波堤上的風箏飛得特別高」，以風箏的上揚，反襯人心情的下墜。風箏迎風自在遨翔，無視人間的生離死別。防波堤暗示島國臨海面對彼岸，細緻的讀者當會想到國喪是否會帶來動亂與危機？再看：「昨日妳的言語夾帶大量的口沫／今天果然爆發如此的風雨」，昨日的口沫與今日的風雨都是實景，經由詩行的連結似乎造成因果關係。印證人生，夾帶口沫的言語可能暗藏人事的風暴，以自然的風雨襯顯。這是昨天的「因」，造成今天的「果」。

---

[2] 有關「目的論」的討論，請參閱拙作《台灣現代詩美學》，（台北：揚智文化，2004 年），頁 84-91。

　　向明有一些實寫實景，虛指人生的詩值得注意。〈影子〉如此的詩行：「永遠跟著別人／一步／一趨的／絕非磊落的好漢／／有種的／就站出來／曝光」（《陽光顆粒》204）。意象幾乎就是全然的實景，勾勒出影子傳神的姿容；但語言造境，卻暗指人生。人心中有些幽微的暗影與秘密，不敢曝光。但是也因為不敢曝光，秘密永遠縈繞意識，如影隨形。

　　有關曝光的理念，向明也寫了另一首小詩〈蚊子〉：「只會偷襲／不敢曝光／／只需嗡嗡兩聲／便會激怒你／重重地／給自己一巴掌／／它躲在角落裡／偷看」（《陽光顆粒》220）。這又是一幅逼真傳神的實景。和上述〈影子〉不同的是，本詩的重點不是人生意義的追尋，而是展現詩的趣味與效果。因此，雖然「偷襲」與事後「偷看」的本質類似小人的行徑，但讀者若是將蚊子視為小人的具體象徵，而將此引伸詮釋成詩的「主題」，詩的趣味將喪失殆盡。詩呈顯出人生無可奈何、啼笑皆非的一景，但其趣味走向，無意演練君子與小人之別，更無意以詩中人「給自己一巴掌」引發對蚊子的深仇大恨。

　　向明在《陽光顆粒》詩集裡有一首〈傳真機文化〉可進一步用來探討：

　　　親愛的

　　　我的心跳

　　　隔著遙遠的昨日

　　　永遠祇能給你

　　　一個無聲的 COPY

率皆如此
即使我
更親愛的前世
在沒有回房前
也祇能收到
傳不出心跳的一紙
Copy

你要相信呵
我仍活在距離以外
有時不得不與學舌的鸚鵡
結成連理
（《陽光顆粒　60-61》）

　　題目定為〈傳真機文化〉，直接面對當代文化。以如此的文化來處理傳統的情愛課題，詩立即進入「新舊辯證」的命題。面對「舊」題材，如何展現「新」，是詩能否「現代」的關鍵。而能否「現代」，除了新的生活素材的引入詩境外，詩心與詩學注入與釋出，尤具關鍵。

　　但首先，即使題材的「現代性」或是「當代性」對甚多的詩人已經是極大的難題。許多「現代詩」實際上是古詩詞散文化的重複。表現憤怒則「拔劍」，表現氣魄，則是「騎馬奔騰」。約會必然黃昏後，送別必然長亭復短亭。思緒綿綿，愁腸百轉，意象與情境重複又重複。

　　向明以傳真機切入老舊的情愛題材，單單命題已經穩穩站

在「新」與「創意」的基礎上。第一節「我的心跳」比「思念的情緒」較具意象性。傳真機無法「傳真」思念對方時的心跳，因為在無聲的 copy 裡，心臟跳動的聲音已瘖啞。沒有感情的機器怎能傳達肉體的觸動感，更何況當下的傳真，和昨日思念的悸動，已經拉開時間的距離，原有的脈動已經減少了密度。

最後一節，則是空間上距離的佈局，所營造的反諷。相思的對象不在身邊，因而就近取材的舉止，曝顯了情愛另一種本質，一種人間刻意遮掩，但卻真實存在的本質。更反諷的是，鸚鵡變成愛情的替代對象。意象上，鸚鵡的選擇頗有深意，因為其「學舌」的特質，類似傳真機機械性的 copy。換句話說，詩原來透過傳真機，傳達時間與空間距離外的戀人，但結果是，傳達愛情的「工具」，變成愛情的對象。其次，詩中人所著重的愛情，但在現在「傳真機文化」下，性靈與身軀的觸動感已經機械化。

本詩的第二節在意義的歸屬上，較難定位。但卻展現了向明詩作的另一個潛在面向。詩行中「即使我／更親愛的前世」的身份，模稜兩可。可以是「我」，也可以是「我」親愛的戀人。因此，接到 copy，是我也可能是他者。詩行中留下語意難以定奪的空隙。

以上的詮釋，讓詩學的論述，進入另一個課題。首先，也許作者「我更親愛的前世」的身份，書寫時心中早有定位，但詩心與詩作，動機與成品上的反差，是美學上極豐碩的空間。詮釋者要在語境上去推敲拿捏，不必去問作者的創作意圖。作者詩心上理所當然的認定，並不一定是詩學上的答案。其次，

第二節「在沒有回房前」，除非「回房」有其特定的習慣語意
涵，否則作為一個意象，不一定有其必然性。「房」字與情愛
似乎有關，但其引發的聯想，沒有意義的封口與排他性，用其
他的意象取代似無不可。

但意義的開放性，並不意味詩是隨意為之的產物。以上所
討論的身份，由於沒有定位，更讓詩多了一層可能性，「我」
與親愛的對象「都」難於跳出傳真機文化的陰影。至於回房的
意象，既讓讀者與愛情甚至是做愛產生聯想，又讓這個聯想留
下令人質疑的問號，因為這不是排他性的定論。

如此的觀察，顯現向明這首詩，在詩行中留下意義的空隙
甚至是縫隙。[3]詩在釋出意義時，有「是」與「不是」的雙重
傾向。上述的〈出恭〉，除了「正反」、「是與不是」的糾葛
外，還有寬廣的嬉戲空間。這些都是後現代雙重視野的精
神。[4]後現在的顯現，並不一定要刻意在詩行中留下有形的空
白，也不一定要以隨意的排列組合，耍弄有形的文字遊戲，更
不必有意去配合標籤，對號入座，才叫做後現代詩。向明，和
其他一些詩人，並非有意當「後現代詩人」，但是後現代的雙
重視野已經滲入其意象思維，但一般以明顯的標籤檢視作品的
讀者或是評論家，大都視而不見。盲目崇拜脫離人間的想像是
台灣詩壇的悲哀；將外來的理論簡化成條列式標籤，並依此作
為評論的導向，是台灣詩壇的另一個悲哀。

---

[3] 有關空隙與縫隙的討論，請參閱《台灣現代詩美學》第 6 章。

[4] 「後現代的雙重視野」是《台灣現代詩美學》第二部「後現代風景」的
「前言」，也是該書的第 5 章。

諷諭的詩生活
——向明《水的回想》評析

劉正偉
佛光大學文學所博士班

◆

一、前言

　　資深詩人向明（1928－），本名董平，湖南長沙人，一九二八年六月四日誕生於湖南長沙臬後街天利亨剪刀店，因緣湊巧，震撼中外的「六四天安門事件」恰巧距詩人誕生日剛好滿六十年一甲子。童年經歷抗戰時期發生在家鄉的「長沙大火事件」與「長衡會戰」，以及戰亂的流亡生活，一九四九年隨軍來台後，生活稍稍安定，後奉派赴美習藝（空軍通信技術），回國後一直在空軍服務，直至官拜空軍上校退役。詩人習詩緣起五〇年代參加「中華文藝函授學校詩歌班」，與趙一夫（玉明 1927－）、秦嶽（秦貴修 1927－）、小民（劉長民 1928－2007）、麥穗（楊華康 1928－）、邱平（1929－）、瘂弦（王慶麟 1932－）、雪飛（孫建吾 1930－）藍雲（劉炳彝 1931－）……等人同為第一期同學，師從覃子豪（1912－1963）、紀弦（1913－）、鍾鼎文（1914－）等名詩人研習新詩，皆有所成，屹立現代詩壇半世紀之久，直至今日仍續領詩壇風騷。

　　向明曾任《中華日報》編輯、《藍星詩刊》主編，台灣詩

學季刊社長。曾在民國七十七年以《水的回想》[1]詩集獲得中山文藝創作獎、於民國八十三年以《隨身的糾纏》[2]獲得國家文藝獎……等殊榮。詩人創作多從生活中摘取素材，文字上則力求乾淨俐落。早期詩風典雅浪漫居多；退伍前後筆鋒漸轉，多記生活情趣、家常小品，更多有諷諭時事、懷鄉憂國之作。

　　一砂一世界，個人的生活體驗與經歷有時往往足以反應當時的社會狀況或群體生活的大部分共同經驗。民國七十年代，台灣在時局上經歷街頭社會運動與黨外抗爭遊行的衝擊與震撼，時值島內解嚴與開放大陸探親前夕，國家與社會局勢介於改革與開放的衝突之間，渾沌未明的態勢，令島內的有識之士，皆懷著既期待又怕受傷害的心情。本文將以同時期向明的創作，曾獲得中山文藝創作獎的《水的回想》詩集為文本，探討詩人在這段時期人生階段的重大轉折與考驗──生活上歷經退伍、重新投入職場就業的心態轉換與適應；台灣社會環境上意識形態的變遷與政治改革開放前動盪局勢對其心靈以及創作上的衝擊與影響。

二、諷諭？詩生活？

　　何謂諷諭？據中文大辭典的解釋是諭通喻，諷諭是「用委婉的言語進行勸說」之意。明朝劉基〈送張山長序〉：「余觀詩人之有作也，大抵主于諷諭。蓋欲使聞者有所感動而以興其懿德。非徒為誦美也」指的即是他觀察詩人大部分的作品是屬於

---

[1] 向明：《水的回想》（台北：九歌出版社，1988 年 2 月 10 日再版）。

[2] 向明：《隨身的糾纏》（台北：爾雅出版社，1994 年 3 月 20 日）。

諷諭詩，大概是想使聽聞者都有所感動而引發其趨於美善的道德觀，因此詩並不只是為了誦讀時的美感而已。劉勰《文心雕龍》〈比興第三十六〉：「比顯而興隱哉？故比者，附也；興者，起也。附理者，切類以指事；起情者，依微以擬議。起情，故興體以立，附理，故比例以生。」又說：「觀夫興之託喻，婉而成章，稱名也小，取類也大。」首先指出「比興」的意義：「比」是比附、比諭，亦即是明喻的比喻，比附事理的方式是用打比方來說明事理；「興」是起興，託物起興，亦即是隱喻的比喻，是依照含意隱微的事物來寄託意義，也就是用委婉曲折的譬喻來寄託諷諭。

柳宗元在〈楊評事文集後序〉言：「作於聖，故曰經；述於人，故曰文。文有二道：辭令褒貶，本乎著述者也；導揚諷諭，本乎比興者也。」說明詩比興的作法即要有導正揚善以及諷諭的功能；說明文章要褒貶兼顧、諷諫相宜，才能起到應有的社會作用。白居易〈與元九書〉中說：「謂之諷諭詩，兼濟之志也；謂之閒適詩，獨善之義也。」諷諭詩就是借某一淺顯的故事或事物，來說明一個比較重要的道理，進而達到規勸或諷諫的目的，亦即諷諭詩要有兼濟天下的胸懷。

詩人向明是藍星詩社的大將之一，素有詩壇儒者的雅號。早期創作風格明朗而浪漫，亦多有寫實諷諭與懷鄉憂國之作。此處筆者不用「諷刺」而用「諷諭」，實因向明詩作中一如其「固有」之形象，對社會問題與國家時事常懷憂國憂民之心，因而創作中諷諭有之，但「諷刺」之詩實在罕見。「諷」而有「刺」，容易傷人，常引起爭端，非儒家仁者所願見。然而「諷」而「諭」之，有諷而無刺無嘲弄人之心（但作者常有自

我解嘲之作），反而曉以大「諭」，讀者會心一笑，當事者（或族群間）亦不易有被「諷刺」、被嘲笑之屈辱感，實含有儒家圓融的皆大歡喜與有教（詩教）無類之精神[3]。因而在向明詩中諷諭之詩有之，諷刺之作則不易見。

私生活等於詩生活嗎？答案是不一定，因為一般人往往缺乏多愁善感的敏銳的感悟力或觀察力，但是詩人或作家對週遭事物或日常生活的觀察與體會，往往能鉅細靡遺且能觀察入微。一如詩人在後記中所說：「……振幅所及的，大到關心卻又無奈的世事，小至一莖白髮的怵目驚心，遠至半個地球外不可思議的戰爭，近至眉睫邊緣不停的紛紛擾擾。」[4]皆能入詩，因為詩人的生活感觸較一般人為深，所以一般人平凡無奇的生活感觸，在詩人的醞釀與提煉中，則無事無物不可入詩，平常小如本詩集中的〈洗臉〉〈出恭〉等生活瑣事，大如描寫國際上兩伊戰爭下的幼年兵〈上帝戰士〉等，非日常瑣事即平常新聞，在敏銳慧捷的詩人眼中皆有所感，皆上等素材也。

但是，向明的詩作、詩想與關心的議題，為何在退伍前後才開始「解放」、才開始「大放異彩」呢？而且接連以《水的回想》、《隨身的糾纏》獲得中山文藝獎以及國家文藝獎的殊榮。了解向明或與其同時代背景的詩人們都知道，同時期詩人多出身行伍，而軍隊卻是監獄以外最不自由的地方，因為負有

---

[3] 向明詩中顯現的，筆者更願意以同音不同義的「有叫無淚」或「有叫無累」來代替「有教無類」，因為此「有叫」的叫是諷諭、吶喊、呼號不平與不公不義之意；有叫（行動、呼號）而無淚，是淚已流乾，無淚可流；有叫無累，是對社會現狀不滿的反應已經過多到麻木之地步，已經不覺累了。

[4] 同註1，頁176。

保家衛國與絕對服從的神聖使命，所以行為有一定的規範、行
動有一定的規矩，不但活動受限制、思想也受到箝制。因此在
軍隊中，私生活是有限度的，思想活動亦有如套上了層層的無
形枷鎖。然而，了解向明的人大多都知道無形中影響著向明創
作初期詩想與思路的，有兩件關於政治事件上的衝擊因素：一
是詩人剛隨軍來台時，社會上各階層與軍隊中都充滿著肅殺的
氣氛與白色恐怖的陰影中，因為政府在大陸上處處都吃了共產
黨的虧，所以寧可錯殺一百不願縱放一人的肅清匪諜的政策當
道，詩人道：「常常在半夜裡，寢室中的同袍會無緣無故的
『失蹤』。白色恐怖對外省同胞的影響與傷害，更勝於本地
人。」二是詩人在馬祖服役時，其中華文藝函授學校詩歌班老
師覃子豪寄了一些其主編的《藍星宜蘭分版》詩刊給他，囑其
代為寄售當地書報攤，以為推廣詩刊與現代詩。但是卻差點成
了殺頭生意，原來詩刊中刊出了一輯諷刺當權者與領導人的詩
作──詩人梅占魁的作品《動物素描》，還好當時的政工人員
放他一馬或刻意維護，令其趕緊銷毀詩刊才未釀成大禍，否則
今日我們可能早已損失一位重要的詩人[5]。

　　因此，向明在後來在社會政治思想稍開放後，從《青春的
臉》詩集開始，才「敢」嘗試較多元的題材，這也是後來的評
論家謂其「向晚愈明」，知其然而不知其所以然的原因，實因
其已成為深受政治事件因素影響下的「驚弓之鳥」也。退伍前
後，詩人的詩想與思潮，加以外部社會政治運動的刺激，幾十

5　相關細節請參閱，向明〈詩文的翹楚〉、梅占魁〈自序〉、劉正偉〈為生存
　而吶喊〉，參見梅占魁著、劉正偉編：《梅占魁詩選》（台北：文史哲出版
　社，2006 年 3 月），頁 1-11。

年鬱積以及蓄積的能量，隨著退伍後踏入社會重新步入職場的衝擊，彷如脫韁的野馬、宣洩的洪水、爆發的火山般，「一發不可收拾」。有多嚴重呢？有詩為證〈生活六帖（三）〉：「對付一只／犯嘀咕的水喉／我們只要略施手腳／便使它寧靜了／然則，我們怎樣使自己寧靜呢／我們身上湧動著／千百萬條／慾望的／蛆蟲」（頁 11、12）退伍後，心靈思想上的解放與自由、時間上的悠閒或者社會情勢的衝擊，詩與詩想就如同此時詩人身上千百萬條不安份的、湧動著的蛆蟲，無時無刻不在蠕動啊！如何能寧靜呢，只有提筆寫出，才能稍稍獲得片刻的寧靜吧！

宋朝大詩人蘇軾在《東坡題跋》下卷〈書摩詰藍田煙雨圖〉評論唐代王維的作品中指出：「味摩詰之詩，詩中有畫；觀摩詰之畫，畫中有詩。」是稱讚王維詩藝與畫工的精巧高超與卓越。讀完現代詩人向明《水的回想》詩集後，筆者亦發同樣類似的感觸，深覺其是個「詩中有生活，生活中有詩」的過著「詩人生活」的「生活詩人」。

三、迴響——水的回想

《水的回想》詩集由九歌出版社在民國七十七年元月十日初版，旋即在二月十日再版，想必一出版即獲得廣大讀者的好評、激賞與共鳴。同年並以此書獲得中山文藝創作獎的肯定與殊榮。

就創作來說，偉大的題材寫的不好，是一種災難；卑微的題材處理妥善，則是精品。《水的回想》屬於後者，多處理生

活上的瑣事與所見所感，寫人所不敢寫，或不願寫，或沒發現的題材。本文擬歸納為四個方向「取樣」[6]來討論：

（一）生活情趣

關於生活情趣的詩作，在生活詩人的詩生活裡，俯拾皆是、隨處可見，而且不一定是常人認定的「正常」的生活情趣，亦有顛覆傳統、自我創見的「情趣詩」──〈出恭〉：

> 寬衣解帶
> 把腋下的《反敗為勝》翻至折頁
> 好一場
> 正襟危坐的
> 除舊
> 佈新
>
> 艾柯卡的秘笈剛一露招
> 腹內一陣痙攣
> 挾泥沙以俱下的
> 竟有一首
> 徹夜都消化未了的
> 現
> 代
> 詩

6　《水的迴響》的題材取向眾多，至少還有關懷國際情勢、關心環保、關懷
　弱勢……等等。

整首詩分為兩段，第一段描述一般人上廁所的習慣，大都多會夾帶書報雜誌，以便在繁忙的工商社會充分利用時間閱讀。雖是詩的開場白、情境的描述，但是詩人卻在此預留伏筆——一語雙關的「反敗為勝」，在次段及時顯現《反敗為勝》的作者，即拯救美國兩大汽車公司並使其轉虧為盈，知名的經營之神艾柯卡。作者寄寓《反敗為勝》為其詩壇因在軍中身份限制創作「落後」同輩詩人的名聲，即將反敗為勝的自我期許也。君不見「艾柯卡」的秘笈一露招（不就是詩人的自況嗎），詩人的功夫一展現，對於外面詩人發表的少數令人消化不良的晦澀現代詩以及自己醞釀的不良的部分詩作，都靠著消化、「排泄」的功能，去蕪存精。這是生活上的「異想」，是特殊的生活情趣詩，也是一種自況的詩作。

　　向明的自況詩在《水的回想》處處或多或少皆可顯現其身影，這也是一種自我勉勵或自我嘲諷的方式，一種多重諷諭的的表現。例如〈金〉這首詩：「稀有／豈止是比落日更誇張的／膚色，以及／為我浮沉的人心／難得的是／你們得發現我／自原始的岩層裏／自眾多的砂礫中」（頁 78、79），這首詩表面上是描寫黃金稀有與珍貴的價值，實際上卻是自況詩——「你們得發現我／自原始的岩層裏／自眾多的砂礫中」不是嗎？我的佳作經過精雕細琢如同黃金般的珍貴，然而讀者們你們必須從世界上每年發表的眾多參差不齊的詩作中發覺我的存在，產生共鳴，才能發覺我的珍貴、我如黃金般的光芒。

　　向明詩中常藉由生活週遭的細微事物，借物寄託寓意，展現其日常生活上的領悟體會與生活情趣。更經由許多自況詩、諷諭詩產生自我期許或自我解嘲的功力，再舉一個例子〈水〉

（頁 82、83）：

> 只有一個方向
> 那裏不平
> 那裏就是方向
>
> 可以蒸發為
> 漂浮不定的雲
> 可以凝結為
> 寒徹心骨的冰
> 就是不能捧在你的手裏
> 我會在你縣密的指縫間
> 溜去

「水往低處流」是大自然千古不變的法則，宋儒楊萬里的詩〈桂源舖〉：「萬山不許一溪奔，攔得溪聲日夜喧；到得前頭山腳盡，堂堂溪水出前村」，詩中所說的是水自然的特性，也是有風骨的文人的際遇與表現。向明的〈水〉亦是如此，明顯的是寄寓自己的風骨於詩中，我如水般可以蒸發、可以消失如雲朵（富貴於我如浮雲）；可以凝結為寒徹你心骨的冰，讓你有所領悟警惕也。就是不能讓你捧在手裏，因為我會像水一般，在你的指縫間溜走──寓意的是清明如水的正直的我，不會因你的吹捧而失去自我；也不會因為一些利益的誘惑而讓人掌握，因為我就像水一般的清明廉潔。這首自況詩也是諷諭詩，自我勉勵，也勉勵大家做人做事不貪不取、不忮不求的道理。

這類寓意於事物中的詩，展現向明（光明面）、向善、向上精神的諷諭詩，在《水的回想》中俯拾可見，處處顯現向明的生活情趣與向明精神。例如〈學飲〉：「終於／悟出／清醒是一口直墜無阻的深井／惟／微醺／始可載浮載沉」（頁 169）不是嗎？人生何需太計較、太清醒，有時睜一隻眼閉一隻眼、得饒人處且饒人，不也是一種處世哲學嗎？

（二）職場轉換的衝擊

　　向明在民國七十三年退伍，正式脫離因二次世界大戰對日抗戰而參與的四十多年軍旅生涯，開始進入社會職場工作，投入另一種全然未知的生涯，展開一場全新的生活型態。中國人對土地都有一種「安土重遷」的固有傳統意識，傳統農村對職業亦多有「長工」的心態，一個習於四十多年規律、制式且處於封閉環境之生活方式的職業軍人，一但投入複雜且快速變遷的社會、令人眼花目眩的大千世界，對於一般平常人的衝擊與影響是非常鉅大的。我們且從向明詩中看其如何調適與應對。先看剛退伍的心境〈舊軍帽〉（頁 66、67）：

　　　無論怎麼樣擺置
　　　都不如當年頂在頭上
　　　日曝雨淋合適的
　　　一頂舊軍帽
　　　妻一橫心
　　　憤然扔進了儲藏室

誰知道她是，立意
在保持這室內的整潔
還是
想把殺伐一生的我
都一起封存進去？

只是，室外的世界仍然在喧嘩
胸口上的傷疤
變天就隱痛
在溫室裏成長的她
那裏會懂

　　這首詩表現剛退伍時戀舊不捨的心情，乃借物託意於舊軍帽來展現。第一段詩人藉由舊軍帽的擺設位置問題，突顯其剛退伍時坐立難安、手足無措的心境，一頂舊軍帽在軍人家庭是平凡無奇的，但是在一個平民家庭就顯的有些突兀了。但是服務軍旅四十多年的情感，豈是短時間即可輕易割捨的呢？這裡作者突顯的就是這種難以割捨的情感與複雜的戀舊的心態。

　　然而，太太的心態就不同了，或許洞穿了他剛退伍而坐立難安的心思，乃有「妻一橫心／憤然扔進了儲藏室」的詩句，藉由將舊軍帽扔進儲藏室的動作，要詩人收拾起戀戀不捨的懷舊情感，要其封存軍人一生戎馬的心情，整理心境重新出發。但是詩人在第三段帶出他不同的感受，詩人更擔憂的是社會上正在喧囂不停的社會與政治運動，詩人憂國憂民與軍人保國衛民的心情，在此展露無疑，不因退伍而有所改變。這也是詩中

所說的在溫室成長生活的家庭主婦所不會了解與體悟的。

革命軍人經過嚴格的訓練，對保家衛國的神聖使命有堅持的想法，不因時間而改變，對國家的前途也充滿著十足的關心與關注。但是「廉頗老矣，倘能飯否？」前人的喟嘆，即道出多少年邁退伍老兵的心聲。剛退伍的老兵詩人向明卻用他拿手的詩創作來表達這種百感交集——〈破軍氈〉（頁 68、69）：

那天下班後
滿臉倦意的妻
向我扯起那張破軍毯
毯子上新被熨斗灼傷的破洞
張著嘴
向我訴說
一生的荒唐

唉！我能回答什麼呢？
一張軍毯
沒有毀於彈片
一頂軍帽
無法昂首疆場
一個兵士
只能讓歲月壓傷

這首詩分為兩段，只有平靜的敘述而沒有辛辣或激昂的語調，彷彿就是退伍老兵的娓娓道來的回憶般，語氣平和而充滿

著無奈。軍毯代表的就是過去患難與共的生死夥伴，亦即是自己過去軍旅生涯的顯影。詩人藉由老舊的軍毯破了，張著嘴，彷彿訴說著一生艱辛坎坷的經歷。只是軍旅生涯為何是「一生的荒唐」呢？原來軍人的教育是應該光榮的戰死沙場，彷彿「馬革裹屍」、為國捐軀才是「正常」的最高榮譽。拖著老邁的身軀默默的離開軍隊，好像不在既定的正式軍事教育的「劇本」裡。尤其身居寶島久而未聞煙硝味，軍人的身分地位愈來愈不受重視而漸感低落，甚至多了一份尷尬感。

第二段開頭就先嘆出這口鬱卒的鳥氣──「唉！我能回答什麼呢？」當一張軍毯沒有毀於彈片卻毀於歲月的灼傷（老舊而容易受損）時，彷彿就是當「一個兵士／只能讓歲月壓傷」一般，說出了大部分退伍軍人的無奈與感傷。這首詩詩人藉由破軍毯，道出了軍人以及退伍老兵處在太平時代不知幸或不幸的無奈感，可謂「老兵不死、只是逐漸凋零」呀。

然而，向明卻很快的收拾起退伍老兵的心態，積極的步入社會職場，重新出發，勇敢面對新的挑戰，快樂的展開了新生活。不信我們且看〈生活六帖（一）〉（頁9、10）：

> 早晨出門時
> 妻走在我後面驚慌的說
> 你的髮梢
> 醞釀著秋後葦花的變局
>
> 我說，哪有這種糗事
> 現正彈足糧豐

　　　它們未經一戰

　　　怎可擅自

　　　就把白旗挑出

　　這首詩是組詩〈生活六帖〉中的一首只有短短的九行，卻充滿著年輕人青春洋溢的鬥志，一掃前述剛退伍時複雜與老邁的心境。第一段詩中充滿著詩趣以及戲劇性——當時詩人五十多歲，想必白髮已經開始醞釀、開始蠢蠢欲動，詩人卻以驚慌的語氣來表現太太的新發現，以秋後葦花白來代表頭髮白的意象，十分有趣。但是第二段卻顯現出詩人充滿強烈的鬥志，「哪有這種糗事」「現正彈足糧豐」遣詞造句巧妙，彷彿出自剛步入職場的「少年」口中一般，充滿活力。而「它們未經一戰／怎可擅自／就把白旗挑出」明指的是擬人化的頭髮，暗諭的卻是自己躍躍欲試、充滿鬥志的心情啊！整首詩的用語多軍事描述用語，如「變局」、「彈足糧豐」、「未經一戰」、「白旗」等，顯現其軍人的歷練以及特殊用語應用在現代詩的詩句上，是非常成功與創新的結合。

（三）鄉愁

　　鄉愁詩自古即有，在離鄉背井的來台詩人中幾乎人人都有懷鄉的詩作，尤其是四、五十年代幾乎與戰鬥詩並生共存。向明早期亦有鄉愁詩，只是當初的鄉愁詩比較「單純」，並不像這時期因著外部政治環境的變遷與兩岸漸漸開放交流的政策，而有著稍微「複雜」而微妙的心境。〈吊籃植物〉（頁 40、41）：

從前他們說
你是一株不用著地的
移植的藿草
不再思念故土
貪戀現成的營養和食料

現在他們卻說
你是一株不願著地的
寄居的藿草
只會緬懷昔日的家園
難於認同眼前的窩巢

你的枯槁能為你說什麼呢
你委實不想說什麼了吧
在這樣的氣溫下
反正離鄉背井的這麼久
說什麼也不好

〈吊籃植物〉一詩分為三段，以離開土地的吊籃植物隱諭離開故鄉故土的遊子，一如陳之藩的散文名作〈失根的蘭花〉。只是陳之藩的〈失根的蘭花〉代表的是離開故土漂洋過海到異域的遊子，深得在海外奮鬥的華人認同；向明的〈吊籃植物〉說的卻是因迫於戰亂而離開故鄉隨政府渡海來台的省外新移民，新移民卻因著政治氣候溫度的起伏變遷，而有著複雜的感受。

前二段分別敘述別人的觀點，第一段的敘述明顯是初來台

時，省外軍民政治地位明顯較高，第二行「不用」兩字的用
法，明顯有羨慕與反諷的意味。第二段則是政治氣候改變後的
看法，第二行「不願」兩字的用法，則體會了政治現實氛圍的
改變，用「他們」來表現反諷與些許的不滿。但是誰能體會來
台人士內心深處的委屈與感觸呢？從來就不懷疑自己一生對國
家的忠貞與犧牲奉獻，卻仍得忍受政客政治語言的質疑與閒言
閒語，所以他說「在這樣的氣溫下／反正離鄉背井的這麼久／
說什麼也不好」離鄉背井這麼久了，在這樣的政治氣候變遷的
環境下，身分的認同只是政客利用與選舉操作的工具，似乎說
什麼都不恰當，一切就都留給時間去證明，留給永恆去解說
吧。因為他在〈蒲公英〉詩末自我解嘲：「就知道自己／只是
大地任何一角／最最微不足道的／一株蒲公英／曾經努力生活
過，也有／小小的付出」。

　　但是，隨著兩岸政治關係逐漸解凍，漸漸實施開放交流的
政策，兩岸人民開始交流與通信。向明的詩〈湘繡被面──寄
細毛妹〉（頁 165－167）即是這種剛開放交流時的特殊感受：

　　　四隻蹁躚的紫燕

　　　兩叢吐蕊的花枝

　　　就這樣淡淡的幾筆

　　　便把妳要對大哥說的話

　　　密密繡在這塊薄薄的綢幅上了

　　　好耐讀的一封家書呀

　　　不著一字

摺起來不過盈尺
一接就把一顆浮起的心沉了下去
一接就把四十年睽違的歲月捧住

遲疑久久，要不把封紙拆開
一拆，就怕滴血的心跳了出來
最是展開觀看的剎那
一牀寬大亮麗的綢質被面
一展就開放成一條花鳥夾道的路
彷彿一走上去就可回家

能這樣很快回家就好
海隅雖美，終究是失土的浮根
久已呆滯的雙目
真需放縱在家鄉無垠的長空
只是，這綢幅上起伏的摺紋
不正是世途的多舛
路的盡頭仍然是海
海的面目，也仍
猙獰

後記：日前細毛二妹自湖南老家輾轉托人帶來親繡被面一
幅，未附隻字說明，有感而草作此詩寄之。

湘繡是著名的湖南傳統手工藝品，因手工精細而聞名全國。向

明是湖南長沙人，離開家鄉時仍是懵懂少年，一別超過四十年，對故鄉親人的思念豈是「望眼欲穿」所能寫竟。細毛二妹輾轉送來的湘繡被面是耐讀的一封無字家書，詩人一把接住，彷彿就接續了闊別四十年的親情，彷彿就聯繫上寶島與故鄉的距離。可是接手的那一剎那，喜悅與期待的心情頓時沉了下來，一時的思緒離愁似幻似真，真箇五味雜陳、百感交集呀！

第三段「遲疑久久，要不把封紙拆開／一拆，就怕滴血的心跳了出來」描述當看到包裝著的湘繡時，竟心跳加速因著緊張而遲疑了，彷彿這一切都在夢中令人難以置信，四十年來第一次與親人之物如此貼近，賭物思親啊！畢竟離家太久太久了，反而有著一種近鄉情怯的感覺。然而，展開觀看的剎那，寬大亮麗的綢質被面，「一展就開放成一條花鳥夾道的路／彷彿一走上去就可回家」第一段的伏筆「紫燕」與「吐蕊的花枝」這時隨著綢質被面的開展，就成了一條花鳥夾道的歸鄉路，彷彿一走上去就可衣錦還鄉、榮歸故里了。

第四段卻理性的收束起情感，回歸現實面的侷限，感嘆「能這樣很快回家就好／海隅雖美，終究是失土的浮根／久已呆滯的雙目／真需放縱在家鄉無垠的長空」。驚覺「只是，這綢幅上起伏的摺紋／不正是世途的多舛／路的盡頭仍然是海／海的面目，也仍／猙獰」海島雖美，終究不是故鄉啊！呆滯的雙目是因已望眼欲穿、望鄉成癡了。但覺綢幅上起伏的摺紋，如同詭譎多變的世局、坎坷的歸鄉路。而當時尚未開放返鄉探親，所以詩人說路的盡頭仍然是海，無形的政治阻隔仍然像茫茫大海般，阻擋著詩人返鄉的欲望。而波濤洶湧的海的面目，就像兩岸間的政治角力、政治鬥爭的面目般，仍令人感到猙獰

與恐怖。

（四）感時憂國

《水的回想》詩集中關懷的面向很廣，其中有些是從閱讀報章雜誌或者收看電視而有的感觸，例如關懷遠在伊朗少年兵的〈上帝戰士〉、關懷國際情勢的〈晚餐時間〉、〈困居〉……等。還有關心國內經濟情勢的〈讀報〉（頁104－105）：

> 梳洗既畢
> 層層剝開
> 被扭折成
> 重重心事的報紙
>
> 廣告一眼帶過
> 副刊照例留待
> 臨睡前細品
> 只是
> 老花鏡片剛一扶正
> 所有的鉛字竟都齊聲吼了起來
> 紓困
> 紓困
> 紓困

這首詩充滿著戲劇性。第一段預留著伏筆，詩人下班後洗完澡，翻開報紙就像翻開了重重的心事。報紙新聞上充斥的都是

公司面臨危機或倒閉，國內企業到處都急需紓困貸款，因為詩人「老花鏡片剛一扶正／所有的鉛字竟都齊聲吼了起來」需錢恐急到彷彿報紙一攤開，幾乎所有的鉛字都齊聲「吼」了起來，只為了急需的紓困貸款。第二段鉛字都擬人化的吼了起來，用字傳神到令人怵目驚心，也令人不得不關心與擔心起國內的政治經濟情勢與政府相關的政策了。

而關心社會情勢的〈風波〉（頁 64－65）則是另一種諷諭詩：

> 寫下幾行痛責屠虎的詩
> 後院的雞鴨們
> 豎冠鼓譟而至
>
> 是抗議不公平的對待
> 激情從脹紅的臉上
> 血般的寫出
> 還好
> 只需一小撮粃糠
> 便把那一干鳥嘴
> 全然
> 堵住

〈風波〉是因向明另一首詩〈屠虎〉所起的風波，〈屠虎〉刊於七十三年十一月十八日的《商工日報》副刊，以詼諧的口吻描述當時國內動物保護法與觀念尚未成型前，國人盛行宰殺野生

動物進補的風氣，諷諭逼真的筆法令人動容與不忍。時過二十多年後，筆者在參與「2006 年桃園詩歌節」並聆聽詩人趙天福當眾以閩南語朗誦〈屠虎〉這首詩「……眾說保護／我獨屠虎／虎肉一斤八百／虎血一瓶兩千／虎骨五百一截／……」時，仍讓人感覺到當時屠虎叫賣時的臨場感，可見這首詩的新鮮感與充滿詩趣的筆法，歷久彌新，令人喜愛而達到諷諭與提倡動物保護的目的。

〈風波〉這首詩刊登在六天後的《自立晚報》副刊，在當時社會風氣下，想必是屠虎風波或者〈屠虎〉這首詩引發的正反兩方面反應與迴響非常大，所以作者有所感而發；並聯想起許多居民因土地徵收或者拆遷補償，或者其他環保議題引發的抗爭示威遊行等，不就是為了向企業或政府要求（甚至過分者可以說是有要脅、勒索的意味）更多的補償金嗎？眾人爭的面紅耳赤，卻只是以一點蠅頭小利即可打發，一如〈風波〉中「只需一小撮粃糠／便把那一干鳥嘴／全然／堵住」此詩非常寫實，明寫屠虎風波暗諭社會風氣，描寫的真是非常傳神、貼切，令人激賞。

四、結論

逆筆論文，雖然《水的回想》詩集佳作通篇、精品處處，但是台灣有句諺語「鴨蛋密密也有縫」，說的即是百密仍有一疏。筆者想吹毛求疵的提一筆，亦即〈山中觀日出〉（頁132）第三、四行詩句「眾生此時已嚴肅如待產的處子／爭睹一場公開的臨盆奧秘」或許詩人快筆疏忽或是另有所言，筆者

未察。但是就字面句義研判，仍有可議之處：「處子」即守身未嫁的「處女」之意，然此詩中「處女」如何待產、又如何將臨盆呢？

但是瑕不掩瑜，《水的回想》一出版即廣受好評，不僅獲得了「中山文藝創作獎」的殊榮，詩集中的大部分作品受到麥穗、小民、張健、蕭蕭、白靈、莫渝、落蒂、李元洛、吳當⋯⋯等數十位詩評家為文專論的好評。更有許多佳作收入各種年度詩選等，例如選入「七十二年詩選」的有：〈生活六帖〉；選入「七十二年台灣詩選」的有：〈檻內之獅〉；選入「七十四年詩選」的有：〈出恭〉、〈洗臉〉、〈讀報〉；選入「一九八四年台灣詩選」的有：〈上帝戰士〉；選入「七十五年詩選」的有：〈蝴蝶夢〉、〈隨風而去〉、、、等等共五種版本八首之多，可見詩集中其詩質之豐。

綜觀前論，向明《水的回想》的詩寫於退伍前後，時值台灣在時空環境上經歷風起雲湧的街頭社會運動與最激烈的黨外抗爭遊行的衝擊與震撼，時值島內解嚴與開放大陸探親前夕，國家與社會局勢介於改革與開放的衝突之間，渾沌未明的態勢，令島內的有識之士，皆懷著既期待又怕受傷害的心情；這段時期詩人也正面臨人生階段的重大轉折與考驗——生活上歷經退伍、重新投入職場就業的心態轉換與適應時期，值此心靈上飽受「內外交迫」、「內外煎熬」時期，向明仍秉持其一貫溫文爾雅的態度，自在的享受著「詩中有生活，生活中有詩」的「詩人生活」，從容且成功的以諷諭的筆法描寫自己週遭生活所見所聞所感與社會上的生活百態，而深受好評與讚賞，實令人敬佩。

參考書目

向明：《水的回想》（台北：九歌出版社，1988 年 2 月 10 日再版）。

向明：《客子光陰詩卷裏》（台北：耀文圖書公司，1993 年 5 月出版）。

蕭蕭：《現代詩廊廡》（彰化：彰化縣立文化中心，1993 年 6 月）。

向明：《隨身的糾纏》（台北：爾雅出版社，1994 年 3 月 20 日）。

白靈：《一首詩的誘惑》（北縣：河童出版社，1998 年）。

向明：《走在詩國邊緣》（台北：爾雅出版社，2002 年）。

林于弘：《台灣新詩分類學》（台北：鷹漢文化公司，2004 年 6 月）。

簡政珍：《台灣現代詩美學》（台北：揚智文化公司，2004 年 7 月）。

梅占魁著、劉正偉編：《梅占魁詩選》（台北：文史哲出版社，2006 年 3 月）。

黃維樑師著：《新詩的藝術》（江西南昌：江西高校出版社，2006 年 6 月）。

論向明的〈生態靜觀〉
——兼及小詩的問題

鄭慧如
逢甲大學中國文學系教授

〈◆〉

一、

　　本文討論向明未集結的組詩:〈生態靜觀〉,[1]兼及小詩的相關問題。包括〈生態靜觀〉所展現的思考、〈生態靜觀〉在向明創作生命裡的位置、意象和說明的關連、小詩的特質,以及向明的小詩和他人的比較。

　　向明和小詩的淵源,從他許多論詩的散文可以窺見一斑。向明一再提及沈尹默、冰心、廢名、卞之琳、非馬、勞倫斯等中外詩人的小詩創作,[2]他自己也和友人編過小詩選,[3]於散文中屢言「小」之種種;[4]而在實際創作上,向明幾十年來的詩

---

[1] 向明〈生態靜觀〉,收於《台灣詩學學刊》,3 號(2004 年 6 月),頁 278-285、《台灣詩學學刊》,4 號(2004 年 11 月),頁 299-306。

[2] 參見向明:〈此馬非凡馬〉、〈靈光一閃的捕捉〉、〈被時間淹沒的白話小詩〉等文。收入向明:《向明新詩話》(台北:詩藝文,2004),頁 46-55、160-162、163-165。

[3] 參見向明、白靈合編:《可愛小詩選》(台北:爾雅,1997)。

[4] 例如向明:〈小,也是我的小〉,《向明新詩話》(台北:詩藝文,2004),頁 28-30。

作，其體製也以小見稱。民國以來風行一時的小詩、某些詩人
曾經仿做的俳句，以及 1990 年代以後，台灣某些文學獎倡導
的小詩，可以找到向明與小詩的關連。[5]

〈生態靜觀〉是由 100 首小詩組成的詩組，每首 6 行。如
果去掉標號，或按照心路歷程重新整理，〈生態靜觀〉無妨看
做一首長詩。向明把生命中有機的片段或不可或缺的靈光一閃
組成結構嚴整的作品，可以說以行動實踐了「寫一首比生命稍
微長一點的詩」的願望。[6]以飽經滄桑的徹悟之姿，向明打造
了一個疏離世事的環境和專心創作的形象。不過向明之所以可
能選擇外於現實利害的角度來下筆，以建立並維持私人的創作
自由，固然出於自己的堅持，更無法摒棄外界的支援。如果真
能隔絕外界的影響，向明也就無法閉門創作而猶能對應他所感
知的「世紀的爆破」。[7]「生態」指向日常生活種種；「靜觀」
的「靜」，一則代表心態的沈著，一則代表時間的靜止。心態
的沈著和時間的靜止不只是向明在〈生態靜觀〉所表現的感
受，也是最符合作者個人利益的情況。這種情況持續越久，越
能維繫向明對生命情調的抉擇，讓他以自由的私人時間任情執
筆。因應小詩形式上的短小，〈生態靜觀〉的取題也深具休閒

---

[5] 小詩之小，首先是從形製上而言，各家說法大抵傾向十幾行左右的長度，
每行的字數且不能過多；其次從形製衍申到功效上，小詩有「麻雀雖小，
五臟俱全」的意謂。因為受到字數和行數的限制，小詩考驗詩人的留白技
巧與清醒的頭腦。另外，它在結構上的簡約，對自由詩灌水的稀釋文字是
一種提醒。

[6] 參見向明：〈一首詩主義〉，《向明新詩話》（台北：詩藝文，2004），頁
218-219

[7] 「世紀的爆破」為向明在〈生態靜觀〉第 100 則首句的話。原詩參下文。

的本質。不言「警世」而曰「靜觀」，乃是對生常生活所規範的世界，進行逆反的思索，從而發掘表面彷彿而實際區隔的人生真相。

在尚未集結的作品中，「無聊檔案」可說是〈生態靜觀〉的類似表現。提契出「無聊」一詞，則更說明了所作取自瑣碎無奈及此生無大事的感受。從「無聊」到「靜觀」，作者的某些心態是一致的：「無聊」的「悶」和「靜觀」的「閒」前後貫串了這兩首組詩。一悶一閒，就時間的掌控來說，雖然相反，就其指向的感受卻相通。悶源自俗累、不順心，出於事冗而不見意義，以及被雜事包圍，無法脫困的無聊感。在向明的詩作裡，無事可做的無聊感更出自大事無可為的自知之明，而寫作則是向明對抗無聊的方式；以「靜觀」為提撥無聊的動力，正可以刺激追求自我存在的價值。〈生態靜觀〉和〈無聊檔案〉不同之處在於：〈無聊檔案〉不厭其煩地強調自己的無聊，並預設讀者的無聊，在心理上是在憎惡與眷戀交織的情緒中，處於停滯的狀態；〈生態靜觀〉則在出發點上以一種「邊緣」而「逸出」的特質，作為情思的載體和觀看的角度，總題已然表現了作者外於秩序的潛在質素。

二、

小詩以形式上的短小呼應內涵的精簡，很適合向明清新的風格。此種人格與詩格的對照，向明尤其表現在《水的回想》以後的詩作。《陽光顆粒》中的〈麻辣小詩〉和〈一群小詩〉可以說是〈生態靜觀〉的先聲。他擷取生活的片段，以剪輯式

的意象結構表現無所迴避的風景；尤其擅長搔抓生活的痛處，轉譯表象的娛樂效果為現實的投射，寓批評於創作。在從容、簡潔中展現的力量固然是向明作品一貫的手法，而向明詩作最讓人感動的，主要仍然是對生活的態度，以及在回應生活時，所流露的人格特質：例如《陽光顆粒》中的〈忍術〉、〈對稱〉、〈走在前面〉、〈轉世的摩西〉、〈別看我，阿富汗女郎〉。這些形式短小的作品逼視大環境的現實，諷喻欺世媚俗的歪裡或質變的負面效應，正是以筆為劍的著例。

小詩以各種艾略特所謂的「對於無法言說的突襲」形塑「真實」，讓人回味，予人啟發，卻也時而拋來詩人清唱之餘哀怨的眼神，或是不請自來、揮之不去的嗡嗡聲。展讀五四時期或 1930、1940 年代的小詩，在作者刻意製造的氛圍中，讀者甚至彷彿掉入線裝書裡。1960 年代之後，台灣某些現代意識較明朗的詩人，剪輯後有如默劇演出的詩行，其作秀式的展現，往往弱化了詩行中或者可以更豐富的意涵。例如羅青的〈水稻之歌〉，在每兩行為一節、共十六行的作品中，意象太一致性地面對鏡頭。[8]即使從生活出發，如果只藉詩行賣弄機智，或表現浮滑的性情，也不易如實反應事物的本質。冰心的作品恆為靈犀一動的結晶；廢名偏好在詩行中鎔鑄哲思；卞之琳在徐緩的語調中展現其圓熟；非馬習於以迅雷不及掩耳的意象轉折詩思，表現其慧黠。然而這些以小詩創作著稱的詩人，其用以表現豐富內蘊的零碎思想，卻未必是現世或現實的經驗；其意象固然訴諸感官，或者未曾發生，逕以夢境或想像為

8　羅青：〈水稻之歌〉，見羅青：《水稻之歌》（台北：大地，1981），頁 29-30

詩人唯一的真實，或者是另一種「絕對的真實」。就向明來說，他的小詩從現實的釀造到想像的發酵，向明總是自日常生活中取材，以一個意象為焦點，或以一個觀念為主幹，作焦點式而非並列式、主幹式而非層遞式的演出。向明的詩，所有的理想都在人間釀造，有些夢在人間發展，有些現實在夢境中遺忘。別人用來興瀾的，向明借以助勢；別人烘托以為諷境的，向明則逕以直抒。向明的小詩表現出清明的精神力。他極少使用曲筆，不以夾纏的意象混淆視聽，也很少用隱喻。比起同代的詩人，向明的筆下絕不出現見首不見尾的長蛇陣；也反對詩行太長的余光中，在單一的主題下仍時常擺起嘉年華式的文字盛宴；同樣提倡小詩的白靈，在意象的處理上往往玩起藏頭不露尾的迷藏。這些在向明的小詩裡一律找不到。向明的清，一清見底，沒有煙幕彈；而他的辣也展現他「豁出去」的釋然。

三、

和向明自己的小詩作品相較，〈生態靜觀〉的 100 首小詩有概念化、抽象化的傾向，排比句的使用比較頻繁，說明的意味也較高。雖然向明在他的多本詩話性的著作中，一再表示：「現代主義的高深語言」、「意象堆疊出來的不得其門而入的語言」，以及「淺白的抒情語言」如何折衷運用，是對詩人的一大考驗；[9]然而在向明半世紀以來的創作裡，「堆疊意象」從來

9 參見向明：〈詩的超現實〉，向明：《新詩 50 問》（台北：爾雅，1997），頁91-93；〈新詩人的警訊〉、〈談詩的「個人話語」〉，向明：《我為詩狂》（台北：三民，2005），頁 145-148、203-210。

不是他的苦惱，倒是所謂「現代主義的高深語言」和「淺白的抒情語言」這兩種語言的調性，在向明的創作生命中各有輕重。大致上，向明年輕時的詩作密度較高，主旨比較隱約，節奏較緩；《隨身的糾纏》之後，越來越偏向說明性和敘述性，主旨日趨顯著，結句常以斷然的收束代替自在的搖曳。就詩人與讀者的通路而言，如此的風格導向無寧較貼近讀者，因為讀者之所不能與不耐的那部分，向明已經體貼地代他們完成。「向晚越明」的「明」，[10]既是詩名的日彰，也是詩語的日暢。他越來越老辣，放懷落筆，也越來越彰顯一個統一的心靈。「說什麼」在向明的詩中從來不是問題，「會不會說得太多」卻慢慢成為問題。向明一向主張的，詩以意象和散文、小說區別，[11]這意象的重要性，在向明的創作中，已經由主到從，在工具式的位階上，服務於詩人的磊落和血性。

〈生態靜觀〉有多首作品，就在以意象為引子、以說明為歸趨的寫法下，從警句向箴言和道德教訓傾斜。六行之中，前三行以意象營造一個概括主題的場景，後三行統合前三行具備擬人作用的意象為第二節，將詩行引入包覆式的概念，使詩行的意象由物類的輪廓萃取為觀念，以見內在情意的轉化。其結構是以表面的單向陳述演繹為主意象和詩人的微型對話，好比一場對話疊合在一張嘴裡。詩人的主觀情意已賦予意象明確的功能，加上短句子的力道，以六行結構的詩作，詩意在清澈和

---

[10] 「向晚越明」為余光中對向明詩作的評語。

[11] 參見向明：〈跳舞與走路〉、〈概念是否成詩〉，向明：《新詩 50 問》（台北：爾雅，1997），頁 11-13、115-117；〈詩與散文的糾纏〉、〈意象是詩的一切〉，《向明新詩話》（台北：詩藝文，2004），頁 225-227、228-229。

了無雜質之外，幾乎沒有迴旋的空間。於是讀者可望得到的閱讀趣味，只能在較少數的雙關意涵中領略。例如：

6
陀螺一生在追求一個圓
終點即是起點
起點即是終點

遺憾的是
空有獨立的自信
缺乏平衡的支撐[12]

主要意象：陀螺，其舞姿端在單腳旋轉，因為缺乏平衡和其他支點，其驚險的美感才是陀螺的魅力所在。詩行的第二節，「遺憾的是／空有獨立的自信／缺乏平衡的支撐」，「遺憾」和「空有」的語氣中，顯然在對於陀螺本質的體認之外，更有言外之意，以為「平衡」比「獨立」要緊，這就已經逸離原來意象的特質，而為發話者主體聲音的偽裝。

　　向明在〈生態靜觀〉中常運用排比。排比句形式上的放開手腳、無所不往，予六行的小詩以麻利的印象，硬朗、銳利而不恍惚若夢。例如：

7

---

[12] 收於《台灣詩學學刊》，3 號（2004 年 6 月），頁 278。

不要緊張
風對著
搖搖欲墜的果實說

只是來掂掂你
成熟的重量
不要緊張[13]

58
晝把夜消耗掉
大海被細流消耗掉
口水把人生消耗掉

丈八蛇矛被三寸釘消耗掉
不信麼？我的正氣
被你的無恥消耗掉[14]

86
風不能為雲彩定位
水不能為泥土定位
激流不能為倒影定位

地圖豈能為夢土定位

---

[13] 收於《台灣詩學學刊》，3 號（2004 年 6 月），頁 279。
[14] 收於《台灣詩學學刊》，4 號（2004 年 11 月），頁 300。

　　兀鷹何德為天空定位

　　除了自己，誰能為誰定位[15]

　　第七則的主意象：風，亦可視為自我意識的遁化。風加速成熟的果實墜地，在這自然現象中，詩人的意念滲透到風吹拂果樹的表現，發落出對話效果般的戲劇性。詩人首先抽身靜觀，復以澄定的距離照應意象質素之外的情事線索，顯現上下對稱的結構，於是雖然只有小小的六句，開頭的起句和最後的結句已不處於同一個思想感情的平面上。第五十八則論述「消耗」，正面意涵的被負面意涵的事物消耗掉，「晝／夜」、「大海／細流」、「口水／人生」、「丈八蛇矛／三寸釘」都是用作手段的明喻，目的在凸顯終句：「我的正氣被你的無恥消耗掉」。因為結句點明題旨，往前看四組明喻本應是兩兩相對，而且各當合於正面及負面的價值判準，然而除了「口水／人生」那一組稍與「無恥／正氣」暗承，其他三組意象從單句讀來並不和「無恥／正氣」有意義上的依傍，「晝／夜」、「大海／細流」還可能有互補的意謂，種種可能，卻在最後一句被斷然繳清。第八十六則以「定位」為焦點，選取風之於雲彩、水之於泥土、激流之於倒影、地圖之於夢土、兀鷹之於天空，以對照小我之於人生。不同於第五十八則的是，此則意象之間聯絡照應比較緊密，幾個放在前面的意象都有流動或導引的特性，以此特性作為「自己」和「生命」之間的關連，則有暗示生命需改變和目標的意味。

---

[15] 收於《台灣詩學學刊》，4 號（2004 年 11 月），頁 304。

〈生態靜觀〉最耐人尋味的是對於老境和黑暗的筆觸。向明寫桑榆晚景，從苦痛處出發而別有寬解。[16]他或者從自然界，或者從年輕的生命，或者從老化的現象下筆，從生活的蕪雜和粗糙中透一口氣，出以「垃圾堆上放風箏」（卞之琳語）那樣的高音。寫黑暗則燭照令人無奈的政治或社會層面，發露淡淡的微笑。一如向明其他的詩，從來不擅長描頭畫角，也少見跨行，每一句子都是一個頓挫，情緒的調控似乎在下筆之際即已決定，形式表現了詩人的清醒和堅強，以及文義格局的圍限。反而在寫「不可說」和「黑暗」的時候，詩人才會多留些餘地，詩行也因而更有餘味。例如：

36
一片葉子追著一片葉子
無奈的往下沈淪
這便是秋天帶來的騷動

要怎樣才快樂得起來呢
已經獻出了初春的青澀
還得準備接受寒冬的晚景[17]

96
不要滋潤我了

---

[16] 尚可參看向明的〈走在前面〉、〈賣老〉、〈行過七十〉、〈老來〉、〈老去〉、〈大家都要走了〉，收於《陽光顆粒》。

[17] 收於《台灣詩學學刊》，3 號（2004 年 6 月），頁 283。

眼角的魚尾紋皺巴巴的懇求
時間打烊　自會遊走

隨手一攏髮際
頭皮屑落如紛紛春雨
是誰？　欲將我碾磨成齏粉？[18]

第九十六則以頭皮屑和魚尾紋描寫老態。因為主體聲音的分化構成內在的對話性，生動的語勢削弱了對「老」的顧影自憐。此則第一節的魚尾紋尚有布景的作用，可為第二則春雨紛紛般的頭皮屑烘托氣氛。因為魚尾紋當作前置意象，「隨手一攏髮際」這個平常的動作不但適時維持了意脈的行進方向，又稍稍在語勢上頓了一頓，平添一種茫然的情致，而最後一句以詰問為感喟的形式，就對前面五行做出了響應和推測。第三十六則從落葉繽紛的秋天著手，一轉入第二節，立刻發現第一節的落葉意象只處在次要地位。在這幾則中，主題是意象的最初和最終目的，一旦完成促成主題的階段式任務後，意象就不再影響發話者的心境，也不再帶領詩行的進行。

　　因為〈生態靜觀〉的意象使用側重意義上的考慮，以六行分劃的前後兩節，很多地方差不多形成一對一的關係，100 首小詩因此打上鮮明的向明風格的烙印。它們沒有累贅失準的筆觸，而恆以形式的紀律表現出向明的智性傾向。例如：

---

[18] 收於《台灣詩學學刊》，4 號（2004 年 11 月），頁 306。

51
你說：只聽到
砰・砰兩聲
整個人便倒地不醒

那人低聲問：那算
月落？還是
星沈？[19]

100
這世紀的爆破便於焉完成
每個人的胸口上
都至少有三公分的烙印

沒有人知道兇手是誰
除了那咧嘴而笑的疤痕
可惜，早已經消音[20]

　　51 則的「砰・砰」兩聲、第 100 則的「世紀的爆破」、
「三公分的烙印」、「咧嘴而笑的疤痕」、「消音」，呼應此地的政
治現實，但是詩人不指實，而以幾個牽連的意象牽動讀者的想
像。第 51 則，在「砰・砰」兩聲之後，詩行進入奇詭的境
地。「月落」、「星沈」是被「砰・砰」兩聲定義的，作者藉

---

[19] 收於《台灣詩學學刊》，4 號（2004 年 11 月），頁 299。

[20] 收於《台灣詩學學刊》，4 號（2004 年 11 月），頁 306。

「彗星撞地球」一般的意象，寫「砰‧砰」的聲音之響與力道之猛，「低聲問」卻又弔詭地寫盡此事的不可說。「那算」一詞表現了發話者的戲謔。「那算／月落？還是／星沈？」，語氣頓在短句中、原來顯示一個意義單位的地方，表現出積極組織新意義、調控新節奏的手段，其吸引力在於犯禁和耳語交織而成的快感。

　　第 100 則在「於焉」以下，轉入曖昧而牽延的語氣。詩行以語氣的轉折行進，從「於焉」的大局已定，到「每個人胸口至少有三公分的烙印」的「傷痕」之深廣、「沒有人」的故作神秘、「疤痕咧嘴而笑」的惡形惡狀、「可惜」的惆悵感、「消音」的無法對證，這首作為終篇的〈生態靜觀〉第 100 則，以「爆破」作為詩篇的開端，卻以頗具代續效果的「可惜，早已經消音」作為結束。第二節輾轉相承的三句，在文義上並非因果相續，更饒有興味。一、二句可看做倒裝。為了強調謂語：「沒有人知道兇手是誰」，向明改變正常語序，而將主語：「除了那咧嘴而笑的疤痕」置於第二句，變成謂語在前，主語在後，讀起來就有停頓而造成的懸疑之感。謂語如此一經提前，結句的：「可惜，早已經消音」就接在主語：「除了那咧嘴而笑的疤痕」之後，讓人容易解讀成：「可惜，早已經消音」的主詞是「疤痕」，而誤以為詩人的意思是「可惜疤痕已消音」；定睛一看才發現另一層「爆破」：「疤痕咧嘴而笑」，乃因「兇手已消音」，而其實本來就不會出聲的「疤痕」，原本也不需「消音」。「疤痕」是「兇手」造成。「疤痕」無法發聲；「咧嘴而笑」既是寫其形態，也指向「疤痕」的主人。「兇手」有能力開口說話但是被「消音」，而一般認知中的「兇手」，通常不會

到處張揚自己逞兇的事蹟，則何「消音」之有？如此一來，被
造成痛苦的卻「咧嘴而笑」，不敢大放厥詞的反而被「消音」，
那麼誰在說話？誰是兇手？誰被消音？誰造成傷痕？種種矛
盾，也就是此詩的著意與得意之處。

〈生態靜觀〉時而出以正言若反的手法，銳利感的意象為
詩行營造了乖反的氣質。100 首詩作例皆表現了向明對自我心
象的剖視和對生命主題的沈思。在富有現實感的語言中，向明
也排除了模糊不清的浪漫詩意，以沈思的姿態表現了穩定的風
格。特別寫生命的凋萎過程和不容放棄的光明意念，令人動
容。例如：

18
妙功說：心還很空曠
淨與不淨
不過是高浪平波一線間

真是奇妙
她那一頭青絲
便這樣一念之間　不見[21]

52
不要走來
我是紅燈

---

[21] 收於《台灣詩學學刊》，3 號（2004 年 6 月），頁 280。

無法讓你暢所欲行

不要走來
我是綠燈
再往前走便是陷阱[22]

92
影子在夜間最寂寞了
所有的光霸佔住僅有的活動空間
只留角落讓它繼續逃亡

凡走不出黑暗的必將滅絕
凡走不出自己的內心必將陰暗
凡不甘抹黑的必須守住陽光[23]

第十八則寫了悟的代價；第五十二則和九十二則是從生活中的
小事物領略出的事理。徹悟以青春為代價，向明寫來很踏實，
就中所憑藉的不是想像力而是見解。不過在第五十二則和九十
二則中，曉暢的文字藏著糾纏的思維，就大非單刀直入的樣
子。五十二則以交通號誌表現人生的行止。在「紅燈停，綠燈
行」的既定印象中，兩節首句例為「不要走來」。「紅燈止步」
若是人人知道的規矩，就不必對行人疾呼「不要走來」；而
「綠燈通行」既是常規，表示應可前進無阻。紅綠燈不約而同

地對行人呼喊「不要走來」，表示多數的行人不看號誌，一味只知道往前疾行，故而紅燈的呼喊是提醒，而綠燈的呼喊是警告。第九十二則在第一句就表現了常理的悖反。影子和光是相生相成的，比起白天遍照天下的太陽光，夜晚局部的人為光線更能突顯出「影子」。首節寫「影子」畏光，在各種角度的光線中不得不蜷縮一隅，往角落「逃亡」，意指在各式光線的照耀下，「影子」只有在角落才能逼顯，故覺「寂寞」。不過這意義上的糾葛，到了第二節即明朗化。原來「影子」和「黑暗」並非指向同一意涵，「角落」才是。擬人化的「影子」其實是第二節省略了主詞的人。因為唯有如此解釋，「不甘抹黑」、「守住陽光」才說得通。在「主題正確」的前提下，如果前後兩節的主詞互為借代，則第一節的主詞：「影子」代入第二節的首句，變成：「凡走不出黑暗的影子必將滅絕」，邏輯上是否合理似乎也就不該太計較了。因為向明在此詩中，對於借來當比方的意象只準備個概略，而概略必然意味著忽略。讀者不能期望享受精雕細琢的眼福。

四、

向明以〈生態靜觀〉表現對了他的人文襟抱、他對文化環境、政治社會現象的反應。《陽光顆粒·序》說的：「溫和後面的剛健，平淡後面的執著」在六行為結構的詩組中表現無遺。他以意象牽引主題，朝向無所迴避的風景，火力集中，不瞻前顧後也不拖泥帶水；他腳跟點地，興在象中，往安身立命處撿拾小畫面，下筆卒然而成。就主題來討論向明作品不容易出以

新意，因為向明詩作的主題幾乎都不是新的；而無論是鄉愁或生活，「就地取材」這樣老掉牙的論調，很難顯出向明的好——雖然即使有東西讓人去撿，也不是那麼簡單就能到手。

　　當「匠人們左一行右一行打造詩句／撒得滿地狗碎雞零」[24]，向明仍從容自如，穩如等在一旁的定音鼓，隨時準備當頭的一擊。他作品中的不肯曲阿，使得他不免武斷；雖然他不必為了不知道在哪裡的知音疲於奔命，卻也使得自己的半世紀創作，在這個以異為常的時代中，因為清白而特別刺眼。向明的〈生態靜觀〉以兩節之間的小空白作為思考的醞釀，承接以說明性的語言，表現了不老的冒進感，以及幾乎是嚼飯餵人的諷喻力。身為一個有擔當的詩人，他替讀者做的功課已經太多。

---

[24] 見〈一群小詩・問題〉，《陽光顆粒》。

「家鄉／異地」之「內／外」糾葛

——剖析向明〈樓外樓〉

何金蘭

淡江大學中文系教授

〈◆〉

一

　　正如大部分評詩者與讀者所公認和讚美的，在台灣現代詩壇上，向明是一位非常特別的詩人，他不但熱愛寫詩，也編詩、評詩、研究詩，為詩所付出的愛心、精神和力量，數十年來始終如一。他創作以及待人處世的方法態度，溫文儒雅的樣貌舉止，更贏得「詩壇儒者」[1]的稱號。

　　在如此一位熱心愛詩者的筆下，呈現的詩作觸角遍及世間萬種層面，無論是寬的、廣的、大的或是窄的、狹的、小的，表面也許平淡，用詞可能平常，不詭譎、不賣弄、不矯揉、不造作、不投機、不取巧、不囉唆，不嘮叨然而其深度卻是一樣的不可思議，尤其是詩中最關鍵的那一句詩眼，往往是一針見血，出乎讀者意料之外，令人印象難忘。

---

[1] 張默、蕭蕭編《新詩三百首》對向明的「鑑評」中即有「向明素有詩壇儒者之稱」的評語，見《新詩三百首》，台北，九歌出版社，1995，上冊，p.378。

例如，以筆者曾分析過的向明那篇〈門外的樹〉來說，全詩也只不過是在描述「門外」那幾棵「樹」罷了，但字裏行間簡單素淡的文字和語氣之中，所迸發出來的那股力量卻是狠狠擊中社會上每一個不同的階層、喜愛「搖擺」或「東倒西歪」的「樹」，最關鍵的詩句就是「倒是那種莫名的力量／卻把他們吹的前仰後撲的／看不出他們一丁點／該成為一株堂堂的樹的／屬性」[2]。

此次筆者在向明眾多作品中選擇〈樓外樓〉作為剖析的對象，最重要的原因，除了此詩如此撼動人心，詩中「家鄉／異地」糾葛的意涵結構如此清楚明顯之外，還因為這種無法詮釋、無力言說的痛楚重重直擊我心。在太平歲月之中出生長大的人也許還可以從詩歌語言文字感受到那種悲哀，但「扭絞揪裂」的心底疼痛，可能只有「有幸」「具備」同等「際遇經驗」或「經歷條件」的人才能透徹理解。

二

本文擬以呂西安・高德曼（Lucien Goldmann，1913-1970）於 1947 年所制定的「發生論結構主義」理論及研究方法進行〈樓外樓〉詩的剖析。

1989 年由台北桂冠出版社出版的拙著《文學社會學》[3]一

---

[2] 請參閱〈剖析〈門外的樹〉之意涵結構〉，刊於《台灣詩學季刊》第十一期，1995 年 6 月，p.139~p.146。

[3] 此專著全名為《文學社會學理論評析——兼論中國文學上的實踐》，簡稱《文學社會學》，台北，桂冠圖書股份有限公司出版，1989 年 8 月初版。

書中，筆者以第五章六十三頁（P.73-136）的篇幅闡述高德曼生平及「發生論結構主義」自始自終的理論來源和制定經過並評析其理論之優缺得失；同時嘗試以此研究方法應用到中國古典詩詞的分析上，於第六章剖析東坡詞[4]。之後，1993 年六月文化大學主辦的「中國現代文學教學研討會」上，筆者開始試圖以此方法進行剖析現代詩，第一篇分析洛夫的〈清明〉[5]，發表於會議中，曾引發熱烈討論。隨後陸續以此理論探討向明〈門外的樹〉、林泠的〈不繫之舟〉[6]、蓉子的〈我的妝鏡是一隻弓背的貓〉[7]、夐虹的〈我已經走向你了〉[8]，還有淡瑩的〈髮上歲月〉[9]，以及香港羈魂的〈看山・雨中〉、〈鑿〉[10]和

---

[4] 見拙著《文學社會學》第六章，「文學社會學理論在中國文學的應用——以高德曼理論剖析東坡詞之世界觀」，p.139~p.188。

[5] 〈洛夫〈清明〉詩析論－高德曼「發生論結構主義」方法之應用〉一文刊於《台灣詩學季刊》第五期，1993 年 12 月，p.104~p.112。

[6] 〈繫與不繫之間—剖析林泠的〈不繫之舟〉〉，台北，淡江大學「第二屆東亞漢學國際學術會議」1997 年 11 月 14 日及 15 日，刊於《台灣詩學季刊》第二十二期，1998 年 3 月，p.7~p.12。

[7] 〈女性自我意識：主體／幻象／鏡象／主體——剖析蓉子〈我的粧鏡是一隻弓背的貓〉一詩〉，中國詩歌藝術學會主辦「兩岸女性詩歌學術研討會」，1999 年 7 月 4 日，刊於《台灣詩學季刊》第廿九期，1999 年 12 月，p.144~p.161。

[8] 〈眾弦俱寂裡之唯一高音——剖析夐虹〈我已經走向你了〉一詩〉，收入《台灣前行代詩家論》第六屆現代詩學研討會論文集，國立彰化師範大學國文系主編，台北萬卷樓出版，2003 年 11 月，p.43~p.57。

[9] 〈屈服抑或抗拒？——剖析淡瑩〈髮上歲月〉一詩〉，淡江大學中文系主辦「中國女性書寫國際學術研討會」，1999 年 4 月 30 日~5 月 1 日，收入淡江大學中文系主編《中國女性書寫國際學術研討會論文集》，台北，學生書局，1999 年 9 月出版，p.1~p.18。

[10] 〈剖析香港詩人羈魂〈看山・雨中〉和〈鑿〉二詩〉，韓國江原大學校「第三屆東亞漢學國際學術會議」，1998 年 9 月 25 日及 26 日。

〈一切看來是那麼實在〉[11]。

　　最早以高德曼的理論和方法應用到中國詩歌（古典和現代）的分析上，最主要因素是希望能在眾多理論與方法之中，介紹並嘗試當時在台灣尚未有人注意到、尚未熟悉的「文學社會學」繁複理論和方法之一，尤其是九〇年代初期，台灣的高中、國中才剛開始現代詩的教學，特地引介此一新方法以觀看是否能稍微有些許的助益。1997 年以〈繫與不繫之間〉為篇名，分析林泠的〈不繫之舟〉，發表之後兩年，筆者擔任之現代詩教學班上有幾位同學，敘述他們高中班上的老師即以筆者於此文中的剖析為他們詮釋了〈不繫之舟〉。

　　此外，筆者於研究所開的「文學社會學專題研究」課堂上也有部分同學希望能運用此方法來探討台灣現代詩或現代文學，為這塊小園地交出至少到目前為止的一份成績單，並還繼續在努力耕耘當中。

三

　　在進入〈樓外樓〉的剖析之前，為了讓本文的讀者能稍微了解高德曼的研究方法，儘管曾經在某幾篇論文中闡述過，仍願在此稍作說明。

　　高德曼於 1947 年即已建立一套研究文學的方法，是藉著

---

[11] 〈存活於「虛無」中之「實在」──剖析羈魂〈一切看來是那麼實在〉一詩〉，香港中文大學「香港文學國際研討會」，1999 年 4 月 15 日~17 日，收入《淡江人文社會學刊》第五期，台北，民 89 年（2000 年）5 月，p.1~p.15。

盧卡奇（György Luk cs,1885-1971）早期著作的傳播、還有對辯證法的了解和對畢亞傑（Jean Piaget,1896-1980）的心理學及認識論的研究而設定的。最早定名為「文學的辯證社會學」（Sociologie dialectique de la littérature），後來正式命名為「發生論結構主義」（Structuralisme Génétique）。自 1947 年至 1970 年高德曼去世時止，他始終以此研究方法進行他自己的所有研究，從未改變。

　　高德曼的理論特別強調社會學與歷史觀密不可分的關係，重視社會生活對文學創作的影響、思考文學作品與主宰著作品產生的社會背景之間的關係。他認為文學是作家「世界觀的表達」，是「對現實整體一個既嚴密，又連貫且統一的觀點」。身為行動主體的人類與所處之客體環境之間，大部分時候總會出現或產生某種無可奈何（例如向明於〈樓外樓〉中所表達的）、殘酷慘痛的困境，為了突破此狀況，主體肯定會以某行動來尋求一個「具意義的解答」，即是創造出一種平衡來，再從這個困境中改變世界。只是這種平衡化的傾向永遠具有不固定和暫時的特性，因為主體與客體之間的特殊狀況會不斷出現，「平衡化」也就不斷以此辯證方式重複延續下去。將此尋求應用到文學創作上，就成為文學辯證社會學；寫作者於創作中試著尋找「具意義的解答」或「具意義又緊密一致的結構」，這個結構即高德曼稱之為「意涵結構」的元素。

　　高德曼的研究著作大部分以戲劇和小說作為研究對象，例如《隱藏的上帝》（Le Dieu cach ）是以法國十七世紀巴斯噶（Pascal）的《思想集》（Pens es）和拉辛（Racine）的悲劇為主；《論小說社會學》（Pour une sociologie du Roman）則探討

法國二十世紀馬爾侯（André Malraux，1901-1976）的小說。由於其他評論者批判高德曼的研究方法只適合用於戲劇和小說，故高氏於去世前一年即 1969 年特地下了一番功夫去分析貝爾士（Saint-John Perse）和波特萊爾（Charles Baudelaire）的詩，不過他自己認為那只是一個開始，其中尚有許多疏漏之處，需要改進，然而高氏於 1970 年逝世，故未能繼續其詩歌研究。

　　本文即是根據高德曼所作之詩歌分析方法來進行剖析向明之〈樓外樓〉，首先理解詩歌文本，繼而解釋，從中闡析尋找全詩之總意涵結構，隨後再從文本之中的每一個可能，鏊出並確定所有部份結構（即微小結構）的元素及其在詩中所扮演的角色、所起的作用。

四

〈樓外樓〉

向明

不遠千里直奔
樓
　　外
樓
只為品嚐那久違的
西湖醋魚
東坡肉

我那被清淡高纖洗劫過久的胃

居然抗拒這精緻的美味

喂，師傅

給我來碗蚵仔麵線

師傅看了看我，又

看了看窗外平靜的西湖

恍然的說：

原來你們離家太久

九十年八月二十九日《中國時報》副刊

（一）總意涵結構

　　經過閱讀、理解與解釋，我們認為向明的〈樓外樓〉全詩的境域是建立在下列的意念之上：那是一種因「外在環境」－這其中牽涉到整個大時代的動盪與變化－的種種演變而形成並深遠影響到小老百姓（當然包括作者）的「內在心理」；這個影響深刻和深沉的程度足以讓大部分的可憐人民被迫離鄉，「故鄉」因而被迫烙印於記憶之中。數十年之後，終於，「外在環境」藉著時間、政治、局勢、觀念種種因素而不得不改變的狀況下，老百姓總算有幸重返「家園」；問題是思念了多年歲月的「家鄉」，久離之後再度投入它「溫暖」的懷中時，童年和少年時期的那種溫馨美好感覺竟然遍尋不著，置身「故土」卻有流落「異邦」的怪異感受：原本的「內」此刻偏像永遠搆不到的「外」；而反過來的那一方面，少年時代被迫「暫時」投宿、寄人籬下的「異地」，卻已不知從什麼時候開始，不知

不覺、無知無覺或後知後覺的狀況之下，早已悄悄地自千里之「外」、遙遠的「外」、陌生的「外」、令人傷痛無比的「外」，彷彿已完全融入身體之「內」、精神之「內」、思想之「內」、心靈之「內」，變成穩穩的、無法掙脫的、不能不承認的、熟悉的不能沒有的、雖非根植卻也已「差不多」的「內」。因此，當「內」變成「外」而「外」已變成「內」時，「家鄉」是「異地」而「異地」也早成為「家鄉」。

這種「內／外」長期糾葛的二元對立正是〈樓外樓〉於長久的精神心靈承受後所發出來的哀痛呼喊，表面平靜輕鬆，內裡沉重難承。全詩的總意涵結構正是由這種「內／外」的碰撞、掙扎、矛盾、衝突、不斷的上演、辯證、逃躲、又再次上演，無法解決、無法言說、無法中斷，更無法結束而形成。「內／外」來而去，去又來的結果，是「家鄉／異地」的辨認困難，最後終於完全陷入一種無法自救，也無法求救的複雜煎熬困境，彷彿整個地球再也無「家鄉」也無「異地」，甚至連日思夜想的「家鄉」美食，竟然會於突然之間化為一種「無法下嚥」、「遭到抗拒」的「食物」而已。

這種似是而非、卻又似非而是的難堪難纏難解已在漫長（真實與心理、具體和抽象）、彷彿無窮無盡的歲月當中演變成頑固堅韌無比的糾葛：你說我是「異鄉」嗎？我就有本事讓你不管是在有知有覺或是沒知沒覺或是半知半覺、完全抗拒或是心甘情願或是半願半不願的狀況之下，全部吸收我的一切，你現在的所謂「習慣」，是屬於在我領盤上的「習慣」，無論是衣、住、行、言語、意識、行動、思想、甚至是民以為天的「食」。而另一端則是，你說我是「故鄉」嗎？可悲可嘆的是可

憐的你少小被迫不得不離家，心不甘情不願，戰亂烽火，連動盪都不足以形容的舖天蓋地的災難，罩在每一個小老百姓的頭上、勒緊他們的喉頭、塞閉他們的鼻孔、掩蓋他們的耳朵，只剩下大概還稍微看得見的眼睛，勉強還走得動的雙足，雙手舉著不是你那個年紀該玩的槍枝，其他的東西，可能也沒什麼是珍貴的了，因為你連「故鄉」的泥土也來不及抓一把，就隨著不知總數是多少的人，擁著、擠著、推著、踏著、踩著、爬著，往還有一絲空氣的地方搶過去，往還有一小縫隙的地方滑進去，要比其他所有的人都要眼明腳快、醒目地衝上已經離岸但你腳程犀利尚可的船，管它是大是小，管它已塞滿人，只要能載我遠離「此地」（「此地」總是「家鄉」吧！）、受傷慘重的「此地」，航向自由明亮，還有一絲希望的「他鄉」。哭啼、嚎叫、眼淚、鼻涕、撕心、裂肺、肝腸寸斷等等，是多軟弱的文字詞彙，無力描繪你那深不見底沉重的悲啊！「家鄉」、「故鄉」在來不及多瞧一眼時，便已化為多遙多遠、連夢中都見不到、不曉得是否真正「存在」的「某處」而已。歲月流逝、時光漂白、一切與此「某處」有關的，只剩下「依稀」、「彷彿」、「好像是」、「大概吧」、「可能呀」、「也許是」、「不太記得」、「恐怕」、「似乎」、「真的嗎？」、「不知道」。數十年的光陰裏，你與「某處」處在兩個完全隔絕的絕緣體內，你對「某處」的了解，除了幼時的記憶之外，就是「當時」能看得到的、聽得到的「報導」，當然也還可以加上你的「意願」「以為」和「想像」。你能接觸到的，只有「此處」的每日變化，從最早的艱苦奮鬥、到中期的處變不驚、至後來的經濟發展、繁榮現代、富裕建設，而「某處」的驚天動地，媲美天方夜譚

那不可思議的千變萬化，又豈是隔著凶險萬分的海峽這端的你所能知悉理解？

　　數十年如數十世紀漫長逝去，你深埋心底的願望（你原不敢奢望能夠「實現」的）終於在某一天讓你真正地去實現，讓你將久違的「內」穩穩地擁入懷中，再次咀嚼聞名世界的美味佳肴。然而，你如何能預料得到，「內」已於不知何時成了非常飄渺的「外」，而原本陌生遙遠的「外」，竟然是你身處「內」地時唯一要求希望擁有的「外→內」。「內／外」糾葛不但明顯呈顯，並將永生糾纏，無法解脫。

　　這種意念貫徹〈樓外樓〉全詩，從第一節的「不遠千里直奔」就可看出長久別離之後的焦急，為的只是「品嚐」多少年未碰過的兩道菜：西湖醋魚和東坡肉。然而，這種久離的「內」在第二節居然會變成被「抗拒」的「外」，不但「抗拒」，而且「完全拒絕」，因為第三、第四兩句竟然是「我」置身在「內」的「家鄉」而要求一碗在「外」的「他鄉」食物：「蚵仔麵線」；明明知道是不可能的事情，卻向在「內」的師傅開口，這不正是「內／外」糾葛之下已忘記何處是家鄉，何處是異地，或是以為自己已經習慣的「食物」應該隨時隨地可得，或是真的已將「內」「外」「此處」「他處」完全混淆不清了？

　　第三節師傅簡單的一句「原來你們離家太久」卻道盡兩岸的沉重哀痛。「離家太久」難道只有把「西湖醋魚」和「東坡肉」換成「蚵仔麵線」而已嗎？不是的，嚴重的是「抗拒」「精緻」「美味」，原因是「清淡」「高纖」「洗劫」「過久」。作者是道了實情？讚美？諷刺？挖苦？窗外的西湖依然「平

靜」，不能「平靜」的是浮沉「內／外」糾葛之間多少歲月的「心」啊！

（二）微小結構

〈樓外樓〉一詩幾乎每一句都清楚呈現「內／外」糾葛的微小結構：

第一節：

第一行：「不遠千里直奔」充分表達「內」「外」之間的距離：「千里」；心焦：「不遠」、「直」、「奔」；每一個字都說明久別之後的急欲重見，從「外」衝回「內」。

第二行的「樓」與第四行的「樓」都比第三行的「外」高一格，除了點名是「樓」（非平地）之外，也間接說明是「高一等」的，也是第二節第二句「精緻」和「美味」的伏筆。

第三句的「外」在此表面上是「樓外樓」的餐廳名字，但作者的排列方向無形中顯現出「外」的意思來。「外」是「內／外」的「外」，同時也是高高在上的「外」，非能力所及的「外」，已在「習慣」之外的「外」，不及己的「外」，無法無緣無能再擁之入懷的「他鄉」的「外」。

第五句：「只為」表達急於返「內」的原因，也是日久思念的「美味」所驅使。「品嚐」不但說明第六、第七句的菜名，令作者「直奔」之後所要做的事情，同時也告訴讀者這兩道菜的「高」和「貴」，必須「品嚐」而非「大吃」。「久違」顯示「外在環境」形成「內在心理」的不得不如此。如果不是數十年前的時代因素，作者會「久違」「樓外樓」的「西湖醋魚」和「東坡肉」嗎？會將身邊的「內」幻化成夢中的「外」

嗎？

第六句和第七句標名「內」之所在，「樓外樓」的招牌菜，「西湖」的重要，此兩道菜的可貴「不遠千里直奔」的重要原因，也間接說明時代背景、人民心理、「內」「外」既清又不清的面貌。

第一節充滿由「外」奔向「內」的各種關鍵元素。

第二節：

第一句說明因身處「異地」太久而形成由「外」變「內」的原因和因素：「清淡」「高纖」說明「外」在漫長歲月之下所給予的「習慣」。「洗劫」帶著濃厚的「外」意味，是褒？是貶？是中性？是迫不得已？是無可奈何？「過久」則表達「時代」壓迫之下不得不的「時間之長」，「胃」原是自己或自己的，本來可以決定「內」或「外」吧！但被「洗劫過久」之後，你還能肯定你原本深愛的「內」地「美味」敵得過「外」鄉（又變成「內」）的料理嗎？

第二句：「居然」說明了「外在環境」影響「內在心理」的不可理解或不可思議的反應。

「抗拒」正是「內／外」糾葛使到「家鄉／異地」產生錯亂混淆的關鍵動詞。「不遠千里直奔」而來之後「居然」會「抗拒」？在正常的時代、環境、局勢之下可能會發生嗎？多嚴重多沉重的「內／外」效果啊！

「精緻」是對「內」食物的形容，「美味」是對「內」食物的感覺；然而，「抗拒」之後，這「精緻美味」還能守住原來的「內」之地位嗎？或是已由「內」變「外」的形成，而由第四句的「蚵仔麵線」取代？

第三句的「喂、師傅」扮演的是「內／外」糾葛之下說明「現實」的角色：第一點，他是處在「內」的「家鄉」地點；第二，他只能為客人烹調「內」的「西湖醋魚」和「東坡肉」而非「蚵仔麵線」；第三，他點明「家鄉」「西湖」的「平靜」，你「心湖洶湧」與他或西湖何干？第四，他找出「內／外」糾葛最重要的原因：「離家太久」。

第四句：說明「內」變「外」之後，「外」也變成了「內」；原本追求不易的「西湖醋魚」和「東坡肉」就在「我」所在的「西湖」「樓外樓」眼前桌上時，「我」所想的、所要的卻又是千里之「外」的「蚵仔麵線」，多諷刺又多酸苦的心理轉變！

第三節：

第一句的「看了看」與第二句的「看了看」將「我」和「西湖」並排，但「西湖」有「平靜」的形容詞，缺少形容詞的「我」，可想而知。

第三句的「恍然」再次說明師傅的重要：如非他「恍然」，誰能理解「我」為何如此矛盾怪異？

第四句的「原來」說明了師傅理出原委的重要因素，而「離家太久」除了將全詩的關鍵原因釐清，但更重要的是，這四個字也將兩岸五十年的歷史糾葛和上億人民的心頭苦楚道盡；然而，釐清原因之後，〈樓外樓〉的作者可以將其間的各種痛處完全忘去嗎？或只是更加深心底已堆積了近兩萬個日夜的沉重而已？

五

　　向明於 1987 年 8 月 18 日曾在《聯合報》副刊發表〈湘繡被面〉，當時兩岸尚未正式開放，因此詩中出現的沉痛詩句非常多：「好耐讀的一封家書呀／不著一字／摺起來不過盈尺／一接就把一顆浮起的心沉了下去／一接就把四十年睽違的歲月捧住」，或是「海隅雖美／終究是失土的浮根／久已呆滯的雙目／真須放縱在家鄉無垠的長空」，還有「路的盡頭仍然是海／海的面目，也仍／猙獰」，將 1987 年那個年代的無可奈何及累積了四十年的傷痛真實的表達出來。十四年之後，民國九十年 8 月 29 日刊於《中國時報》副刊的〈樓外樓〉，已經是可以返回「家鄉」的時候，從尚未開放的痛苦無奈漫漫歲月到能來去自如的逍遙自在快樂時光，儘管〈樓外樓〉詞彙語氣淺白平淡輕鬆，然而我們讀到的、理解的、感受到的，卻仍是作者心頭千迴萬轉的千變萬化，其間的矛盾掙扎、辛酸悲苦，再多的文字語言也難以描述清楚。我們非常同意向陽在《九十年詩選》[12] 一六六頁「編者案語」中所說的：「既是『不遠千里直奔』，則屬異地，然異地又原本是家鄉，於是本詩演出了異地與家鄉的矛盾辨證。西湖醋魚和蚵仔麵線，一為西湖美味，一為台南料理，『被清淡高纖洗劫過久的胃』終究抗拒前者而選擇後者，日久者時間，日久他鄉（臺灣）成故鄉，地遠者空間，地遠家鄉如異地，『離家太久』從而成為這種矛盾心情的

12　見焦桐主編《九十年詩選》，台北，台灣詩學季刊雜誌社印行，民 91 年 5 月 5 日初版，〈編者案語〉中之向陽評語，p.166。

詮解。奇與趣俱成，有無奈，有宿命，也有認同與回歸的躊躇，但沒有答案，留給天地解決。」

　　向陽的結語正如我們在前文剖析中所指出的，〈樓外樓〉全詩建構在「家鄉／異地」的「內／外」「糾葛」的意涵結構上，既是「糾葛」，就永無解開之日。

參考書目

GOLDMANN，Lucien，Le Dieu caché，Paris，Gallimard，1959。

GOLDMANN，Lucien，Pour une Sociologie du roman，Paris，Gallimard，1964。

GOLDMANN，Lucien，Le structuralisme génétique，Paris，Denoël/Gonthier，1977。

何金蘭著，《文學社會學》，台北，桂冠出版社，1989 年。

何金蘭，〈洛夫〈清明〉詩析論——高德曼「發生論結構主義」方法之應用〉一文刊於《台灣詩學季刊》第五期，1993 年 12 月，p.104~p.112。

何金蘭，〈剖析〈門外的樹〉之意涵結構〉，刊於《台灣詩學季刊》第十一期，1995 年 6 月，p.139~p.146。

何金蘭，〈繫與不繫之間——剖析林泠的〈不繫之舟〉〉，台北，淡江大學「第二屆東亞漢學國際學術會議」1997 年 11 月 14 日及 15 日，刊於《台灣詩學季刊》第二十二期，1998 年 3 月，p.7~p.12。

何金蘭，〈剖析香港詩人羈魂〈看山‧雨中〉和〈鑿〉二詩〉，韓國

江原大學校「第三屆東亞漢學國際學術會議」，1998 年 9 月 25 日及 26 日。

何金蘭，〈屈服抑或抗拒？──剖析淡瑩〈髮上歲月〉一詩〉，淡江 大學中文系主辦「中國女性書寫國際學術研討會」，1999 年 4 月 30 日~5 月 1 日，收入淡江大學中文系主編《中國女性書寫 國際學術研討會論文集》，台北，學生書局，1999 年 9 月出 版，p.1~p.18。

何金蘭，〈女性自我意識：主體／幻象／鏡象／主體──剖析蓉子 〈我的粧鏡是一隻弓背的貓〉一詩〉，中國詩歌藝術學會主辦 「兩岸女性詩歌學術研討會」，1999 年 7 月 4 日，刊於《台灣 詩學季刊》第廿九期，1999 年 12 月，p.144~p.161。

何金蘭，〈存活於「虛無」中之「實在」──剖析羈魂〈一切看來 是那麼實在〉一詩〉，香港中文大學「香港文學國際研討會」，1999 年 4 月 15 日~17 日，收入《淡江人文社會學刊》第五 期，台北，民 89 年（2000 年）5 月，p.1~p.15。

何金蘭，〈眾弦俱寂裡之唯一高音──剖析夐虹〈我已經走向你 了〉一詩〉，收入《台灣前行代詩家論》第六屆現代詩學研討 會論文集，國立彰化師範大學國文系主編，台北萬卷樓出版，2003 年 11 月，p.43~p.57。

張默、蕭蕭編《新詩三百首》，台北，九歌出版社，1995 年。

焦桐主編《九十年詩選》，台北，台灣詩學季刊雜誌社印行，民 91 年 5 月 5 日初版

向明詩作中的現象與意涵

——以「詩選」為例

林于弘

國立台北教育大學語文與創作學系教授兼主任

───◆───

一、前言

　　該如何引介或選評一位創作超過五十年的詩人和他的作品呢？從 1951 年開始創作的向明，也正是如此的典型。以他在台灣出版的個人中文詩集來看，從《雨天書》（1959）開始，到《狼煙》（1969）、《青春的臉》（1982）、《水的回想》（1988）、《隨身的糾纏》（1994）、《向明・世紀詩選》（2000），以及最近的《陽光顆粒》（2004），處處可見詩人的多樣面貌。此外，尚有散文、詩話、詩選、譯著、童話、童詩等超過三十本以上的專著，也呈現向明豐富的創作類型。

　　身為重要元老詩社——「藍星詩社」的核心人物，向明的詩作也不時呼應（或抗拒）這半個多世紀來，有關台灣現代詩壇的堅持與遞變。他曾明確表示：「我視理論如敝履，決不跟著別人的笛音起舞。」、「我堅持以生活入詩，更以精鍊的生活語言來表現詩。」、「我尊敬每一位從事詩的創作者，我主張我們祇在詩藝上競爭。[1]」而這和他在《向明・世紀詩選》中，

---

[1] 向明：〈向明詩觀〉，《向明・世紀詩選》（台北市：爾雅，2000 年），頁

以手寫製版的卷首詩──〈蒲公英〉，也可互為因應。

> 把一生
> 一生中最美好的部份
> 嗶嗶落落的
> 隨風散盡之後
> 就擁有著光禿的自己
> 淨看
> 他人的形形色色了
>
> 就知道
> 就知道自己
> 只是大地任何一角
> 最最微不足道的
> 一株蒲公英
> 曾經努力生活過，也有
> 小小的付出[2]

　　這種「有所為、有所不為」的想法，正是向明卑微卻又崇高的堅持，然而詩人的想法與作為，在編選者的心中是否也能彼此符合，其實是另一個需要深入檢驗的問題。因此本論文即以「詩選」為對象，檢驗向明在「詩選」中所呈現的形式特徵

5。
[2] 向明：〈蒲公英〉，《向明‧世紀詩選》，頁②-③。原刊於《水的回想》（台北市：九歌，1988年），頁72-73。

與內容意涵。

二、「詩選」的意涵與價值

文學社會學者埃斯卡皮（Robert Escarpit）認為：「所有文學活動都是以作家、書籍和讀者三者的參與為前題。總括來說，就是作者、作品及大眾藉著一套兼有藝術、商業、工技各項特質而又極其繁複的傳播操作，將一些身份明確（至少總是掛了筆名、擁有知名度）的個人，和一些通常無從得知身份的特定集群串連起來，構成一個交流圈[3]。」爰此，文化資源的分配與爭奪，也就成為誰能取得文化生產與消費主導的關鍵，而這些少數的權威聲音，往往能主導風潮，甚至影響大多數人的觀點。是以如葛蘭西（Antonio Gramsci）的「文化霸權」（culture hegemony）觀念，也表達出試圖支配者的強勢作為與旺盛慾念的可能，而典律的生成，也就成為實踐此一企圖的重要象徵。

在文學典律化的過程中，資源分配是最主要的核心關鍵，這也就是誰能取得主導文化生產與消費管道的問題。透過典律的形成與典範的塑造，極少數的權威聲音不僅能掌控潮流，同時也能影響大多數人的價值判斷，因此文學選的編輯與詩人所競逐的正是此一時空延伸的支配力。

「詩選」的編纂也可說是此一動機的具體表徵，因其對詩壇的權力運作、潮流風尚與個人創作，都會產生相當程度的影

---

[3] 葉淑燕譯，侯伯·埃斯卡皮（Robert Escarpit）著：《文學社會學》（台北市：遠流，1990 年），頁 1。

響。加上「詩選」都擁有固定的編輯理念和市場，因此詩選的
行銷普遍就比個人詩集來得穩定。基本而言，「各種詩選的選材
範圍各有不同，不過在詩作的揀選上，作品優劣應該是唯一的
考量，而這也該是任何一本詩選所要極力標榜的首要原則。[4]」
是以「詩選」的標竿作用，也就成為不同個人或族群表達思想
的重要園地。

　　詩選的類型、種類繁多，諸如以主題內容掛帥的《反共抗
俄詩選》、《情詩一百》，以詩社派系區隔的《龍族詩選》、《藍
星詩選》，或是以年度斷代的《七十一年詩選》、《1982 年台灣
詩選》，以及根據形式架構為準的《小詩選讀》、《可愛小詩
選》等等，凡此以年齡、性別、形式、語言等特殊條件為選錄
標準的各種詩選，一概不列入討論，且為考量時代上的質量需
求，本研究將以 1980 年以後出版，並以具備：塑造經典、跨
越時代、取樣普遍等原則的「詩選」，作為研究底本。

三、「詩選」中向明詩作的選錄狀況

　　依據之前明列的條件限制，本研究列入分析的「詩選」合
計有 18 種，而其書名、編選者、出版者、出版年月，及其選
錄向明詩作的相關狀況，亦一併統計如下（參見表 1）：

---

[4] 林于弘：《台灣新詩分類學》（台北市：鷹漢文化，2004 年），頁 98。

表 1 「詩選」中向明詩作選錄一覽表

書名	編選者	出版者	出版年月	選錄詩作
感月吟風多少事——現代百家詩選	張默	台北：爾雅	1984.09.	1. 煙囪 2. 巍峨 3. 瘤
中國新詩賞析（二）	林明德 李豐楙 呂正惠 何寄澎 劉龍勳	台北：長安	1985.04.	1. 巍峨
現代中國詩選 II	楊牧 鄭樹森	台北：洪範	1989.02.	1. 你之羅馬 2. 野地上
中國現代詩	張健	台北：五南	1989.04	1. 展 2. 詩人 3. 窗外 4. 野菠蘿 5. 馬尾松 6. 一株自己
中國新詩淵藪（中）——中國現代詩人與詩作	王志健	台北：正中	1993.07.	1. 啊！引力，昇起吧！ 2. 富貴角之晨 3. 門外的樹 4. 蔦蘿 5. 成人的憂鬱 6. 時間 7. 感覺中 8. 他們手無寸鐵在血泊中
新詩三百首 1917～1995（上）	張默 蕭蕭	台北：九歌	1995.09.	1. 午夜聽蛙 2. 巍峨 3. 湘繡被面

書名	編選者	出版者	出版年月	選錄詩作
中華新詩選	中華民國新詩學會	台北：文史哲	1996.03.	1. 雨天書 2. 富貴角之晨 3. 菩提樹 4. 車馳勝興 5. 過國父紀念館
中華新詩選粹	中華民國新詩學會	台北：文史哲	1998.06.	1. 窗外的加德麗亞 2. 盪秋千 3. 隔海捎來一隻風箏
天下詩選 II：1923～1999 台灣	瘂弦	台北：天下文化	1999.09.	1. 隔海捎來一隻風箏
新詩讀本——台灣現代文學教程	蕭蕭 白靈	台北：二魚文化	2002.08.	1. 午夜聽蛙 2. 隔海捎來一隻風箏 3. 捉迷藏
當代文學讀本——台灣現代文學教程	唐捐 陳大為	台北：二魚文化	2002.08.	1. 吊籃植物
現代百家詩選 1952～2003（新編）	張默	台北：爾雅	2003.06.	1. 巍峨 2. 瘤 3. 革石篇
世紀新詩選讀	仇小屏	台北：萬卷樓	2003.08.	1. 黃昏醉了
現代詩精讀	游喚 徐華中	台北：五南	2003.09.	1. 東勢林場紀遊之一
中華現代文學大系（貳）——臺灣 1989～2003 詩卷（一）	白靈	台北：九歌	2003.10.	1. 跳房子 2. 雛舞孃 3. 隔海捎來一隻風箏 4. 跳繩

書名	編選者	出版者	出版年月	選錄詩作
				5. 捉迷藏 6. 或人的記憶 7. 秋天的詩 8. 太師椅
現代新詩讀本	方群 孟樊 須文蔚	台北： 揚智	2004.08.	1. 家 2. 瘤
台灣現代文選——新詩卷	向陽	台北： 三民	2005.06.	1. 風波 2. 捉迷藏
二十世紀台灣詩選	馬悅然 奚密 向陽	台北： 麥田	2005.08.	1. 富貴角之晨 2. 瘤 3. 蔦蘿 4. 馬尼拉灣的落日 5. 可能 6. 滾鐵環

在前列 18 種的諸家詩選中，共選錄 44 首不同時期、不同類型的向明詩作，其中〈一株自己〉、〈太師椅〉、〈他們手無寸鐵在血泊中〉、〈可能〉、〈吊籃植物〉、〈成人的憂鬱〉、〈你之羅馬〉、〈車馳勝興〉、〈或人的記憶〉、〈東勢林場紀遊之一〉、〈門外的樹〉、〈雨天書〉、〈秋天的詩〉、〈革石篇〉、〈風波〉、〈家〉、〈展〉、〈時間〉、〈馬尼拉灣的落日〉、〈馬尾松〉、〈啊！引力，昇起吧！〉、〈野地上〉、〈野菠蘿〉、〈湘繡被面〉、〈窗外〉、〈窗外的加德麗亞〉、〈菩提樹〉、〈黃昏醉了〉、〈感覺中〉、〈煙囪〉、〈詩人〉、〈跳房子〉、〈跳繩〉、〈過國父紀念館〉、〈滾鐵環〉、〈盪秋千〉、〈雛舞孃〉等 37 首單獨出現的詩作此不贅述；至於重複出現的〈隔海捎來一隻風箏〉、〈瘤〉、〈巍峨〉、〈捉迷藏〉、〈富貴角之晨〉、〈蔦蘿〉、〈午夜聽蛙〉等

7 首，則依其出現次數多寡排序，並詳列選錄「詩選」的名稱，一併呈現於下（參見表 2）：

表 2 「詩選」選錄向明詩作兩次以上之詩作及其對應「詩選」一覽表

次數	詩作名稱	選錄詩選名稱
4	隔海捎來一隻風箏	1. 中華新詩選粹 2. 天下詩選 II：1923～1999 3. 新詩讀本——台灣現代文學教程 4. 中華現代文學大系（貳）——臺灣 1989～2003 詩卷（一）
4	瘤	1. 感月吟風多少事——現代百家詩選 2. 現代百家詩選 1952～2003（新編） 3. 現代新詩讀本 4. 二十世紀台灣詩選
4	巍峨	1. 感月吟風多少事——現代百家詩選 2. 中國新詩賞析（二） 3. 新詩三百首 1917～1995（上） 4. 現代百家詩選 1952～2003（新編）
3	捉迷藏	1. 新詩讀本——台灣現代文學教程 2. 中華現代文學大系（貳）——臺灣 1989～2003 詩卷（一） 3. 台灣現代文選——新詩卷
3	富貴角之晨	1. 中華新詩淵藪（中）——中國現代詩人與詩作 2. 中華新詩選 3. 二十世紀台灣詩選
2	蔦蘿	1. 中華新詩淵藪（中）——中國現代詩人與詩作 2. 二十世紀台灣詩選
2	午夜聽蛙	1. 新詩三百首 1917～1995（上） 2. 新詩讀本——台灣現代文學教程

　　以上的〈隔海捎來一隻風箏〉與〈捉迷藏〉雖然是後出的作品，但是在晚近編選的「詩選」中，也得到不少關愛的眼光，至於〈富貴角之晨〉、〈瘤〉和〈巍峨〉，則屬於歷久彌堅的長銷之作。

四、「詩選」中向明詩作的形式特徵

　　就〈隔海捎來一隻風箏〉、〈瘤〉、〈捉迷藏〉、〈富貴角之晨〉、〈巍峨〉、〈蔦蘿〉、〈午夜聽蛙〉等 7 首在「詩選」中曝光度較高的詩作言，其分布的時間屬性、選錄於詩選的狀況，以及收錄於向明個人詩集的情形，其實也各有差異（參見表 3）：

表 3　「詩選」選錄向明重要詩作及其發表與收錄個人詩集狀
　　　況一覽表

詩作名稱	首次發表時間及刊物	收錄於向明詩集情形
富貴角之晨	1962.03，中華日報副刊	狼煙 向明・世紀詩選
瘤	1975.04.11，藍星季刊新三號	青春的臉 向明・世紀詩選
巍峨	1975.04.13，秋水詩刊第六期 1975　　　　中華日報副刊	青春的臉 向明・世紀詩選
蔦蘿	1977.07，秋水詩刊第十五期	青春的臉 向明・世紀詩選
午夜聽蛙	1987.07.02，聯合報聯合副刊 1987.09.15 香港當代詩壇創刊號	水的回想 向明・世紀詩選
隔海捎來一隻風箏	1992.06.10，聯合報聯合副刊 1992.07 藍星詩刊第三十二期	隨身的糾纏 向明・世紀詩選

詩作名稱	首次發表時間及刊物	收錄於向明詩集情形
捉迷藏	1993.09.14，中國時報人間副刊 1993.04，台灣詩學季刊第四期	隨身的糾纏 向明・世紀詩選

就時間的分布情形言，〈富貴角之晨〉是 60 年代的作品，〈瘤〉、〈巍峨〉、〈蔦蘿〉則是 70 年代中期的作品，〈午夜聽蛙〉是 80 年代的作品，〈隔海捎來一隻風箏〉和〈捉迷藏〉則是 90 年代前期的作品。總的來看，從 60 到 90 年代，向明各有不同的代表作入選，可見其創作的延續與精進。

再就發表的刊物來看，《中華日報》、《聯合報》、《中國時報》等報紙副刊，以及《藍星》、《秋水》與《台灣詩學》等詩刊，是向明入選「詩選」作品的主要出處，而這也和他平時習慣發表作品的園地相互呼應。

最後，有關這些詩作收錄於向明個人詩集的情形為：《狼煙》1 首，《青春的臉》3 首，《水的回想》1 首，《隨身的糾纏》2 首。另外，在上世紀末出版的《向明・世紀詩選》則收錄此處全部的 7 首詩作，可見這 7 首詩不僅僅受到編選者的青睞，作者自身對於這些作品的認同，也是顯而易見的。

不過，有關向明新作《陽光顆粒》（2004）尚未見收錄相關詩作的原因，應該是時間問題。一般詩作從發表、出版到被討論、重視，往往需要不少時間的淘汰洗選，因此「詩選」所呈現的詩人作品，往往也是詩人已經備受肯定的「舊作」，所以在一般具有經典企圖的大型詩選中，詩人的新作往往相對罕見，因此詩選和詩人的新作很容易呈現「時間差」的遲延現象，這在拉長整體的觀察時間之後，就能明瞭這個因時間差異所衍生的問題。

接下來，再從〈富貴角之晨〉、〈瘤〉、〈巍峨〉、〈蒹葭〉、〈午夜聽蛙〉、〈隔海捎來一隻風箏〉、〈捉迷藏〉等 7 首詩作，在形式特徵的部分，分別加以解析（參見表4）：

表4 「詩選」選錄向明重要詩作之段數、行數一覽表

詩作名稱	形式特徵
富貴角之晨	4+4+4+4=16
瘤	5＋1＋4+10+6=26
巍峨	10+8=18
蒹葭	3+3+5+4=15
午夜聽蛙	33+3=36
隔海捎來一隻風箏	10+10+10=30
捉迷藏	3+3+3+3+3+4=19

有關形式特徵的部分，以下將從段數、行數，及用韻等部分，分別進行分析。首先在分段的部分，這 7 首詩作最少分兩段，最多則分六段；至於行數的部分，最多是 36 行，最少是 15 行。此外，有關分段的部分，這 7 首詩作各有不同。如〈富貴角之晨〉是全詩 4 段，每段 4 行的整齊形式，而其句末的「近、雲、銀、伸、鏡、重、明、夢、晨、程」，也可見嘗試以「ㄣ、ㄥ」用韻的企圖。

〈捉迷藏〉同樣是形式雷同的結構，前五段每段都是 3 行，每段的第一行都是「我要讓你看不見」，至於各段第一、三行的末尾分別是：「見、剪，見、煙，見、欠，見、顏，見、天」，押「ㄢ」韻的意圖非常明顯，甚至最後一段以「終究，這世界還是太小／一轉身就被你看見了／你將我俘虜／用

盡所有傳媒的眼線[5]」總結，似乎也考慮聲情的要求。

〈隔海捎來一隻風箏〉共分三段，每段 10 行也相當整齊，這三段的第一行分別是：「就讓自己再年輕一次吧」、「可能嗎？再一次年輕」、「可能嗎？也許可以再一次年輕」，這也屬於「換句話說」的變化。另外，其句末使用「箏、鵬、重、輕、撐、聲、箏、沉、辰、引、輕、坪、影、靈、箏、睛」，也可以看出向明嘗試用「ㄥ、ㄣ」韻的痕跡。

〈午夜聽蛙〉一詩共 36 行，但是前 35 行卻都以「非」字開頭，進行連串的否定辯證：

> 非吳牛
>
> 非蜀犬
>
> 非悶雷
>
> 非撞針與子彈交媾之響亮
>
> 非酒後怦然心動之震驚
>
> 非荊聲
>
> 非楚語
>
> 非秦腔
>
> 非火花短命的無聲噗哧
>
> 非瀑布冗長的串串不服[6]

5　向明：〈捉迷藏〉，《向明‧世紀詩選》，頁 120。原刊於《隨身的糾纏》（台北市：爾雅，1994 年），頁 188。

6　向明：〈午夜聽蛙〉，《向明‧世紀詩選》，頁 90。原刊於《水的回想》，頁 159-160。

　　這種排比的句型結構，具有連續複沓的效果，也可以看出作者的巧心安排。同樣的，〈蔦蘿〉第三段也運用排比和重複的技巧：

　　　　以破瓦缽為家
　　　　以防盜窗當天梯
　　　　以紅色的小喇叭花吹出
　　　　向上
　　　　向上[7]

　　至於〈巍峨〉的首段，也可以看見類似的安排：

　　　　我吞砂石
　　　　我嚼水泥
　　　　我大桶大桶的喝水
　　　　我是那巨口大腹的
　　　　攪拌機
　　　　吃一切硬的
　　　　　　　粗糙的
　　　　　　　　未曾消毒的
　　　　在不停的忙碌中
　　　　在不停的歌唱中[8]

7　向明：〈蔦蘿〉，《向明・世紀詩選》，頁 47-48。原刊於《青春的臉》（台北市：九歌，1982 年），頁 86。
8　向明：〈巍峨〉，《向明・世紀詩選》，頁 45。原刊於《青春的臉》，頁 41-

以上局部使用排比重複的字詞語句，也經常可以在向明其他的詩作中呈現，這也是他非常喜歡的一種表達方式。另外，有關對比形式的建構，則可以從〈瘤〉得到印證：

> 我吸取天地之精華
> 你吸取我
> 我口含閃電
> 你發出雷鳴
> 我胸中藏火
> 你燃之成燈[9]

作者利用「你」「我」之間的對比，也可以加深論證的深廣度，並藉以提升詩作的張力，而這些看似平常的段落結構與字句安排，也正是向明看似平凡詩作中的不平凡特色。

整體而言，向明詩作在形式特徵的部分並不明顯，在分段或行數的設計上，他並不著重外在形式的刻意經營，而是配合詩作的意義或情境，搭配不同的段數或行數安排。至於在押韻和修辭技巧的部分，向明雖不強求押韻，也不刻意迴避，但是在必要的時候，他也經常選擇用韻，畢竟「詩如有韻味，會使人自動去親近詩，也易於記憶。[10]」另外在修辭的部分，重複與排比的形式經營，也是向明詩作常見的特色。

42。

9　向明：〈瘤〉，《向明‧世紀詩選》，頁 43。原刊於《青春的臉》，頁 39-40。

10　向明：〈音容俱杳說新詩〉，《藍星詩學》第 7 期（2000 年 9 月），頁 3。

五、「詩選」中向明詩作的內容意涵

　　有關向明〈富貴角之晨〉、〈瘤〉、〈巍峨〉、〈蔦蘿〉、〈午夜聽蛙〉、〈隔海捎來一隻風箏〉、〈捉迷藏〉等 7 首詩作，在內容意涵上普遍具有「託物興寄」的特色。〈富貴角之晨〉是其中唯一的寫景詩作，從「伸右手出去，右首是／太平洋，一大片薄薄的銀／當你無意的一伸／可以撈起一方湛藍的菱鏡[11]」的寫景筆法，表現也非常亮麗。至於「直到讀遍了滿滿的一頁早晨／才輕快地握著今天啟程[12]」的結尾，則展現作者積極樂觀、奮發進取的精神。

　　〈瘤〉也是向明早期非常知名的詩作，由「你是潛藏於體內的／欲除之後快的／那一種瘤」破題，以造成讀者的「誤解」，但是作者把寫詩的習慣和如瘤的絕症相比擬，直到末尾：

> 最後，你無非是
> 要把我瘦成一張薄薄的紙
> 紙上的一些什麼
> 凡掃過的日月
> 競相含淚驚呼

---

[11] 向明：〈富貴角之晨〉，《向明・世紀詩選》，頁 26。原刊於《狼煙》（台北市：純文學，1969 年），頁 64-65。

[12] 向明：〈富貴角之晨〉，《向明・世紀詩選》，頁 27。原刊於《青春的臉》，頁 65。

　　這才是詩[13]

　　這才一舉闡明寫詩的艱辛，並闡釋寫詩為何也是「久年無
法治癒的絕症」。如此「詩」與「病」的辯證似同又異、似異
又同，更可以讓讀者明白寫詩的嘔心瀝血的艱苦，以及類似絕
症般不可救藥的難以自拔。

　　〈巍峨〉也是一種由實而虛的寫法，具體的內容是在表現
「攪拌機」的豪邁氣勢，以及其對現代建設的具體成就感，而
這在工業極度發展的台灣都市來說，更讓我們有一種莫名的感
慨與感動：

　　　　拔地而起
　　　　堂皇硬朗的一種
　　　　佔領
　　　　它的名字叫做
　　　　巍峨[14]

　　作者透過問答的技巧，建構「巍峨」的形象，並且以鏡頭
跳接的手法，呈現「拔地而起／堂皇硬朗的一種／佔領」的突
兀，令人對文明的力量感到驚訝讚嘆。

　　至於〈蔦蘿〉則是一首歌詠植物的詩作，作者藉由一株纖
弱蔦蘿的強韌生命意志，呈現積極成長提升的力量，「以紅色

---

[13]　向明：〈瘤〉，《向明‧世紀詩選》，頁 43-44。原刊於《青春的臉》，頁 40。
[14]　向明：〈巍峨〉，《向明‧世紀詩選》，頁 45。原刊於《青春的臉》，頁 41-
　　　42。

的小喇叭花吹出／向上／上向」三句看似樂觀，但是結尾「而你居然不知道／上面是四樓／即使是月落／也亮麗在老遠」，卻表現出另一種無知的蒼涼，令人不勝欷噓。

〈午夜聽蛙〉在形式設計和內容安排上，皆有作者獨具的慧心。首先，這是一首因聽覺所引發的思維辯證。向明選取諸多的典故及傳說後加以排除，表現天地間各種聲音的展現。「這些看似枯燥的否定辯證，便是向明『以小見大』的超凡技巧，透過微不足道的『蛙聲』所獲致的體會，這其實便是詩人對生命歷程的質疑與論辯。[15]」至於最後的

> 非惟夜之如此燠熱
> 非得有如此的
> 不知所云[16]

這不但翻轉了之前漫長的種種假設，也讓天地萬物的歸類屬性，回到最原始的狀態。蛙聲畢竟只是蛙聲，詩人的徒勞費神，也許是一種不合時宜的暗示，於是當一切回到原點，所有的不知所云似乎也變得理直氣壯了。

〈隔海捎來一隻風箏〉的寫作有其特殊時空人物及背景，作者在附註自言：「海峽對岸同名詩人向明，最近托人捎我一隻風箏，未附任何言語，揣度其用意，遂成此詩，聊作答

---

[15] 方群：〈長洲孤月向誰明？──《談向明：世紀詩選》〉，《藍星詩學》第 8 期（2000 年 12 月），頁 145。

[16] 向明：〈午夜聽蛙〉，《向明‧世紀詩選》，頁 90。原刊於《水的回想》，頁 159-160。

謝。」這也是一首詠物言志的詩，首段「暗示得好深長的一分
期許／儼然，年輕時遺落的飛天大志」，寫青年時不知天高地
闊的豪情。次段「起落升沉了多少次起落升沉／居高不墜總羨
日月星辰／愛恨割捨不了的是／那些拘絆拉扯的牽引」，寫中
年飄泊羈絆的無奈感慨。末段「所有的啄喙，所有的箭矢／就
請對準這隻老不折翼的風箏／看牠幾番騰躍，一路揚升而上／
看牠一個俯衝下去，從此捨身下去」則是自身氣力不逮的感今
傷昔。這首創作一方面是有自勉勉人的答贈意義，另一方面也
是對理想與現實的感慨，作者在詠物的同時，也投注個人深刻
的感情，交融物我之間的密切情懷。

　　〈捉迷藏〉則是向明「遊戲系列」的作品之一（〈跳繩〉、
〈盪鞦韆〉），這首詩是以「我要讓你看不見」當成每一段的第
一行，表現出捉迷藏的遊戲本質。接著作者依序以「連影子也
不許露出尾巴／連呼吸也要小心被剪」、「把所有的名字都塗成
漆黑／讓詩句都悶成青煙」、「絕不再伸頭探看天色／縮手拒向
花月賒欠」、「用蟬噪支開你的窺視／以禪七混淆所有的容
顏」、「像是鳥被卸下翅膀／有如麥子俯首秋天」，分別安排
「躲藏」的要件，然而這諸多的努力，卻因為

> 終究，這世界還是太小
> 一轉身就被你看見了
> 你將我俘虜
> 用盡所有傳媒的眼線[17]

---

[17]　向明：〈捉迷藏〉，《向明‧世紀詩選》，頁 120。原刊於《隨身的糾纏》，
　　　頁 188。

　　這裡一語道破「我」的無所遁逃於「傳媒的眼線」。由此反觀，世界不大、傳媒太多，所以沒有躲藏的空間，這可能是詩人寫作的巧合，但更可能是向明有意的反諷。

　　就以上的詩作觀察，不論是在題材的選擇，布局的安排，或是意象的建構等等，都能塑造詩人平易樸實的作品內容及寫作風格。

六、結論

　　詩是一個人思想情緒的無聲表達。而人的思想情緒又莫
　　不受其周遭的一切變化而起波動。[18]

　　就「詩選」中的向明系列詩作觀察，在形式特徵方面，向明雖不致力於塑造形式或格律上的特色，但是當某些需求存在時，也不會刻意迴避形式及格律的規範。他曾明確指出：「我們今天的現代詩會落到人人見而畏之，人人都對之莫測高深，便是詩人太過自由的結局。[19]」因此利用押韻，或是結合排比、重疊等修辭技巧，以營造詩作聲韻或內容的意義，也經常可以在向明的詩作中發現。向明自己也認為：「一首詩的完成，準確與新鮮是追求的兩大重點。所謂：『語不驚人死不休』也不外乎是求準確求新鮮。[20]」他是這個理想的服膺者，也是這個理想的追求者。

---

[18]　向明：〈後記〉，《水的回想》，頁 175-176。

[19]　同註 10，頁 4。

[20]　向明：〈向明詩觀〉，《向明‧世紀詩選》，頁⑤。

　　至於在內容意涵的部分，向明喜歡採取生活周遭的類型題材以入詩，並往往從具體的外在物象，逐步延伸向內在心靈的探索。方群認為：「向明的語言以『清淨平淡』為宗，作品也多以生活體驗為主。[21]」陶保璽也認為：「他善於在抒情性的敘事之中，以清明、簡練、頗具詩趣的語言出之，將靈魂寫真，容涵於讀者對詩的審美語言感悟之中。[22]」至於沙穗則表示：「向明的詩表面上看，文字平淡、結構稀鬆……他的詩絕非『單純的平淡』。換句話說，平淡只是他表現技巧的一種方式。[23]」向明自己也明言：「……對世事的敏銳度，對美醜的分別心，對弱勢的關懷感，一點也未因體能老化而遲鈍，這些仍是我詩意象處理的基本素材。[24]」是以「向明用歲月所提煉的生活體驗，反而更能禁得起時間的考驗，而散發出成熟的芳香與智慧。這些細火慢燉的詩作，也許沒有太多的辛辣刺激，但是在看似樸拙平凡的內容和技巧，卻蘊藏著更多值得品味的咀嚼。[25]」

　　基本而言，本研究是以抽樣的方式，管窺向明詩作的奧秘，雖然取樣的數量不多，但是這些被歷來「詩選」反複錄用的作品，應該也可以在向明超過五十年的創作長卷中，留下最醒目的標誌與紀錄。

---

[21] 同註 15，頁 145。

[22] 陶保璽：〈張望青春的臉，原是一隻老不折翼的風箏——對向明詩作內蘊及藝術探索的掃瞄與賞鑒（下）〉，《藍星詩學》第 8 期（2000 年 12 月），頁 196。

[23] 沙穗：〈時間長廊——談《青春的臉》〉，《台灣新聞報・西子灣副刊》，1982 年 12 月 16 日。

[24] 向明：〈為詩奮起為詩狂〉，《陽光顆粒》（台北市：爾雅，2004 年），頁 18。

[25] 同註 15，頁 144-145。

附錄・「詩選」選錄向明詩作兩次以上 之詩作內容一覽表

（一）隔海捎來一隻風箏

就讓自己再年輕一次吧
臨老，你從隔海捎來一隻風箏
青綠的雙翅暗鑲虎形斑紋
迎風一張，竟若那隻垂天的大鵬
頎長的尾翼，拖曳出去
又是鳳凰來儀的莊重
暗示得好深長的一分期許
儼然，年輕時遺落的飛天大志
被你一頭捎了過來
要我再走一次年輕

可能嗎？再一次年輕
風骨當然還是當年耐寒的風骨
又硬又瘦又多稜角的幾方支撐
稍一激動還是撲撲有聲
仍舊愛和朔風頑抗
好高鶩遠不脫靈頑的一隻風箏
起落升沉了多少次起落升沉
居高不墜總羨日月星辰

愛恨割捨不了的是
那些拘絆拉扯的牽引

可能嗎？也許可以再一次年輕
把蕭蕭白髮推成蕭颯草坪
放出白鴿、放出青鳥、放出囚禁
的陰影
邀請風雨，邀請雷電，邀請旗幟
邀請一切愛在長空對決的諸靈
所有的啄喙，所有的箭矢
就請對準這隻老不折翼的風箏
看牠幾番騰躍，一路揚升而上
看牠一個俯衝下去，從此捨身下
去
時間在後面追成許多仰望的眼睛

（二）瘤

你是潛藏於體內的
欲除之而後快的
那一種瘤
是一種久年無法治癒的

絕症

除了灰飛煙滅
你絕不止過敏於花粉
夏秋間
一隻蟬脫蛻時的痙攣
你也痙攣
而且，你頑固如掌上的一枚繭
剝去一層
另一層
又已懷孕

我吸取天地之精華
你吸取我
我口含閃電
你發出雷鳴
我胸中藏火
你燃之成燈

最後，你無非是
要把我瘦成一張薄薄的紙
紙上的一些什麼
凡掃過的日月
競相含淚驚呼
這才是詩

（三）捉迷藏

我要讓你看不見
連影子也不許露出尾巴
連呼吸也要小心被剪

我要讓你看不見
把所有的名字都塗成漆黑
讓詩句都悶成青煙

我要讓你看不見
絕不再伸頭探看天色
縮手拒向花月賒欠

我要讓你看不見
用蟬噪支開你的窺視
以禪七混淆所有的容顏

我要讓你看不見
像是鳥被卸下翅膀
有如麥子俯首秋天

終究，這世界還是太小
一轉身就被你看見了
你將我俘虜

用盡所有傳媒的眼線

（四）富貴角之晨

深呼吸在薔薇色的晨曦裡
大屯山坦坦的小腹似是這麼近
我不敢仰望
仰望將會觸著金屬的雲

伸右手出去，右首是
太平洋，一大片薄薄的銀
當你無意的一伸
可以撈起一方湛藍的菱鏡

引頸向西，西方是那麼沉重
海峽的密雲尚在醞釀著黎明
你不可能看得再遠
再遠，大陸尚在噩夢

這時，我們便開始讀著海了
這時，海便教著我們了
直到讀遍了滿滿的一頁早晨
才輕快地握著今天啟程

（五）巍峨

我吞砂石

我嚼水泥
我大桶大桶的喝水
我是那巨口大腹的
攪拌機
吃一切硬的
　　　粗糙的
　　　未曾消毒的
在不停的忙碌中
在不停的歌唱中
你們看見麼？
我嘔心瀝血的
就是那一大片蒼茫空白處
拔地而起
堂皇硬朗的一種
佔領
它的名字叫做
巍峨

（六）蔦蘿

你是被風被雨被貧瘠揉得細細的
一株蔦蘿
隔鄰的電吉他一響
就令人耽心的一種纖瘦

而你居然不慣使用耳朵

卻伸出眾多

攀援的掌

以破瓦缽為家

以防盜窗當天梯

以紅色的小喇叭花吹出

向上

向上

而你居然不知道

上面是四樓

即使是月落

也亮麗在老遠

（七）午夜聽蛙

非吳牛

非蜀犬

非悶雷

非撞針與子彈交媾之響亮

非酒後怦然心動之震驚

非荊聲

非楚語

非秦腔

非火花短命的無聲噗哧

非瀑布冗長的串串不服

非梵唱

非琴音

非魔歌

非過客馬蹄之達達

非舞者音步之恰恰

要嬰啼、亦

非鶯啼

非呢喃、亦

非喃喃

非捏碎手中一束憤懣的過癮

非搗毀心中一尊偶像的清醒

非燕語

非宣言

非擊壤

非街頭示威者口中泡沫的飛灰煙

滅

非番茄加雞蛋加窗玻璃的嚴重失

血

非鬼哭

非神號

非花叫

非鳳鳴

非……

非非……

非非非……

非惟夜之如此燠熱

非得有如此的

不知所云

燦爛在雪線以上的語言花
——論向明其世其人其詩

郭楓
詩人

◆

誦其詩，讀其書，不知其人，可乎？是以論其世也。[1]

——《孟子》

忠信，所以進德也；修辭立其誠，所以居業也。[2]

——《周易》

我們欣賞偉大詩篇的一部分樂趣，是偷聽到不是對著我們說的話，那種樂趣。[3]

——T.S.艾略特

第一節　前言

詩是語言花。語言花是詩人的精魂。

詩和詩人之迷人點，盡在語言花搖曳中。花是形容不了的；詩和詩人，需要適當的闡釋論說，可不能過份多，越多越

---

[1] 《孟子》，〈盡心篇〉下，第八章。

[2] 《周易》，「乾卦」，〈文言・九三〉。

[3] 艾略特（T. S. Eliot 1888-1965），〈詩的三種聲音〉，《艾略特文學評論選集》（台北：田園出版社，1969），頁131。

說不清楚。

詩，是運用語言文字，把自然美或社會美再創造的藝術品。凡藝術品，高下之別全繫乎創作表現。我們愛詩、迷詩，應該一心一意去親近詩，把視線聚焦於詩的藝術表現就得了。對奇妙的詩歌理論，可以參考，有時那是階梯；不可以完全信賴，有時也可能就是石頭甚至是欄杆。詩藝表現至高且終極的準則是，自然。理論若過度玄奧，不論從創作或從鑑賞的面向來看，只會造成語言花的萎謝。歷史是面鏡子。在中國：簡單的一句「詩言志，歌永言，聲依永，律和聲。」[4]作為詩的藝術準則長達六百多年。《詩品》、《二十四詩品》等詩學理論問世，詩已漸漸向技藝化發展。宋、明以降，詩／詞話大量湧現，理論興，詩作衰，以致識者訾議不斷。如錢鍾書即指嚴羽：「不涉理路，不落言詮云云，幾同無字天書。」[5]在西方：亞里斯多德一本簡要的《詩學》小冊，是西洋文論史上恆久的經典。自二十世紀以來，文論從創作為中心轉移到以文本和接受為中心，形式主義、結構主義、闡釋學、接受美學等等跨學域的鉅著，術語璀璨，理論耀眼，唯不見了詩。難怪詩人艾略特盛讚亞里斯多德是「更純粹的詩批評家」並指出「除非你是一位詩人，否則，你不會是一位批評家。」[6]在台灣：台灣詩壇主流一面倒地向西方及美國傾斜是台灣政治結構性傾斜的一環，現實使然，可以理解。可是一位受當局優遇的學者，加盟

---

4 《尚書》，「虞書・舜典」，據《十三經注疏・卷一》（清，嘉慶重刻宋本，台北新文豐出版公司，1977 影印）。

5 錢鍾書，〈妙悟與參禪〉，《談藝錄》（北京：中華書局，1984 第一版），頁100。

6 艾略特，〈小論詩的批評〉，《艾略特文學評論選集》，頁41。

主流詩社並鼓吹特定詩人[7]，恣縱渲染，河漢無極！此種理論驅使台灣現代詩向低俗沉淪。

詩人，是寫詩的人。詩如其人或什麼人寫什麼詩，是含有至理的常談；常談的核心問題是「人」。直截說，詩的思想主題、審美觀念和形式技藝之高低，由詩人之才賦和學養等綜合素質決定。綜合素質乃三項元素構成：稟賦（才氣、性格），教養（教育、研習），環境（經歷、社會）。三元素中，「稟賦」是先天的；先天的「才氣」和「性格」生而固有，後天難改，是優劣的關鍵性元素。這就是「教養」和「環境」很近而「人」的差異極遠的根由。可是，我們要特別注意時代環境的「社會」條件！縱然詩人的綜合素質極高，若李杜存在於五、六○年代的台灣社會，也會被戒嚴令細密文網扼煞。照實地說，白色恐怖年代的台灣，沒有產生偉大詩人和偉大詩篇的可能。幾十年演變下來，形成當下台灣這種政商共構而又全無章法的社會，詩人和詩，俗化日甚，俗中固不乏雅；唯再說誰是大詩人，那是笑話。

向明的詩業，自一九五○年代迄今，詩路走過一甲子歲月，作品詩／文集二十五種；可謂泛現代詩派[8]的主要詩人之一。對於一位詩人詩業成績的考察，詩作藝術的高度是最主要指標，資格老，作品多，皆為餘事。但向明不同，向明的詩路歷程在泛現代詩群中是具有另類意義的：他生在亂世，長於軍

---

[7] 如現代詩論評家葉維廉。他的詩，語言幽玄，意涵飄忽，讀之十分傷神。他的論，古今東西，河漢無極，令人驚怖不已！他論評某位詩人竟以浩浩長篇，縱筆渲染，略無涯際。

[8] 「泛現代詩派」我在論評台灣新詩所用的名稱，總括現代詩、藍星、創世紀三詩社的成員。

中，卻沒搖過軍系作家的那面旗子；身處泛現代詩派陣營，涉過語言的橫流被水沫濺濕褲腳，卻保住純淨身子；喜詩愛詩，愈老愈迷，不聲不響地創作，開展了詩藝的蓬蓬遠春……。

這樣的一個向明，確乎是一個少有的、風格特殊的詩人。本文站在詩界的邊緣位置眺望，希望對風格與眾不一樣的向明，作出一些與主流詩論家不同的、比較全面的觀察。

第二節　論世

向明是一個出身軍系的詩人，在他身上卻幾乎嗅不到一般軍人勇武豪強的氣味。

向明一九四四年進入軍隊當小兵，參加過抗日戰爭後期的湘桂大撤退、參加過西北剿匪的攻佔延安等戰役。一九四九年部隊撤來台灣時，他仍是一名通訊上等兵。直到一九五七年進入空軍通訊學校受訓一年後，才獲派為少尉躍上軍官階級的龍門，幹到一九八四年以上校軍階自軍中限齡退伍，前後在軍中服役長達四十年。這麼漫長的軍中歲月，與其他軍系詩人相較，向明安分跑完長路，糊里糊塗的拿了個當兵「年資」第一。

向明從十四歲當小兵到五十四歲退伍，在軍中經歷見廣聞多，對於軍人這職業進退升沉的條道竅門應該摸得很清楚。可是，我們大致對向明的軍歷瞭解些，發現他似乎又不怎麼會走這條路。至少，有兩件和前途發展至關重要的大事，他的反應跟不上時代形勢，比別人差一大截。這兩件重要大事是：

一、捨棄了成為「太子門生」的機會

國府撤來台灣後，蔣介石徹底重整黨政軍組織，快速排除各路非嫡系人物，全面掌控人事，建構起從上到下一個命令一個動作的統制權力；一面把權力無限集中在個人手上，同時也安排和輔導長子承接天下。蔣經國在所有權力部門的名銜都是「副手」，但「正手」永遠縮瑟於他的影子裡！大家明白蔣經國登大位的時間只在早晚。一九五〇年九月，蔣經國下令王昇等建「國軍政工幹部學校」，於一九五二年十一月開學。學員選自各兵種年輕戰士要培養成自己的嫡親幹部。政治觀察指出：

> 蔣經國早胸有成竹，幹校學生是他的子弟兵。……及他掌握了政權，太子門生，如水銀瀉地，除財經界尚是一片乾淨土外，情治系統、文化娛樂以及黨政新聞界，無不盤據侵吞。[9]

在軍中，蔣經國創辦政工幹校的新聞，是天大好消息。年輕戰士，誰都知道如果能進入幹校，成為「太子門生」，就等於搭上升官晉爵的直達快車。稍許有點才能的，莫不想方設法向這個大門裡擠。

果然，到了七〇年代，太子門生的龐大系統，掌控了各權力部門的核心職位，形成覆蓋廣闊的人事關係網絡。在文藝界，當位的名流多為幹校一夥。

---

[9] 江南，〈蔣主任〉，《蔣經國傳》（台北：前衛出版社，2001），頁 268~269。

向明，在那個「千載難逢」的機遇時期，為何沒去政工幹校？這很令人費解！且把問題作如下三個假設：（一）向明對政治形勢認識或尚無人事觀察的敏感度？──這是個不能成立的假設問題。向明在軍中的歷練以及他的智慧不可能連普通人都已感受到且轟傳開來的大好消息卻蒙昧無知，何況幹通訊工作的他，對政治上人事上的氣候變化更會較一般人敏感。（二）向明缺乏進入政工幹校能力或資格？──這個問題也很難成立。先從向明的能力說，他在一九五一年開始在《野風》、《新生副刊》發表詩，較瘂弦、洛夫超前一兩年[10]，出道甚早；一九五三年入「中華文藝函授學校」受詩人覃子豪青睞，指他文筆不弱。次從向明的資格說，台灣在五〇年代之初，學歷證件的取得方便，大陸各校的假文憑滿天飛，甚至找位校長或教師寫個證明書也可以通過證認。誰也不難弄張證件想辦法鑽進幹校。（三）向明對幹校沒興趣或沒興趣幹政工？──這個涉及「興趣」的問題，就很難說了。君非向明，焉知其有無興趣。如果把向明不考幹校的問題孤立起來研究，有無「興趣」是無解的題。如果聯繫下述「第二件大事」來看，向明「無意」幹政工，倒是接近真實的答案。

二、拒絕加入「歌詠合唱」的異行

早在一九四九年冬，由孫陵寫的〈保衛大台灣〉[11]拉開了

---

[10] 瘂弦來台後第一首詩〈我是一勺靜美的小花朵〉發表於《現代詩》第五期（1953 年 2 月）。洛夫第一首詩〈火焰之歌〉發表於《寶島文藝》第八期（1952 年 12 月）。

[11] 任卓宣（葉青）任國民黨中央宣傳部代部長，大力提倡反共文藝，1949 年 11 月 1 日，請孫陵寫〈保衛大台灣歌〉於 3 日在全台報紙同時刊出，

反共戰鬥詩歌的帷幕，隨之，從大陸撤來台灣的政治文工們，掀起來了鋪天蓋地的「戰鬥詩歌」運動[12]。到一九五四年起，台灣泛現代詩派接佔了詩壇，台灣詩壇變成了雙面的怪獸，紀弦和一些善觀風向的詩人，一面大力推動西化的「台灣現代詩」，一面熱烈嘶喊反共的戰鬥詩歌，扛政治旗子和扛現代旗子的主角是同一批人。造成這種景象的原因是：現實利益。利益有二：（一）「戰鬥文藝運動」是蔣介石指示的[13]，順風扛旗能升官，這是政治利益[14]。（二）國府設立「中華文藝獎金委員會」以重金徵求戰鬥詩歌，如一首短詩即獎相當於小學教師一個月的薪金[15]，這是經濟利益。戰鬥詩歌誰想寫誰能寫，內容也有二：（一）咒罵共匪，越離譜越好；（二）頌揚領袖，越神聖愈好；罵「共匪是共產共妻」，歌頌「領袖是喜馬拉亞山的埃佛勒斯峰」，都得到獎勵。政治位置上，戰鬥詩人，不過是「反共戰鬥合唱團」和「頌揚領袖歌詠隊」。在那年代，軍系詩人，大家寫戰鬥詩歌，原是「正常」事。

　　向明是軍系詩人，卻是唯一不曾寫過戰鬥詩歌的軍系詩

　　為戰鬥詩歌第一聲。見劉心皇編《當代中國新文學大系·史料與索引卷》（台北：天視出版公司，1981），頁 20。

[12] 國民黨在大陸時期與中共進行文藝戰線鬥爭時，只能爭取到二、三流以下的作家組成文工隊伍。撤來台灣的有：葛賢寧、上官予、王臨泰、孫陵、彭邦楨、趙友培、王祿松……等數十人。他們的反共詩歌，當時鋪天蓋地，如今灰飛煙滅。見上官予、葛賢寧編《五十年來的中國詩歌》（台北：正中書局，1965）頁 81~168。

[13] 同注 11，頁 114。

[14] 關於政治利益，有許多人因戰鬥詩歌升官晉級，有一些人因戰鬥詩歌而免究以往罪咎。如紀弦，曾在抗戰時期任職汪偽政權，來台後堅決反共，即為一例。

[15] 同注 12，頁 82。

人。這種不太正常的行為，是異行，卻非奇離古怪的異行，而是在人生「意識」指導下一種不同乎流俗的異行。

我們可如此推論：當五〇年代的向明，他的思想方面，即使還未建立一套完整的自由獨立的人生思想，至少他已具有獨立的人生意識。如果沒有自己獨立的人生意識，他不可能不與世浮沉，不可能不加入歌詠隊與合唱團。那麼，從向明的「異行」並聯來看他對幹校的「無意」，應該都是在人生意識指導下，所作出理性的堅定抉擇。

以孤子之身，處混沌之世，只是軍中一個小卒的向明，竟然能在戰鼓咚咚中，不為勢屈，不為利誘，不隨眾搖旗吶喊，這絕不是輕易能夠做到的事。瞧！向明這個人，很值得我們進一步來研究。

第三節　論人

向明是一個怎樣的人？

我想，借用孔子講的「和而不同」，「矜而不爭」兩句話，差不多可把向明人格輪廓作出簡略的勾勒：向明，他容易與人意見調和，卻不會苟且贊同；他矜守理想力求上進，卻不和人爭一日的短長；他是一個強者，一個表象溫和而內懷「永不服輸的執拗個性」[16]的南方之強。具體些描繪：可以向明的經歷作材料，從智力、性格、思想三方面，作一幅寫意畫。

---

16 向明，〈永不服輸〉，《隨身的糾纏》後記（台北：爾雅出版社，1994），頁171。

一、智力：「他的眼睛總是瞭望著遠方」 [17]

智力是一個人的認知素質，是抽象的潛能，主要來自遺傳基因。智力對事象認知和判斷之理性抉擇，影響人的具體行為和作業能量；反之，觀察一個人在現實中對事象的認知、判斷和行為，可以推測到他的智力高低。我們從此一維度出發，觀察向明對於他人行為的認知素質，對於自我高低的認知素質，來探測他的智力水平。以下述二事為例：

（一）台灣一九五〇年代之初，詩壇上（一般政治文工的詩群不計）最顯要的人物是所謂「詩壇三老」覃子豪（1912～1963）、紀弦（1913～）、鍾鼎文（1914～）等三人。當時三人都還不到四十歲，卻已是資格最老詩人。三人中，覃子豪的詩學造詣和創作水平風評較高。他擔任「中華文藝函授學校」 [18] 詩歌班主任，對學生不分省籍，不論身分，有教無類，循循善誘，培育出不少傑出人才對詩壇奉獻很大。鍾鼎文為人敦厚，詩歌風格獨特，唯因政務冗繁，無法專注詩業。紀弦是高等的「詩活動家」 [19]，他辦《現代詩》，組「現代派」，不遜老練政客。

---

[17] 萊蒙托夫 Lermontov, Mikhail（1814~1841）〈斷片〉中詩句。《萊蒙托夫抒情詩選》（上海澤文出版社，1990），頁 78。

[18] 中華文藝函授學校，係李辰冬於 1953 年在台北創辦，分設小說班、國文進修班、詩歌班，覃子豪任詩歌班主任，為教育學生累到吐血，受學生普遍敬愛。向明、瘂弦、麥穗、藍雲等人均為第一期（92 人）學生。見麥穗，〈台灣最早培植詩人的搖籃──中華文藝函授學校〉，《詩空的雲煙》（台北：詩藝文出版，1998），頁 79~81。

[19] 郭楓，〈論詩活動家紀弦和《現代詩》興滅〉，刊《鹽分地帶文學》第五期，2006 年 8 月，頁 167~182。

在紀弦的強勢宣傳加上普遍邀約之下，當時年在二十歲上下的詩青年，大多聞風響應，加盟入派，一時間，掀起狂飆橫掃詩壇的聲勢。在這當口，向明拒絕加入「現代派」，以覃子豪為師，終身事之。原來覃子豪與紀弦為上海時代老友，在台灣詩壇竟反目成仇，其中原委不談。僅就二人的論戰文章來看，紀弦的詩觀凌亂淺俗，文字糾纏謾罵，幾不類文化人，與覃子豪是不應站在同一水平線上的；但紀弦那時詩壇名氣之大卻又不是覃子豪可比。那時候年輕的向明，竟懂得捨歌手而就聲樂家。於此可見，向明對他人行為認知素質之水平。

（二）「我們自己就是神，就是上帝。／我們只崇拜我自己」（紀弦：〈喊我們自己的名字〉），「一個詩人。一個天才。／一個天才中之天才。／⋯⋯我來了。／於是你們鼓掌，你們喝采。」（紀弦：〈七與六〉），「忽覺我這瘦瘦長長的軀體／多麼像個耶穌」（紀弦：〈B 型之血〉）。上面所引的幾句描述自我的詩句，任何一個心理正常的詩人大概不能出口，但在紀弦的詩／文間，俯拾即是。

紀弦這種無限膨脹自我行徑，開創詩壇虛浮誇大、不知自省反思的狂妄風氣。例如，有位受人敬重的詩人便表現得青出於藍：他一生凝視自己的影子反覆作「自畫像」，畫自己成鳳凰、成守夜人、成史前魚、成白玉苦瓜、成菊⋯⋯把一切漂亮事物都裝成自己模樣。另一位大詩人說：「太陽的溫熱也就是我血液的溫熱，冰雪的寒冷也就是我肌膚的寒冷，我隨雲絮而遨遊八荒，海洋因我的激動而咆哮，我一揮手，群山奔走。」語言超現實而自誇的心態極端現實。這類浮躁誇大的自述，似乎是展示詩人對自己的自信，實際上恰恰暴露他們內在虛弱所

生的心理補償作用；從側面提供出信息：他們欠缺認知和自我
的智力。

向明置身於詩壇浮躁誇大風氣中，他能認知自我，懂得高
低。在行動上：他謙遜向繆斯膜拜，他艱苦奮鬥力求進境，他
不自我宣揚，他眺望著遠方。向明理性判斷和務實作為，與張
狂虛妄以自我強化者對照，智力之差距明顯，我們不再需要用
語言加以表述。

二、性格：「能感動大家的東西，是作者的性格」[20]

性格是一個人的人格基礎素質。性格是人的先天傾向通過
現實經驗而鍛鑄統一的人格表徵，有的心理學家逕自把性格指
為人格。無論是性格或人格，其心理學概念涵蘊複雜，其個體
適應社會生活的種種具體反應多有變化；不過每個人的性格特
徵，總會以符號化的思想和符號化的行為釋放出內在一定價值
取向的信息，讓人能夠觸探其基本結構模式。

如要充分談說一個人特別是一個詩人的性格，既要掌握大
量信息，也要佔用大量篇幅，在本節中，這是不可能也不必要
的事，我們且依據向明釋放的符號化信息，從「氣度」和「意
志」這兩個重要的範疇考察，來探索向明性格中的精神特質。

（一）氣度──溫良平和中的和而不同

一個人的氣度，來自其內涵的情緒系統遭逢刺激而外爍的
反應表現。向明是一個情緒基本穩定，自我控制能力較強的

---

[20] 哥德，〈論文學〉，愛克爾曼 Johann Peter Eckermann，《哥德對話錄》（台
　　北：商務印書館，1999），頁 55。

人，因而他對一般事象刺激所反應出來的外在言行，總有「喜怒哀樂之未發，謂之中；發而皆中節，謂之和」[21]的符號化表現，長期以來的這種表現，形成他的溫良平和氣度。

向明是個溫良平和的人，他的舊雨新知大概都有這樣的評說，事實也是。向明是「藍星」的資深同仁。「藍星」給人的印象是，它不像「現代詩」呼嘯而來，呼嘯而去；它不像「創世紀」長於結合，長於經營；它似乎是比較灑脫、比較超逸。但深度瞭解台灣詩壇實況的人都知道藍星的內部並非平湖，高手特出，奇才桀驁，人際間的岡巒坎溝不少，要能調和各方而讓高手奇才都沒什麼挑剔，還真不是那麼簡單。向明，有這種調和各方的胸襟。他擔任各型的《藍星》編務長達十八（1975~1992）年，隨後又和中生代詩友共組《台灣詩學季刊》（1992 年迄今仍為該刊重要成員），憑的便是他的溫良平和氣度。

向明是個溫良平和的人，卻持守著和而不同的行事準則。在五、六〇年代，台灣詩壇流行「在表現上有些『歐化狂』，以至以『曖昧』為『含蓄』，以『生澀』為『新鮮』，以『暗晦』為『深刻』」[22]，風氣所至，泛現代派詩群，不少人中風疾走。如詩壇上慣常以才氣自負的詩人也仿超現實筆法寫出〈天狼星〉那樣的「惡魔詩」[23]。這時候，向明的眼睛，仍注

---

[21] 《禮記・中庸第三十一》十三經注疏影印本（台北：新文豐出版公司，1977），頁 879。

[22] 覃子豪，〈新詩的比較觀〉，《覃子豪全集・II・詩論卷》（台北：覃子豪全集出版委員會，1974），頁 281。

[23] 余光中在一九六〇年代以仿超現實主義手法作〈天狼星〉長詩。經過論戰辯駁，余氏深悔自己「像一個文靜女孩……跟一個狂放浪子私奔了一程」

視著現實，勤懇耕作自己一塊田畝而不隨風搖擺。他和而不同身姿曾被譏笑過於保守，狂飆過後，回頭的浪子卻又不能不對之讚揚。

(二) 意志——黽勉矜莊中的矜而不爭

「他發現人生的全部意義在於自我超越，自我實現。」[24]這句話，為非理性主義哲學家尼采「超人哲學」的精髓。在五〇年代的向明，或許還沒法子讀到尼采的超人哲學著作，可他在「自我超越，自我實踐」這層理論上，卻是一個天生的強力意志實踐者。

> 以我這樣一個先生既不足，後天又失調的詩的追求者言，處在這麼一個強勢環境中，想要做一點個人成就是非常辛苦吃力的。然而真要感謝藍星頗富挑戰性的環境，它只有使我愈戰愈勇，愈加促使我更加努力。[25]

這是向明在詩路長途奮鬥的告白。回顧以往，向明一生乃是艱苦奮鬥的一生：一九四九年隨空軍通信部隊來台後即派赴舟山群島為前線通信兵，一九五一年再撤回台北，立即找一家小補習班開始學英文，一九五三年入中華文藝函授學校詩歌班

《《天狼星》詩集後記》。其後，並指稱其詩為「惡魔派的現代詩」，詩人自我譴責甚深。見余光中，〈從古典詩到現代詩〉，《掌上雨》（台北：文星書店，1964），頁184。

24 趙建文，〈尼采的「發現」〉，《尼采》（香港：中華書局，1994），頁7。

25 向明，〈為詩奮起為詩狂——代序〉，《陽光顆粒》（台北：爾雅出版社，2004），頁8。

跟覃子豪學詩，一九五四年在公論報《藍星詩週刊》發表作品
成為藍星同仁，一九五七年因獲「國軍文康競賽士兵級詩歌第
一名」而保送空軍通信學校深造，一年後升少尉軍官，一九六
○年赴美國學習通信一年，一九七五年開始與夐虹合編《藍星
詩刊》，一九八四年至一九九二年主編《藍星季刊》，……在五
十多年的詩業歷程中，向明創作詩集七種，詩話集七種，此外
有童話、散文、詩選集、譯詩集、雜著等十四種，總計二十八
種。這些數字，是漫長的歲月和無盡的心血推出的。

　　向明黽勉勤奮，矜莊自重，要求自己必須力爭上游。當下
已近八十高齡，他說：

> 寫詩，不斷的把作品拿出來，命定是他一條永遠走不完
> 的天涯路。邊寫邊求新境，讓詩的不斷新生取代肉體的
> 不斷衰老，更是他一生唯一的志業。[26]

　　這幾句自我期許、自我矜重的話，不啻向時間、向生命、
甚至向死亡挑戰！所展示的強力意志以及實踐成果，讓雄於理
論的學者也沒有什麼可說。

　　向明，對自己，要求力爭上游。

　　向明，對他人，莊重自持，從來不爭。這裡所謂的「不
爭」，意指不爭名位，不爭私利。但在詩學、詩觀、詩法等問
題上他持守自己的原則仍會與人爭論。那是從另一個層面，展
示他的強力意志。向明的和而不同的氣度，矜而不爭的意志，

---

[26] 同注 16，頁 171。

把他外柔內剛，待人寬而律己嚴的性格明顯地展示出來。這種
性格，固然展示在他的立身行事中，同時更展示在他創作的詩
歌中。讀向明詩，所以能產生感動引發共鳴者，便在於，他的
詩有性格，有真實生命躍動的性格。

(三) 思想：「我不寫不涉及靈魂的一首詩或一個字。」[27]

　　思想，是考察人格的最終也是最根本的一個條件。缺少
「思想」的考察，人格的畫。便飄浮於迷茫的霧影裡。

　　思想雖是人的內在品格，其實並不難捕捉。人的偶發感觸
或隨機想法，是意念而不是思想，忽焉生滅，無人能夠掌握；
人的思想則是相當穩定的人生觀念，隨時會顯露在言行舉止
上。按我的長久觀察，人的思想，大約可劃分成三個品級：優
越思想，平庸思想，低劣思想。進一步說：(一) 優越思想——
思想核心，泛愛／行為模式，擁抱社會，是熱血人／世間比
率，約佔 20%，愈優越，比率愈小／發展界限，由善人而上
為賢、為聖、為神。(二) 平庸思想——思想核心，為我／行為
模式，保障個人生活，建構家庭幸福，為基本願景，私利常置
公義之先，是溫血人。因而爭名奪利，是他們的共同行為取
向，不同的是，較優的人，達目的，擇手段，較劣的人，達目
的不擇手段。／世間比率，約佔社會人口總數 70%／發展界
限，這個品級內，可劃分幾個次品級，每個次品級的升降，受
整個社會形態清濁的最大制約，社會清明，集體上升，社會汙
濁，集體下降。其中，次品級較高者近乎善人，中間者安份守

27　惠特曼，〈從巴瑪諾克出發〉，吳潛誠譯《草葉集》(台北：遠景出版社，
　　1979)，頁 23。

己,較低者容易淪入低劣品級。(三) 低劣思想——思想核心,自私、或絕對自私／行為模式,以動物生存掠奪本能處世,是冷血人／世間比率,約佔 10%,其中包括社會下層的黑道族群,社會上層某些貪婪族群／發展界限,近於禽獸、等於禽獸,低於禽獸。

我非心理學家,但可以算是社會觀察人,上一段是我杜撰的「思想品級量表」。我們來看,這份「量表」雖是窒陋粗略,但用在評量社會人群上至少在評量現代詩群上,似乎不無一些參照價值。如以學者／詩人所展現的具體行為作基點來參照考察,可能還讓人產生出來會心的微笑。

如果用這份「量表」來評量向明呢?

我看向明的思想應在「優越品級」中至少可以佔一個「善人」位置。

從智力、性格、思想這三個面向來考察向明,以他在詩路長途實際的經歷作材料,以他在社會生活中具體的行為作材料,以他在詩壇上為人處事的言行作材料,我認為:向明在泛現代詩派中,是一位具有獨特思想意識和行為風格者。我認為:要確定這一評斷,我們應該拿向明的詩來作真實的驗證。「詩如其人」,是任詩人均頭直面以對的律則。

第四節　論詩

「詩」和「文」雖然都出自作家的筆端,都流露著作家內在的情思,就在「情思」這個關鍵問題上,二者產生了極大差異。本質上的差異是:文,可以造假;詩,不能造假。

文,是敘述的,描寫的或理論的東西。在文學史上,「心纏幾務,而虛述人外」[28]的文章很多;在現實中,政治性的文告、宣言等,不一定全是真話,有時還全是謊話。詩,是表現的,難造假,造假的詩不耐看也不能禁得住分析。是以葉燮說:「詩是心聲,不可違心而出,亦不能違心而出。功名之士,決不能為泉石淡泊之音;輕浮之子,必不能為敦龐大雅之響。」[29]這就是「詩如其人」的道理。

既然詩如其人,詩是詩人精魂的顯像。我們評論詩時,應該同等進行兩個向度的探討:一個向度是歷時性,即針對文本的歷史性、社會性的探討;另一個向度是共時性,即針對文本的語言形成等靜態結構探討;換句話說,我們必須對詩的意識形態和藝術表現二者,作出從對立面化為關係面探討,互相參酌,不予偏廢,始可避免陷入左翼下層基礎決定上層建築的教條,或右翼形式主義的文本自足論陷阱。

一、意識形態:隱身在詩中雲深處

詩,特別是抒情的、哲理的短詩,詩人常技巧地把自己的情思隱藏,既增加詩境的幽微奧秘,也給予人鑑賞性創造的可能。詩,如果真正的一覽無餘,乃係藝術水平不足。至於像八股口號的分行東西,絕然是無思想性的意識形態展演,根本不是詩。

探尋詩人情思的幽祕,首要注意路標,有路標,便掌握了

---

28 劉勰,〈情采〉,《文心雕龍》。
29 葉燮,〈外篇〉,《原詩》收《清詩話・卷二》(台北:藝文印書館,1958),頁 26。

方向，有方向，縱使雲霧繚繞，也迷亂不了探尋的腳步。路
標，就是詩人寫些什麼和不寫什麼。即是詩人不想坦露曖昧心
事，但詩一經寫作發表出來，便離開了詩人的掌握而有獨立的
社會資料身分，同時把詩人原初書寫了的情思固定下來。有些
詩人，看到舊作裡的意識形態不大像話，於是加以修改而翻轉
了原意[30]。但，來不及了！改後的，是新生的孩子不是原初那
個。所以，從詩人作品選擇題材上看，他選擇寫什麼，便顯示
了意識形態的傾向；他不寫什麼，也從另一側面顯示了意識形
態的傾向。循此明顯路標，去尋找詩人意識形態的祕密，可說
是十拿九穩。

　　向明的詩，寫些什麼？不寫些什麼？

　　　　極目的山瘦得像入冬駱駝的脊項
　　　　怪難堪卻仍要肩負這一天風雨的

　　　　而你小屋的淚卻接成長行
　　　　門的嘴唇緊閉

　　　　快觸發太陽的憤怒呀
　　　　你發霉的記憶需要曝晒

　　　　　　　　　　　　——〈雨天書〉

這首短詩，從遠山寫到近景再述及自身，整個情景是一片陰

---

[30] 泛現代詩派的某些前行代詩人，有些偏好，亦曾引起評議。見莊金國，
〈改寫自己的歷史〉，《台灣時報副刊》，1988 年 4 月 16 日。

鬱！「淚接成長行／門的嘴唇緊閉」這是當下無限悽慘的困境，而往日祇有「發霉的記憶」生命的路途是悲哀築構的。問題是，如此沉重的傷感，是不是慘綠少年時期強說愁的唔嘆？或其中隱喻著對現實的失望和悲憤？我以為，後者的可能性較高。試看同集詩的摘句：「真如海邊那嶙岩，古怪而突兀麼／不，不的，我祇是懷鄉小恙的患者，愛嚓聲」(〈給 F〉)，患著懷鄉病，但不能吐露，而不得不「愛嚓聲」，何其可哀！「可是，這兒終究是這麼貧瘠／我發現的除了想奪人的風沙／便是一口口騙人的荒井／沒有水源，沒有青草」(〈渴〉)，這麼該是一九五〇年代現實環境的不滿和怨嘆了。在《雨天書》集子的四十五首詩，幾乎每一首都流露著如此沈重的陰鬱。如再從「不寫什麼」的向度來看，這集詩裡，竟沒有一首同世代年輕詩人們所慣常吟唱：夢土上遐思、藍色的幻想、酒吧的下午、一朵罌粟猛然的開放……等等無聊的、虛幻的、荒唐的詩。再想到詩人處在那混亂而又冷酷年代的現實，我以為，寫《雨天書》的年輕向明，那時候，他和同輩詩人的心境明顯地不同；那時候，他心靈深處，應該已存下相當不滿現實的情思。

　　向明詩中不滿現實的情思，初始是隱祕而朦朧的感嘆哀傷，隨著時代政治氣候變化而一路發展下來，到他第五個詩集《水的回想》於一九八〇年代出版時，情思的苗子已長成了樹，開始分枝散葉。下面是採自集裡的詩：

　　　　總以為
　　　　只以方寸之地
　　　　供我轉身

我的名字就會

從不馴變為

溫順

總以為

將我這麼大的龐然巨獸

侷促在

欄柵裡

我便會是

一種寵物

只不過是膽怯於我的沉默罷了

只不過是震懾於我的威嚴罷了

而我仍然是一集

不折不扣的獅

雖屬貓科

卻絕不做

貪戀於股掌之上的事

——〈檻內之獅〉

這首詩等於詩人的自畫像。不，說是詩人自畫像，不如說是為
一個威權統治者所畫的背景裝置。他，豢養獅子，想使之溫
馴，使之變為小貓，但獅子就是獅子，不會貪戀被玩於股掌之
上的恩寵。詩，隱喻明確，意涵卻極豐沛。在獨裁者君臨天下
的現實環境裡，多少人才被當成牲畜般低賤飼養，多少人才在

柵欄裡軟化了骨頭變成寵物！那個時代，上演著奴役人才摧折人格的大悲劇！至於匍匐地面的小民命運更不知伊於湖底！

　　這首詩仿如向明對威權統治者的訴狀，雖然只是消極訴冤而未積極指控，其憤怒之情已躍然紙上。

　　很明顯《水的回想》詩集裡，向明不滿現實的情思已發展成清晰的抗議意識，或者也可以稱他「一個廣義的左派」[31]。有趣的是，當年某些廣義左派的熱情如今已漸冷卻，而向明詩中和煦的社會關懷倒沒有降溫。如〈排行榜──選舉所見〉之對台灣選舉文化的冷諷；〈和音天使〉之對幫腔人物的熱刺；〈屠虎〉的環保抗議；〈晚餐時間〉對兩個好戰份子雷根和格達費的嘲弄，〈十字花圃〉對馬尼拉美軍墳場的汎思，以及〈上帝戰士〉對俘朗兒童兵的悲憫等。這類的六、七首詩，建構了此集的骨架，撐起向明作品意識形態的高遠天空。

　　向明這類關懷現實，嘲諷政治、悲憫人群、反對戰爭的社會性意識形態的作品，從《水的回想》集定下勢態，到《隨身的糾纏》集、《陽光顆粒》集繼續擴大開來。在《隨身的糾纏》中，有〈四十年〉、〈痰〉、〈過國父紀念館〉、〈登天安門〉、〈虹口公園遇魯迅〉等多首。在《陽光顆粒》中，有〈安全島〉、〈轉世的摩西〉、〈天國近了〉、〈忍術〉、〈咸亨酒店〉、〈虎籠〉、〈除草劑〉、〈白色螞蟻〉、〈走過大屠殺現場〉等多

---

[31] 瘂弦曾讚商禽是「一個廣義的左派」，甚至過譽地說「比起魯迅來，他顯得更有創發的銳氣，更有革命性」。瘂弦並稱：「我覺得每一位作家都應該是一個廣義的左派，豪言壯語，意氣風發。可惜台灣現代派詩壇似乎「廣義的左派」寥寥，其後又多轉為標準的右派，見瘂弦，〈他的詩，他的人，他的時代〉，《台灣文學經典研討會論文集（台北：聯經出版社，1999），頁 240~259。

首。三本詩集中直接指涉時代、反映現實的詩大約有五十多首；間接聯想社會、感嘆人生的詩為數更多；可總歸於社會性意識形態作品的旗下。

　　向明的這些社會性作品，無論事件大小、傷痛深淺，他的筆觸展露著一慣的溫和氣度莊重風格：嘲諷不深、抗議不強、譴毒不重，更缺少大力的撻伐，似乎遊走於邊際，未作直指核心的雷霆一擊。事實上，這些情況造成作品不時可見的淺觸性現象。試作探究，現象之造成大約由於下列三個原因。

（一）時勢環境之制約——

　　時代走到了二十一世紀，但兩岸間各自的政治形勢、生存環境，仍漫步於民主的初級階段。故詩人有關政治事象的書寫，只能點到為止。如〈轉世的摩西〉責斥的差不多了，若屬聲怒喝，能嗎？如〈登天安門〉諷刺的意思到了，若嚴肅表態，可以嗎？這類作品，恪於時勢環境之制約，如此這般，無可奈何。

（二）溫情思想的影響——

　　向明的一生，究竟是「黨國」這個後娘、「美帝」這個奶媽撫養起來的。在向明理性思維中，他當然認識後娘之兇惡和奶媽之現實；但在感性詩作中，他始終顧念撫養溫情，或避而不談（如對國府威權統治之殘暴及遺害），或縱筆略過（如〈上帝戰士〉、〈除草劑〉等反對資本主義發動侵略戰爭而少觸及「美帝」罪行。這都是溫情影響了詩筆的顯例。）

（三）應從正視歷史角度出發——

在中國近現代歷史上，遭受西方侵略剝削是使中國弱化民眾愚昧的主因之一。自明（1368）以來六百餘年戰亂的禍害全由最下層人民承受，要讓廣大人民由愚昧進為文明，非數十百年莫辦。向明詩中，對此類歷史問題，未給予適當正視。如〈虹口公園遇魯迅〉之第三節，不免以居高臨下眼光來俯視人民，忽略了歷史因素的透達。

上列三個原因所造成作品的淺觸現象，自然影響到向明詩歌社會意識的深度發展。總體地看：向明在詩歌中展示的意識形態，還可以算是廣義的左派。這裡的「廣義」包含著三種構成素質：（一）先天稟賦的溫良渾厚，自然產生了悲憫情素；（二）幼年接受的庭訓及儒學，培植了儒家仁愛思想的根苗；（三）成長過程中吸收到中山先生的主義、資本國家的「民主」觀念。就意識形態論：向明的詩，會有社會意識，尚未達到社會思想的高度，「廣義左派」也許是他合通的位置。

在世界各地，左派作家／學者／知識份子，永遠是開明的前進的群落，永遠是反制專橫進行平權運動的先鋒，「左派」是一個高尚的可敬的稱謂。但一個真正的左派作家的產生，需要多重的嚴苛的條件。向明存在的環境，制約了他的人際關係、閱讀和視野，侷限了他走向真正左派詩人的可能。我這樣評論，並沒有抑抵向明，實在是以敬重的心態給予客觀的審視。把向明放在台灣文壇的大局面來看：他仍是一位有自主思想和獨特風格的詩人。把向明放在台灣泛現代詩派中看：他的同世代詩友多在追尋掌聲的鴿子，當下可以昂然佩上「廣義左

派」的徽章的，照我淺見，唯向明一人。

二、藝術表現：昏天黑地間的一束微光

詩是藝術的產品之一。理論上一切藝術產品，神在情思，形在表現；無神，則表現成為空殼；無形，則不成其為藝術產品；唯神其形會，形與神合，高級的藝術品於焉誕生。

藝術品的形神會合，是一種理論，也是一種理想，藝術家在創作實踐中遭遇的外在阻力，往往使理論變空論理想成空想。尤其是以文字語言為質材的詩，在現實中遭遇的阻力特多；但真正的詩人，永遠會作出對抗外力的搏鬥。在這個層面上，向明的藝術表現，在大局面的昏天黑地間，微微閃著幽光讓人眼睛一亮。

詩的藝術表現在於，「語言」和「意境」兩大區境：

(一) 語言——「晚節漸於詩律細」[32]

語言，在詩的創作活動中地位關鍵，但我不同意「詩是語言的藝術」或「語言便是一切」[33]之類偏向的含糊的語言概念。我以為語言和詩乃是藝術材質和藝術成品的關係，詩是運用語言以表現情思意境的藝術。在詩中，意境是第一義的，語言是第二義的。當然，沒有語言便沒有意境；可沒有意境的語言，只是一堆字句，不是詩。

語言既然是創造意境的重要材質，要創造詩的意境先要琢

---

[32] 杜甫，〈遣悶戲呈路十九曹長〉詩句。

[33] 洛夫，〈詩的語言〉，《落夫詩論選集》（台南：金川出版社，1978），頁78。

磨通用的語言；古今詩家之傾力於語言工夫者，在此。

　　語言的發掘、鍵鑄和驅遣，詩人的天分佔很大成份。不過純粹出之自然、得之天成的語言，是沒有的事；市井鄉里間偶傳的妙語，莫非根植於豐富的生活體驗中。詩人的能事，在勤懇鑽研，厚積語言能力，期可提鍊語言的精華成份以創造嶄新語境，而以近乎天然為上，餘皆次之。詩聖「老去漸於詩律細」風格，給天下詩人樹立了勤懇鑽研語言藝術的典範。千古以下，真正愛詩、迷詩、信仰詩的詩人，都會從綠鬢到白頭鑽研不休。

　　當下的詩人向明，在語言鑽研努力上，是一個孜孜不倦工作人。考察向明詩作的語言特質，集中在以下兩點：

　　1.真摯性——

　　真摯性是語言永恆的典則。古經「修辭之其誠」[34]和哥德所謂「我在自己詩中從來未有假作」[35]，都是真摯性之義。真摯性另一面意涵，包括著誠懇而不造作、莊重而不輕佻二義。

　　先就誠懇而不造作來看向明的詩：

　　　　無數個大戈壁渴著在你的眼睫裡
　　　　在這年代的帽與衣領的荒地間
　　　　呵！異鄉人，你不要希冀笑的雨水

　　　　你不要希冀笑的雨水

---

[34] 《周易》〈乾卦‧九二〉，影印《十三經注疏》（台北：新文豐出版公司，1977），頁 14。

[35] 哥德語，同注 20，頁 217。

異鄉女子的遮陽傘撐得很低

低低地，畏縮得像一枚孤獨的小菌

只為，你的短髭裡藏得太多異鄉的悒鬱

只為，你的歌合不上異鄉的步子

而且，只為你一個落拓的異鄉人

呵！異鄉人，攤一個莫可奈何的手勢吧

異鄉的市氣如此空乏

空乏到降不下一滴笑的雨水來為你洗塵

　　　　　　　　　　　　——〈異鄉人〉

　　這首詩，錄自向明第二個詩集《狼煙》。這個集子出版於一九
六九年，所收的四十首詩，恰好是六〇年代十年中的作品。台
灣詩壇的六〇年代，正是泛現代詩派群雄並起，在前衛和先鋒
旗下爭先恐後造作奇言怪語的年代。〈異鄉人〉這首詩，正是
向明「涉過語言的橫流被水沫濺濕褲腳」的見證。詩的語言雖
帶著頗濃的洋化腔調，而寫作的誠懇態度展示於流暢語言中。
他沒有隨眾惡搞晦澀的意象語言弄得烏雲蔽空，而在昏暗的詩
壇搖晃一盞小燈。

　　在《狼煙》之後的每一個詩集中，向明作品的語言，在誠
懇度上，愈來愈自然而純真。向前跨步展示出「莊重而不輕
浮」的進境：

　　一接觸到妳那雙炯炯逼視的眼

　　比讀到一封絕望的情書更慌張

像似用冷刺在緊迫逼問
惡狼與猛虎的格鬥
為什麼總會在我貧窮的阿富汗

一看到那張惹人憐愛的臉
心的刺痛有如駱駝誤食仙人掌
風沙是妳終年不缺的廉價脂粉
飢餓是妳終年不缺的營養
看到妳就是失血的阿富汗

最怕瞥見妳那披著頭蓋的半身像
霧靄般褸襤，惡夜般暗淡
前路烽火裡，後顧死爹娘
稚青的生命，垂危的試煉
妳妳妳就是被神捨棄的阿富汗

──〈別看我，阿富汗女郎〉

這首詩，錄自《陽光顆粒》（2004）。是向明看到新聞照片「阿富汗難民女郎」，感於美、俄兩國在阿富汗進行「代理人戰爭」的內戰之不義和殘酷而作。詩的語言，對「戰爭」的態度是悲憤的，對難民女郎的態度是莊重的，一種真摯的悲憫情思豐沛地流佈於全詩的每個句子裡。雖然第三節中二到四的三個句子，句式和語意和全詩有些扞格，但整首詩的語言莊重而不輕挑，激盪不已的真摯情感，感人至深。

　　試看同樣在寫遠方戰爭詩，有人從遠方戰場的激戰竟能聯

想到室內雙人床上的肉搏，有人從飛機吊著炸彈竟能聯想到雲
吊著孩子。諸如此類俏皮而輕佻的語言，讀起來過癮。但，真
摯性是語言的金子，此類挑逗官能的過癮語言裡所含金星，即
使報出的比率低微，仍很可疑。

另有一類讀起來很過癮的語言是，裝瘋賣傻，有什麼就說
什麼，愛怎麼說就怎麼說，夢想以悽厲已極之長嘷撼動天地。
有人稱之為「真摯」；不，那不是真摯性的流露，而是一種狂
妄性非理性的發洩。

2.簡鍊性──

從語言的真摯性典則出發，走在詩的語言藝術山路上，雲
生霧起，變化萬千，處處都是美景，處處存在幻象與斷崖；尋
幽訪勝，要有強韌的健足和明亮的眼睛。遍歷重巒疊翠，登上
峰頂，這才發現了一覽眾山小的絕高處，是一座名字叫做「簡
鍊性」的語言天台。

簡鍊性，便是詩歌語言藝術的終極造詣。

先從「簡」說。簡，不是原始的樸，而是返樸的真。是大
音希聲，是大巧若拙，是不見技巧的技巧，是天才從語言沙粒
提鍊的黃金。

　　　昔我往矣，楊柳依依。

　　　　　（《詩經‧小雅》〈采薇〉）

　　　對酒當歌，人生幾何？

　　　　　（曹操‧〈短歌行〉）

　　　獨在異鄉為異客，每逢佳節倍思親。

　　　　　（王維‧〈九月九日憶山東兄弟〉）

舉頭望明月，低頭思故鄉。

　　（李白・〈靜夜思〉）

飄飄何所似？天地一沙鷗。

　　（杜甫・〈旅夜書懷〉）

欲窮千里目，更上一層樓。

　　（王之渙・〈登鸛雀樓〉）

諸如此類熠耀在詩史中的千古絕唱，似乎是淺常語言，隨口而出；其實詩質蘊藉豐厚，韻味無窮，在天才詩家的集子裡亦為珍品。

以「簡」為鏡，映出語言藝術的高低：深語易，淺語難；奇語易，常語難；難在淺而彌深，常而愈奇。這個「簡」字，儘夠古今詩人琢磨終生。

向明的詩歌語言，在這個「簡」字上面用功甚勤。

好在我們仍有一片天空

放煙火

雖然我們並不知道

在烏漆抹黑中

高興些什麼

好在我們早有一位天公

偶而放放田水

使得我們潰瘍的胃

永遠不飽

　　也不餓

　　好在我們留有一處空間
　　放心窮嚼舌頭
　　喉嚨雖然被迫失聲
　　好的是耳朵
　　絕不寂寞

　　　　　　　　　　　——〈感恩〉

這首詩，錄自向明《陽光顆粒》集。詩的語言淺常的寓意豐
富，首尾兩節第三至第五行，頗得淺而彌深，常有愈奇的意
趣。

　　次從「鍊」說。鍊，是一種語言精準的工夫。詩的驅遣字
詞，必須精準！直筆而直捷壯麗，曲筆而曲盡委婉，始能產生
語言張力以達到詩歌藝術的審美要求。

　　向明的詩歌語言，基本上走的是真摯與簡鍊的大道。日就
月將，與時俱進，到《陽光顆粒》這個集子，語言已愈見精
準。集子裡有不少既「簡」且「鍊」的作品。

　　昨天依附於一條堅實的臂膀
　　抓首弄姿
　　張揚如女子頭上一方絲巾

　　今天面對陰暗詭譎的天色
　　垂頭喪氣

膽怯如歲月角落的一塊抹布

明天，明天大寒流南下
自許悲情為放逐天地的沙鷗吧
全是，由於風的緣故

——〈旗正飄飄〉

這首詩，語言淺常，說它是直筆抒情，行；說它是曲筆寫意，
也行。說它抒寫的是一種特定的旗，行；說它隱寓的是各種普
遍的旗，也行。甚至，這旗，可以是某些意識形態、政治主張
的象徵，在現實世界裡旗舉得高話說得大口號喊得震天響的人
物，正是最會臨風變色隨風換旗的人物。這首詩，詩義指涉的
範疇廣泛。而語境表達的本質共相非常精準。

　　真摯性，是詩歌語言藝術永恆不變的典則；簡鍊性，是詩
歌修辭領域中一條寬闊綿展的大道。雖然，詩歌的語言策略應
以主題情思的需要選用不同手法，可是一個詩人整體性的語言
風格之建立，則是由其人格素質、詩觀取向所凝鑄的。向明在
詩歌創作啟步之初，能夠認定「真摯」和「簡鍊」的方向前
進，值得推重。試看某些詩業達人，詩歌言之路變來變去雖沾
沾自喜地辯來辯去，實則尷尬焦急之情溢於言表。應該承認，
一位立於橫流四溢的荒野中的人，要在大水淹蓋的地面堅定依
循他初始選定的道路進行，怎麼看，都是件艱難而孤獨的事。

(二) 意境——「詩是比歷史更富哲學性、更嚴肅的藝術」[36]

意境是詩歌藝術表現唯一且最高的標的。

詩的意境,早在唐代王昌齡於〈詩格〉[37]提出後,自宋至明已成論詩術語。民初王國維對「意境」義涵,作較大幅度補充。不過王氏認為:「境界有大小,不以景而分優劣,『細雨魚兒出,微風燕子斜』,何處不若『落日照大旗,馬鳴風蕭蕭』?」[38]這種把意境景的問題,混同於質的問題說法,是一種唯美主義的美學概念,是一種非現實文化的審美思維,存在不少的問題。所舉杜甫詩例,「細雨」句摘自〈水檻遣心〉乃消閒遣悶心境;而「馬鳴」句摘自〈後出塞·之二〉深具悲憫生民抗議戰爭的歷史觀照,所見者深,所懷者大,與遣悶心境,優劣判然有別。

意境,既有景的大小,也有質的高低。意境的大小高低,在向明作品中,十分清楚。

> 離子宮太遠了
> 而墓塚,就在緊鄰
> 這一前一後的
> 黑暗世界
> 不覺的,正慢慢拉近

---

[36] 亞里斯多德,《詩學·第九章》陳中梅譯(台北:商務印書館,2001),頁81。

[37] 王昌齡,〈詩格〉,《唐音統籤》第九部《癸籤·卷二》,明·胡震亨編,影印本(上海古籍出版社,2003),頁 526。

[38] 王國維,《人間詞話》(台北:三民書局,1994),頁 10。

像兩片厚厚的帷幕

遮住中間

空白的一生

詩題〈老來〉，簡鍊八行，不僅道盡老耄心情，也指涉到人生的虛幻，生死之間，空白而已！這首詩，字詞精準，形象鮮明，橫空而來恍如菩提一偈。手法上圓融自足的藝術表現，建構出一個生命蒼茫的意境。

這首詩的意境，淒美動人。但展示的境界，小；提出的旨趣，低。整首詩不過是一聲生命無常的浩嘆。

再看向明的另一首詩，〈安全島〉：

我從我來的那岸而來

我到我去的那岸而去

沒有舟楫

以雙腳自渡

從上流奔來的滾滾洪流

挾泥沙以俱下

潑擊一身

從下游逆行的洶湧波濤

排擠出激動的浪花

蓋頭蓋臉

我行至中途的這座島上
汙染侵我右肺
噪音襲我左耳
而島的名字
叫做
安全

這首詩，我從詩藝、詩意、詩義等三個層面，作些概要的析論。

1. 詩藝──

先就詩的語言來談。語言的簡鍊，無庸贅說。語言之尤為特出點，在意象語言的自然生動。相對於一味製作晦澀的低級意象語言，這種創造多層美感的語言是高級意象語言；高級意象語言，沒有奇特突出的個別詞彙，而每個句子，話中有話，意外有意：是寫實的當下的、也是隱喻的虛擬的，是特定性單指的、也是普遍性多指的。詩人適度地發揮了中國意象文字的特質，創造了廣闊的想像空間。

次就句式結構來談。全詩四節，首節以兩句一組的排比長句切入主題，隨即簡捷縮短，對比鮮明，造成錯雜變化的形式。二、三兩節，用對稱修辭策略，形式整齊規律，複疊一致。尾節句法，如吟哦小曲，曼聲搖曳之際，節奏加速，旋律加快，兀突間，嘎然而止。且四節之間，形式上變中有常，結構上靈活呼應，型塑出詩的美妙身姿。

2. 詩意──

如此意涵豐沛的一首詩，委實不該尋章摘句來作僵固化的

笨拙解人。在這裡，我想對各節的寓意約略提出自己的一、二心得。首節：本意可能在敘說我（我們）在兩岸間的漂泊心境，說的是那個巨大時勢變化的歷史梗概。但也可作個人處在生死兩岸之間的隱喻解讀，猶之乎前舉那首〈老來〉的註腳。二、三兩節：本意可能在敘說歷史情景。「上流」指以往，在勾勒一個集體的奔逃崩潰的過去，「下游」指當前，在速寫另一個集體之激盪爭鬥的現實。但也可作為個人生命過程中艱苦拼搏的隱喻解讀。尾節：本意可能在敘說我（我們）置身於左右鬥爭之間的困境，預見的前景是，必將遭受兩方夾擊，名叫安全，實則並不安全。也可解讀為個人存在的尷尬，無法獨立自主，來自左右的侵擾，生活得十分無奈。

這首詩，還可以作其他情景的虛擬和詮釋，但能言之成理，都行。那是閱讀者的樂趣和權力。

3. 詩義——

這首〈安全島〉的實象意涵，不易也不必確切指說；但其抽象的義理，卻十分確切地明示出來。這首詩，不論從哪個角度觀照，詩中憂生憂世、悲憫時艱的情懷總是濃郁地充塞於字行間。自然展現出一種悲壯遠大的意境。

從《水的回想》、《隨身的糾纏》到《陽光顆粒》，各集的作品：具有歷史嚴肅態度而哲理思考深刻的，境界大而旨趣高的，逐漸增加。最後的這個集子，第一輯「存在」收詩五十四首（接近全集作品的半數），其中的題材約有三分之二涉及社會的、時代的現實事象，大多展現出悲壯遠大的意境。第二輯「人我」，第三輯「集粹」共三十五首，多私誼、偶感類小品，有一部份作品且有應酬意味。第四輯「旅次」的二十六首

詩，其中二十五首記大陸旅遊，弔古傷今，慷慨悲歌之作不少。

從向明的七本詩集（「詩選」、「選集」未計）來看，向明詩的意境，隨時間進展而進展，跨步之大，標的之高，幅度之廣闊，在泛現代詩派中，我仍要說，唯向明一人。

第五節　餘音

向明詩作之令人刮目而看者，便在其隨時間進展而進展的優異成績創新力量。

力量何所自？自心靈，自生活。

心靈，是一切力量的源泉，尤其是需要滿懷熱情去活動的藝術工作，唯激動的、易感的年輕心靈能產生推動進展的力量。西方美學家指出：「美，不是物理的事實，它不屬於事物，而屬於人的活動，屬於心靈的力量。」[39]所以，心靈年輕是詩人創作力量所自。心靈是否年輕與年齡不一定有絕對關係，年輕的歲月哪個敏感的人不是詩人，誰沒有迷過詩？可青春甫過，詩心已老。中年詩人停筆，熱情熄了。

生活，是詩人創作的資料寶藏，也是開發或引爆心靈力量的火種。詩人，不可能真正出世。詩人作詩，即是具體的社會活動。詩人生活一切及書寫物資都是社會提供的，詩給人讀更是社會行為，世上哪有真正脫離社會生活的詩人？問題在於，詩人怎樣面對社會生活。東方美學家指出：「詩人最大職責在

---

[39] 克羅齊 Croce, Benedetto（1866~1952），《美學原理》朱光潛譯（北京：作家出版社，1958），頁90。

表寫人性與自然，而人性最真切的表示，莫過於在社會中活動，……所以詩人自己要加入社會活動中。」[40]詩人必須關懷社會、進入廣大人群之中，才算生活在社會生活在現實。許多詩人脫離社會人群的現實生活，最大興趣在哼唧著自憐或自戀的老調，或張揚個人誇耀自家生活，這類人，再寫，也沒有詩味了！不過是浪費樹的年輪。

　　心齡年輕，進入社會生活，詩人是不會衰老的。向明說：「雖然年事已高……但我對世事的敏感度，對美醜的分別心，對弱勢的關懷感，一點也未因體能老化而遲鈍，這些仍是我詩意象處理的基本素材。」[41]這幾句很有深度的告白，如果在正常時代、正常社會中，其實是卑之無甚高論，可是在非詩的物慾時代，非詩的現實社會中，卻也是白雪清音。

　　這許多年，向明在詩的山路上，走得踏實也走出了高度。望著他一步步前進的身影，我不禁對這位相識未久的詩人非非遐想：假如向明忍心割捨陳舊的溫情，揮手彈去沾染的俗塵[42]，以新的心靈新的面容迎向明天，向明，再向明，明天悠遠的時光將可能被詩人握在手中。

　　無論明天如何，當下的向明，其人其詩宛如語言花，欣欣綻放，燦爛在雪線以上。

——2007 年 5 月 4 日子夜於台北新店山居

---

[40] 宗白華，〈新詩略談〉，《藝境》（北京：北京大學出版社，1987），頁 21。

[41] 向明，同注 25，頁 18。

[42] 此處所謂「俗塵」，係指向明詩集中，少數隨俗的作品。如：〈深處見一棵櫻桃尚在〉之應和隱題詩，〈故事〉之一行詩，〈藤〉、〈高腳杯〉之圖像詩等。為量雖微，亦沾染了俗塵。

以溫柔樣態烘焙人間情味

——論向明《陽光顆粒》的詩藝與詩意

曾進豐
高雄師範大學教授

◆

一、前言

　　向明溫和謙沖，含蓄拘謹，不招搖不譁眾，不與人爭，總是慢條斯理，不慍不火，生活如此，寫作亦然，因此贏得「詩儒」雅稱。其詩風平實平淡、穩健親切，不管是現代派、存在主義、超現實主義等歐風美雨的狂吹驟襲，或民族、鄉土「認同」的文學論戰，他始終堅持走自己的路，「似乎是個不可救藥的保守主義者」[1]。身為「藍星」元老詩人之一，馳騁詩壇五十多年，藉抒情展現「淡藍之美」，不僅印證藍星「和而不同」的人我美學，與「欠缺群體性」的特有徵象，同時以溫和沖淡的風格，確立了個人位置。

　　自一九五一年開始新詩創作，至一九五九年處女詩集《雨天書》面世，十年後（1969），才再由「純文學」出版《狼煙》，亦即在一九七○年以前，只有薄薄兩冊詩集八十五首詩作。一九八二年後，陸續出版了《青春的臉》（1982）、《水的

---

[1] 《向明・世紀詩選》〈向明詩觀〉（台北市：爾雅出版社，2000 年 4 月），頁 5。

回想》（1988）、《隨身的糾纏》（1994）等。晚近創作力更為充沛旺盛，而有「後勁愈盛，大器晚成」[2]之美譽。《陽光顆粒》（2004）距離上一本詩集的出版，又隔十年之久。逾五十年的創作，只孕育六本詩集，產量不算豐碩，倒也足以說明，個性內斂的詩人，絕不輕易出手，必於豐富的生活歷練之後，才如貝殼珠胎孕結，發而為詩。

自序長文〈為詩奮起為詩狂〉說：「一首詩其實是由兩部分結合而成，一是由感性而生的『詩意』，一是由理性而構思的『詩藝』。……詩意是來自詩人生命核心，……只有懂得詩的表現藝術的人才可寫得出詩，而詩藝的涵養靠詩人對萬物觀察的深入敏銳和悟性。」[3]接著又引袁子才詩句：「夕陽芳草尋常物，解用都為絕妙詞。」[4]為喻，強調透過詩藝能將尋常化為絕妙，而其涵養端在「解用」二字，其所說正是詩人的審美觀照。換言之，生發了詩意，再輔以高超詩藝，方能成就一首好詩。

綜觀向明詩路進程，《雨天書》時期，染有青春的蒼白與些許自戀色彩，流露時代的苦悶；《狼煙》階段，略受現代主義影響，較注重追求「意象」與「知性」成分；直到《青春的臉》問世，始透顯意念翻轉之契機，不僅在深度、廣度上力求精進，同時厚植了生活化、人間性的溫暖情味，並於其後持續展延深入，晚近則益趨練達圓熟。已逾從心之年，詩成為對生

---

[2] 余光中，〈簡評「隔海捎來一隻風箏」和「虹口公園遇魯迅」，見《隨身的糾纏》附錄（台北市：爾雅出版社，1994年3月），頁177。

[3] 向明，《陽光顆粒》代序〈為詩奮起為詩狂〉（台北市：爾雅出版社，2004年12月），頁17。

[4] 袁子才，〈遣興〉詩，向明引作「無情物」，應為筆誤。

命的回應，《陽光顆粒》即體現了從覺而醒而悟的歷程軌跡。本文以之為探討主軸，當然也將旁及早期詩作，至於標題「溫柔樣態」一詞，係文字技巧與形式表現的概括，而「人間情味」則意味著詩作的情感內蘊，前者為質樸「詩藝」的風姿，後者乃悠長「詩意」之滋味。

二、《陽光顆粒》的時空與人我

五十年前的詩作〈雨天書〉，結尾喊道：「快觸發太陽的憤怒呀／你發霉的記憶需要曝曬」，詩人急切而熱烈地呼喚象徵光明的太陽，能趕緊驅散風雨陰晦，並曝曬歷史囤積的霉氣，此或即「向明」之內蘊深意——奔向日月、迎向光明，播灑陽光顆粒。《陽光顆粒》乃向明初老、既老之十年間作品總集，為攻頂登峰、臨風張揚的旗幟；既是詩人人格性情的寫照，也標誌著詩人儒者的人間形色。書名來自於其中一首詩之篇名，該詩為酬謝老友瘂弦贈送烘手暖爐而作：

溫暖是
一種充滿陽光顆粒的激素
在這陰霾風發的世代
非常罕有
而你早就在儲備
各種製造光熱的暖爐
而且把那燃得火紅的一隻
留給了我

在我早感手腳蕭瑟的時候

在你遠去與冰河為鄰的時候

字裡行間洋溢溫馨與溫情。整本詩集就像「製造光熱的暖爐」，不管是慨嘆、頌詠、讚美，或是傷怨、嘲諷、譴責，總是出自一顆溫熱的詩心，真誠關懷，觸動人心且感染人意。

《陽光顆粒》有詩一百四十七首，分作四輯，依序為：「存在」、「人我」、「集粹」、「旅次」。涉及層面廣泛、素材多樣，舉凡世界局勢、兩岸關係、社會人生，直到身邊瑣事、蟲魚花鳥、衰草落葉，信手拈來，一一成為詩人情感的載體，真實傳達詩人的生活經驗，抒發對於生命、歷史、文化及未來的種種愛、恨、憤、怨、思，而統攝為複雜糾葛的時空及人我關係。

輯一「存在」，思考天地萬物的存在意義，而隱約以探索詩人的定位為主線。向明嘗於〈永不服輸〉一文中說：「對於一個醉心於詩文學的人而言，寫詩，不斷的把作品拿出來，命定是他一條永遠走不完的天涯路。邊寫邊求新境，讓詩的不斷新生取代肉體的日漸衰老，更是他一生唯一的志業。」[5] 詩的寫作源於內心的需要，是割捨不掉的「隨身的糾纏」，是癮、是瘤。在超過半世紀的詩文學生涯中，向明寫詩、編詩、評詩、解詩，投身於詩歌運動，創辦詩歌刊物，開闢詩話專欄，為詩憔悴、為詩廝守，宛如聖徒犧牲奉獻而無怨無悔，以至於詩成為生命存在的方式。詩集常序〈為詩奮起為詩狂〉結尾寫道：

---

[5] 《隨身的糾纏》後記〈永不服輸〉，見同註 2，頁 171-173。

作為一個詩人應有的表現上，我始終認為除了把作品交
出來接受考驗挑戰，其他任何作為都不能增添詩人光
彩，即使忙碌，但我絕不荒廢對詩的精力投注。雖然年
歲已高，好多同好已不幸故去，但我對世事的敏感度，
對美醜的分別心，對弱勢的關懷感，一點也未因體能老
化而遲鈍。[6]

堅定不移的信仰與追求，恰好作為本輯註腳。透過詩作，思索
在社會漩渦中的生存狀態，尋找於歷史中的縱橫座標；「空
間」追尋為此輯之書寫主題。

輯二「人我」，多半贈人懷友、悼念悲愴。哀弔逝者如
〈清明懷人〉為極有才華卻痛苦一生的同學而寫；〈想起你那雙
手〉因悼念《台灣新聞報・西子灣》副刊主編魏端而作；悲嘆
一生被病痛折騰的大荒而譜〈時間十四行〉；不捨蔡丹冶、梅
新、卜老（無名氏）、大荒、姜穆、祿松諸友朋的辭世，低吟
〈擦不完的眼淚〉；以及〈八掌溪現場〉哀慟被洪水沖走的四名
工人等等。酬贈詩友則有寄夏菁的〈拇指山下〉；和陳庭詩鐵
雕作品的〈偶然十四行〉；賀余光中七十華誕的〈行過七十〉；
驚聞周夢蝶已八十有餘卻得「五十肩」，戲謔〈負〉詩；以及
酬報瘂弦的〈陽光顆粒〉。此外，還包括數篇嘆老悲衰之音以
及〈抱孫心得〉；「時間」洵為此輯彈奏之主調。

輯三「集粹」，美醜、善惡併陳，形而上、形而下兼有，
藏好惡判斷於其間。如題畫詩〈黑手套〉、〈革石篇〉等的心靈

---

[6]　見同註 3，頁 17-18。

饗宴；專寫慾、癮的〈台北冬夜〉、〈戒〉；有單純寫景的〈烏來瀑布〉，有寓情於景、詠物托志的〈旗正飄飄〉、〈台灣雲豹〉、〈向陽門第〉等；至於〈廚餘三昧〉、〈判決〉，則直擊社會現實，揭剝黑暗醜陋；猶有〈一群小詩〉、〈麻辣小詩〉，尺幅千里，以小見大，深寓褒貶美刺。輯中更見〈隱喻〉、〈暗示〉詩題，似是提供解讀途徑？或者故佈疑陣，巧設謎面？要之，鎔精神、物質於一爐，根源於生活，而指向時代「政治」。

輯四「旅次」，錄寫遊歷所見所感。詩人如果不旅行，詩的產量將銳減！向明喜歡旅遊，足跡踏遍千山萬水，早期已見〈過馬拉坎焉宮〉、〈馬尼拉灣的落日〉、〈過國父紀念館〉、〈東勢林場紀遊〉、〈虹口公園遇魯迅〉等旅遊詩。本輯三十四篇中，除去〈虎籠〉、〈除草劑〉二詩為參觀越南「戰爭罪惡紀念館」所見，以控訴殘暴戰爭，表達反戰思想外，多達三十一首皆記中國大陸旅次見聞。雙足所履，雙目所擊，回顧歷史現場，文化傷痕隱隱作痛。最後以〈謁玉山〉一首作結，莫非意欲回歸台灣「主體」意識？此輯感愴民族災難，悲憫人民苦痛，深具人道、人性關懷，可視作「鄉愁」主題模式的變貌。

四輯各有其主客觀範圍，四道光芒分別投射出不同色彩卻一樣溫暖的顆粒。由個人存在至人際互動，由自我至社群的人我關係；從時間延伸至空間拓廣，從用心體會至用腳思想，前者是心理空間的加深，後者為物質空間的擴展，二者皆落實於平凡的生活，而結穴於嚴肅生命的探勘與掘發。

三、詩藝：《陽光顆粒》的三種策略

　　沒有現代派、超現實主義等所強調的意識疏離、幻化，以及語言扭曲、文字變形的現象，向明秉持平實化的藝術追求，講求意象的具體，強調詩的節奏感、音樂性；文字的斟酌鍛鍊，力避玄奧空洞，不事鋪張，終能平淡質樸，如清澈小溪、溫婉和風，且於清澈溫婉中蘊含精妙，明亮親切，細密悠長，《陽光顆粒》最具代表性。筆者試歸納其表現策略為三，即「題材選取系列化」、「語言表現生活化」、「詩體建構視覺化」，分述如下：

（一）題材選取系列化

　　向明慣於從生活周遭捕捉詩的素材，尋常山川草木、人生百態、熟悉的小人物……，人生的、自然的、社會的，無所不包，無所不寫，故論者謂：「向明的詩裡不容空靈，不容夢幻，容的是實實在在的生活經驗。」[7]早期作品如〈生活六帖〉、〈讀報〉、〈咳嗽〉、〈洗臉〉、〈出恭〉、〈行過花市〉、〈晚餐時間〉（見《水的回想》）等皆然，而《陽光顆粒》擷取生活一景一幕，無一不是生活經驗的呈現，於細膩中見真情，小詩中包蘊大世界。

　　大陸學者陶保璽認為向明在藝術探索方面，值得肯定與借鑒的，首先是在「詩思向度和題材選取方面的『系列化』」，而

---

[7]　魯蛟，〈豐收十年間——看向明詩集《陽光顆粒》及其他〉，《乾坤詩刊》，2005 年 4 月，頁 91-92。

且在大系列中包容著小系列。」[8]並將向明詩作分成親情、詩觀、即物、童戲詩、詠史、旅遊、酬答、反戰等八種系列。陶氏將題材、主題混淆，分類標準不一，既要以立意為宗，又得兼顧文本形式，以致於糾纏瑣碎。詩集《陽光顆粒》，顯已依據創作主體的思維意念為基準，考量詩作的意象模式與敘述結構，而有四輯之區別，唯若就題材稍作歸類，仍可見「系列化」現象，諸如：

1. 具體事物：〈秤〉、〈太師椅〉、〈室內繪〉、〈高腳杯〉、〈藤〉、〈台灣雲豹〉、……。「詠物詩」俯拾皆是，蓋即物書寫為其寫作策略之一。

2. 戲劇性生活場景：〈愛情捷運〉、〈阿土去釣魚〉、〈蓋章有感〉、〈或人的回憶〉、〈吳興街組曲〉、〈傳真機文化〉……。詼諧諷刺，而有些許誇大性質。

3. 以詩觀詩，表達期待與批判：〈窗外的加德麗亞〉、〈走在前面〉、〈問題〉、〈痣〉、〈第一次吃到自己手抓的魚〉……。

4. 古典逸聞：〈相思樹傳奇〉、〈鹿回頭〉、〈望夫石〉、〈江南歸來四題〉之〈斷橋〉及〈雷峰塔〉……。

5. 和贈酬答：〈陽光顆粒〉、〈姆指山下〉、〈化石魚〉、〈行過七十〉、〈負〉、〈偶然十四行〉……。

6. 旅遊記聞：以第四輯「旅次」為主。遊江南、登華山；訪古寺、謁古墓；進莫高窟、弔玉門關；拜謁杜甫草

---

[8] 陶保璽，〈張望青春的臉，原是一隻老不折翼的風箏：對向明詩作內蘊及藝術探索的掃瞄與賞鑒〉，見氏著《臺灣新詩十家論》（台北市：二魚文化事業，2003年8月），頁252。

堂、中山陵，走過南京大屠殺現場。足跡遠至內蒙、西藏，行遍草原，橫越戈壁，記藏人特殊習俗「天葬」，寫海南島三亞黎族少女風情，……。

7. 直擊時代，錄寫現實：〈天國近了〉、〈PRETEN-DING〉、〈廚餘三味〉、〈反斗城〉、〈白色螞蟻〉、〈判決〉、〈轉世的摩西〉、〈阿土去釣魚〉……，影射台灣國家、土地與人民；而〈謁中山陵〉、〈草堂謁杜甫〉及〈江南歸來四題〉之〈咸亨酒店〉，諷刺的是骯髒、貧弱、無知、缺乏教養的中國人。

8. 世紀交替的沉思及國際大事：〈雲的記憶〉、〈別看我。阿富汗女郎〉、〈理想國千禧年第一天上午〉……。

此外，《陽光顆粒》中尚且出現許多「組詩」形式及「姊妹篇」敘寫，自成系列。諸如〈革石篇〉、〈麻辣小詩〉、〈一群小詩〉、〈吳興街組曲〉、〈江南歸來四題〉、〈廚餘三味〉、〈四行詩三首〉、〈六根詩〉等。〈四行詩三首〉分別是〈火把〉、〈地震〉和〈歡喜〉，每一首似可獨立，但實際上意象又是連續的：寂滅成黑道，便無需光明維護，火把遂無趣地熄去；然而黑暗之地底，承載著沉重的積怨暗流，等待釋放；因此燈熄之後，久被桎梏的火種將歡喜釋放，重新點「亮」大地。整組詩如環相扣，所喻指的可以是社會人生，也可以是大自然的運行。關於「天葬」風俗的〈天葬台集景〉、〈天葬哀歌〉二詩，前一首中，引用陳子昂〈登幽州臺歌〉，獨缺「獨愴然而涕下」一句，似是預留〈天葬哀歌〉之伏筆，堪稱絕妙。再如SARS 逞兇，造成全台恐慌，有詩〈忍術〉、〈天使的定義〉、〈多多問天〉以記之，而與軍旅相關的有〈臼砲〉、〈地雷十四

行〉、〈或人的回憶〉等。

再者，第二輯「人我」所錄詩篇，除了悼念亡者外，所懷想的也幾乎是「行過七十」、「大家都要走了」及「抱孫」的老人，且標題有「老」字者三篇：〈賣老〉、〈老來〉、〈老去〉，這些詩篇可以歸為「老人關懷」系列。又有同屬「瀑布」系列的〈水的自殺〉、〈烏來瀑布〉，卻分置於第一輯、第三輯。前首將水擬人，走過陰晴冷熱，看盡風雲變幻，「真的不能再堅持什麼了」、「肯定不能再堅持什麼了」，於是縱身深淵幽谷，碎成一匹「空白」。詩人觀瀑有感，物我交融，化作「一念頓開萬妄俱絕／轟然一聲縱身無涯」的水，隱含一種「存在」的方式，一種肯定。後首敘聲音凝固的「靜」態中，蘊藏無窮「動」機，那渺遠的高處，蠢蠢欲動終而突圍的瀑布，「追著嶙峋的溪谷大笑而去」。瞬間直下的震撼景象，如聞其聲，如在目前。二詩同樣壯闊，前者如失路英雄的蒼涼悲壯，後者則儼然昂揚出發、爽朗豪邁的人生頌歌。

（二）語言表現生活化

向明最欣賞俄國詩人普希金（Alesander Sergeevich Push-kin 1799-1837），喜歡淺近平易的語言文字，明朗樸實的風貌，這頗符合個人之創作理念。向明認為生活就是一首最真切的詩，強調「從自己出發寫詩，讓生活作為詩的礦源。」[9]主張詩應以生活視角為基點，詩語言也應該是「生活的」，「堅持

---

[9] 向明，《向明自選集》序文〈平淡後面的執著〉（台北市：黎明文化事業，1988 年 5 月），頁 196。

以生活入詩，更以精鍊的生活語言來表現詩。」[10]因為：「詩的語言越清明，越簡鍊，而仍不失詩趣，是為詩的上乘表達。」[11]雖然他謙虛地表示，這是經過長時間的陶冶、經驗累積而得，實則其初始創作，即已預示了如此的語言風姿，《雨天書》、《狼煙》是浪漫的練習曲，寫意多過寫生；《青春的臉》、《水的回想》及《隨身的糾纏》，是奔放的樂章，潺潺流動的激流；《陽光顆粒》則是篤實溫暖的交響樂，藉著單純愉悅的音符，串連成一泓清泉，而其一貫的特色，就是語言表現生活化。

先讀〈戒〉一詩：

戒酒之後
連菸也跟著戒

一時精神大振
想把上癮四十年的詩
一起也拒在門外

兒女們這時
笑彎了腰
沒有了這些壞習慣
你們詩人的光環

[10] 見同註 1，頁 5。

[11] 向明，《水的回想·後記》（台北市：九歌出版社，1988 年 1 月），頁 176。

那還依然存在？

生活瑣事鋪陳，是生活的剖切面，是對「詩人」頭銜的反思；
文字淺白流暢，富有口語化的親切自然。再讀〈雄雞〉：

　　不鳴則已
　　一怒便天下難安
　　便喊出一個
　　唱紅臉的太陽

　　誰說詩一定要寫了才算
　　抖一抖翅膀
　　富麗
　　絕對不輸三百篇

這首詩短短兩節八行，文字絲毫不加修飾，淺白素樸卻饒富詩
思妙趣。將昂首的雄雞，譬擬為「一怒而安天下」的文王，復
逆反其意，鋪敘為充滿動感及聲音色彩的「日出」意象，有如
戲劇之隆重揭幕，而這些全由一隻雄雞「鳴」生擔綱。雞鳴一
聲天下難安，氣勢驚人，次節再將雄雞振翅之起起英姿，媲美
《三百篇》之富麗，妙趣橫生，可謂詩思非凡。詩追求美與
真，但不見得寫了才算，大自然的月落日升，蟲鳴鳥叫都是美
的都是詩，何況是昂首引吭的雄雞，叫出一個光輝燦爛而朝氣
蓬勃之清晨。平實的文字表面，潛藏著耐人思索之深旨。
　　親情詩〈某人看兒子跳傘〉，則虛設父子對話，於莞爾中

流露關懷與焦慮：

> 唉喲　兒呀
> 在地上的老爸高喊
> 既然你已高高在上
> 翩翩雲表
> 為何不學杜甫的那隻沙鷗
> 縱浪大化遨遊
> 幹嗎？急著
> 捨身一躍

> 雲端傳來兒子微弱的回聲
> 報告，老爸
> 一切都按預定課目進行
> 背後有催命的喝斥
> 下面有扯腿的引力來自地心
> 最主要的是
> 不負您老的期盼
> 頭角崢嶸

向明在一次接受訪問時提及：兒子大學畢業服兵役，抽到的是傘兵，眼見夫人分外惶恐緊張，遂引發寫詩的衝動。他在思考孩子為何要冒這個險，是為了國家？還是為了個人？值得

嗎？[12]可知某人、老爸皆為詩人化身。詩不只是感情，也是經
驗；熱烈的情感需要不斷的壓縮、沈澱，經過長時間的醞釀、
發酵後，才能轉化為深刻的經驗，進而透過精要的、形象的語
言表現成為詩，此詩做了最好的說明。

　　余光中嘗評向明詩的語言是：「夠用就好，而且用在刀口
上，無意逞才而大肆鋪張。」[13]讀〈無字碑——謁武則天墓〉，
當知所言不虛：

　　　　這大唐無雙的奇女子
　　　　傾其一生
　　　　真個豐滿得令人
　　　　書不盡言
　　　　言不盡意

　　　　為了心虛歷史的終極體檢吧？
　　　　她立定志向
　　　　乾脆先將自己
　　　　赤裸裸的
　　　　交張白卷

　　　　從此以後
　　　　便不著一字

12　詳參李進文，〈航向詩人：向明〉，《藍星詩學》⑦，2000 年 9 月，頁 14-
18。

13　見同註 2，頁 177。

　　盡得風流了
　　她以為我們定會這樣想

絕無冷僻字眼，鮮少賣弄典故，文字簡單素樸，輕輕淡淡的，
晶亮透明得幾乎不見半點雜質，整本《陽光顆粒》皆是如此。
試再臚列部分詩句以證之：

　　你們先秦來的人
　　為什麼都是這個熊相
　　灰頭土臉的
　　一個個都像剛剛做完
　　焚書坑儒（〈說與秦俑〉）

　　師傅看了看我‧又
　　看了看窗外平靜的西湖
　　恍然的說：
　　原來你們離家太久（〈樓外樓〉）

　　這美味　貴就貴在
　　歷經油煎火煉
　　炮烙越久　異味別傳（〈台北冬夜〉）

向明擅於擷取生活細節入詩，且以生活語言提煉詩意，李豐楙
對此有精闢透徹的分析，他說：

　　　　向明的語言清澈、瘦硬，不是古典詩語的雍容華采，也
　　　　不是現代派的新訛造語，而是日常語言的提煉，明朗而
　　　　不淺淡。這種語言表現他日常生活的一些經驗，極為妥
　　　　貼……傳達現代都市人的生活感受，也曲盡其妙。[14]

向明詩的語言節制而乾淨，文字澄澈清淡，語境透明晶亮，去
盡鉛華見質地，而能「內蘊豐富，形象飽滿，令人興趣盎然，
玩味無窮。」[15]沒有絢爛瑰麗的語言文字，不醉心於「警句、
奇句」的炫惑，追求詩的本色美，樸素而不單調，含蓄而不晦
澀，讀來親切自然，絲毫「不隔」，且能蘊深情於通俗淺白，
寓深意於文字底層。

　　再者，向明詩之童趣化，也是語言生活化的另一種表現。
大人者，不失其赤子之心，向明有童話集《香味口袋》、《糖果
樹》，也有童詩集《螢火蟲》。至於他的現代詩作，也往往在人
不經意處見純真趣味，如《隨身的糾纏》中的〈跳房子〉、〈滾
鐵環〉、〈踢毽子〉、〈跳繩〉、〈打彈珠〉、〈抽陀螺〉、〈蹺蹺
板〉、〈盪秋千〉、〈捉迷藏〉等，將視點落於童玩的題材上，直
抒性靈、天然成趣。《陽光顆粒》裡則有〈抱孫心得〉、〈故
事〉、〈阿土去釣魚〉、〈多多問天〉、〈黑手套——戲題夏卡爾的
一幅畫〉等作，童言童語，趣味橫生。

　　此外，向明偶而會在詩中摻入方言，如：「好水好美的桂
林／漓江先滌我塵／獨秀提振我心」（〈好水的桂林〉p278-

---

[14] 李豐楙語，見《中國新詩賞析（二）》（台北市：長安出版社，1989 年），頁
　　240。
[15] 瘂弦語，見同註3，頁14。

279）、「這時遵，真個是／一線的希望了」（〈螢〉p205）、「深信　左右會共治／上下成一體／親像／一個人」（〈快意〉p217）、「沒有人要我戒女色了／也不會慫恿我走上街頭／知道我裡外都已莫洛用」（〈老去〉p174-175），徹底融入生活，巧妙運用口語，更顯親切也倍增滋味。

（三）詩體建構視覺化

論者謂：「向明的詩，特色在語言，不在形式。」[16]恐怕未必屬實。向明不斷地實驗創新，追求詩的形式美感和詩體的建構，曾寫過「四行體」，如《雨天書》中，從〈門〉到〈小店〉計十七首，皆為四行詩，《陽光顆粒》〈革石篇〉七首（p192-195），也是四行體；嘗試過洛夫創制的「隱題詩」，如〈深處見一棵櫻桃尚在〉（《隨身的糾纏》p109-111）；而〈紙錢〉（《青春的臉》p148-149），刻意以詩行的特殊排列，造成紙錢翻飛的視覺效果；又如〈讀〉（《青春的臉》p46-48）及〈午夜聽蛙〉（《水的回想》p159-162），皆為「同字領起建行體」的架構[17]，〈捉迷藏〉前五節，均以「我要讓你看不見」領起，採用了「同語領起建節體」[18]之形式……。詩人往往隨著詩思的進行、詩情的展延，尋求最適當的表現形式，此番苦心孤詣，允為特色之一。

向明對於詩體建構的突破，首先表現在視覺美感的追求

---

[16] 游喚，〈試用語言詩派解讀向明的詩〉，《臺灣詩學季刊》第十一期，1995年6月，頁160。

[17] 陶保璽，《新詩大千》（安徽：安徽文藝出版社，1994年5月），頁373-393。

[18] 見同註上，頁413-429。

上，詩集《陽光顆粒》中，最吸引讀者目光的就是〈藤〉
（p46）一詩：

> 擺明了是要向那
> 不可能的可能的不可能的絕處
> 逢生的
> 卑微生物可憐的形上理想
>
> 　　　　　　一
> 　　　　　一路
> 　　　　一路攀
> 　　　路攀援
> 　　攀援而
> 　援而上
> 　而上
> 上
>
> 直至一座
>
> 　　　　　　自大
> 　　　　　自高的
> 　　　　垃圾大山
> 　　　爛污髒臭的
> 　　　擋住了我們的
> 　　　前程遠大的出處
> 　　而且再也沒有落腳點
> 　　可以讓我們再向前轉彎

　　第二節階梯式排列，又輔以頂真連綿句型，圖示藤類依附攀爬、緩慢艱難的成長歷程，暗示了它堅持向上的生命特質，具強烈的視覺印象。尾節文字逐行漸次堆疊層高，最末一字切齊，既是「大地」（山）之表徵，同時表示垃圾山的出現，是經年累月、人為造成的。山的頂端「可以」二字，恰巧低於「座」字一格，喻指不管山有多高，終究處於藤之下面。

　　〈藤〉詩的整首視覺化設計，絕非刻意賣弄、徒具形式，而是循情感發展、視詩意需要而定，匠心獨運，用意不俗，達到了內容與形式的和諧統一。還有些詩作的視覺化，則僅出現於某一小節，有如「插圖」的醒目作用，造成「形象具體」的美學效果。茲摘錄部分詩句，略作說明：

```
站得光鮮　　　　高
　　　的一隻　　腳
亮麗挺直　　　杯
　　　（〈高腳杯〉第二節）
```

```
你可怕的原罪是
一入誰的口中
便開始水性楊花
色
香
味
俱陳
　　　（〈茶與同情〉末七行）
```

不遠千里直奔

樓

外

樓

只為品嚐那久違的

西湖醋魚

東坡肉

　　　（〈樓外樓〉第一節）

其一，巧繪「高腳杯」之形狀；其二，如想像茶葉抒展之貌，
又有觀茶色、聞茶香、品茶味之通感效應，可謂傳神寫照之
筆；其三，衍釋「樓外樓」文字意義，鋪陳其千里之遙。而詩
集中唯一的散文詩〈草原悲情——內蒙歸來〉，詩行文字迤邐
綿延，展開成整齊方形，宛如一大片草原布列眼前，以呼應題
旨。此外，〈故事〉一詩，採取縱橫交錯、橫豎排列的形式，
極為特別：

他

躊

躇

滿

志

的

往

侯

門
闖
去
卻沒具備開門的鑰匙

他被時空隔絕了嗎？
不
我那三歲半的外孫說
他已忘記幼稚園教的
大
象
被
蒼
蠅
戲
弄
的
故　　事

《伊索寓言》中有一則獅子被蚊蚋欺負的故事，大意是：獅子憤怒驅趕蚊蚋，不堪被羞辱的蚊蚋，隨即召來伙伴，蜂擁蓋住獅子龐大的身軀，猛烈攻擊螫刺，此時，獅子自豪的利爪和鬃毛全無用武之地，只覺癢痛難耐，便發狂似地搔抓身體，搔得腹開頸裂，手腳都沾滿了鮮紅的血，最後傷痕累累地嚥了氣。姑且不論三歲半外孫說的是否為同樣的寓言故事（將獅子改為

大象，蒼蠅取代了蚊子），但詩中單字成行，拉大了整體空間，頗似龐然大象之造型，而居中的「不」字，就成了那隻大膽挑戰的蒼蠅；或可將兩旁橫列文字，視為蒼蠅群聚烏黑一片，其餘長句則是慘遭圍攻的大象。總之，詩人透過詩行文字的巧妙安排，達到了視覺美感，也提供了浩渺無際的想像空間。

其次，向明的詩在體式、結構上，隱約依循著某些「典律」，茲就《陽光顆粒》中所見，歸納一些典型體式，見其梗概：

1. 同字領起建行體

詩的每一行，都以相同的字或詞開始，又稱為「同字起句法」，這是一種單純而顯著的詩歌體式。且看〈隱喻〉一詩：

> 一片羽毛在鳥的翅膀上
> 是飛翔
>
> 一張葉片在樹的枝枒上
> 是風向
>
> 一頁扁舟顛簸在海浪
> 是冒險
>
> 一句口號播弄在舌尖
> 只能說是

自瀆示範

「一」字疊現，統領全詩。在藝術表現上，它又自由靈活的派
生出一些相近的樣式，有僅在主體詩行以同字領起、有將首或
尾詩行變異者，例如〈反斗城〉（p100-101）、〈賣老〉（p150-
151）、〈餿桶〉（p199-200）、〈天葬哀歌〉（p268-269）都是。
僅摘錄後二首詩句如下：

> 君欲確知
> 從量變到質變的過程
> 從燦爛到腐朽的過程
> 從異香到酸臭的過程
> 從摯愛到拋卻的過程
> 必不可
> 過此逕自掩鼻充耳而去（〈餿桶〉第一節）

> 曾經傲人的貞潔失守於廉價的誘惑
> 曾經旺盛的精血分秒支付給蛆般的慾望
> 曾經狂歌當哭震懾於粗魯的雷鳴
> 曾經敏捷騰飛退化靠柱杖依恃
> 曾經膚髮光潔乾渴成茸茸草澤
> 曾經呼吸均勻窒息在狂亂風中（〈天葬哀歌〉第二節）

此外，〈化石魚〉第二節、〈判決〉的一、二節及〈砧板
上〉第一節，部分詩行亦是同字領起；〈對稱〉除了第一節

外，其他四節的首句皆由「所以」二字建行；〈蓋章有感〉僅第一節前兩行以「不過」領起，其餘三節的首句皆由「可以」二字建行；〈相信〉則是奇偶節數的首行詩句，分別為「相信」、「不相信」，類此皆歸為「同字領起建行體」之變體形式。

2. 同語領起建節體

這種詩體的主要特徵，就是在分節的詩中，每一節都用相同的詩句開始，至於每節的行數是否相同，並沒有一定的限制。如〈想起你那雙手——悼魏端〉（p154-155）：

常常想起你
想起你那雙手
掄筆如劍・縱橫筆陣
使多少肖小授首
有如賢相魏徵敢犯龍顏的那雙手

常常想起你
想起你那雙手
從不吝提攜拔擢
讓我等幼苗出頭
彷彿詩賢魏野愛才的手

常常想起你
想起你那雙手

病毒殘害得像扭曲的枯枝
猶得伸出不便的打發憂愁
但仍不吝的伸出慷慨的手

每節均以「常常想起你／想起你那雙手」發端，強調想念之深刻，濃化抒情的氛圍。還有〈丹頂鶴——盤錦歸來〉，詩分兩節，皆以「不就是」一句領起；〈鹿回頭〉每節詩的第一行，都是同一呼喚語「麋鹿呀！」，即為典型的「同語領起建節體」。若是同一詩句不在開頭，而是分別嵌入每節詩之中間的，稱為「同語插入節中式」，如〈反斗城〉前三節，中間皆嵌入「等於不等於」一語，連續質問，而將每行首字連讀，恰是「一等一」，憎惡憤懣之情寓乎其中。〈新五官論〉一詩，也是「同語插入節中式」之範例：

耳朵說
反常哪　反常
兩側常設的回音箱
怎麼都會變成垃圾桶

嘴巴說
反常哪　反常
明明是單一進出口
何時成了雜類出糞坑

鼻子說

反常哪　反常
素來有如獵犬靈敏
而今竟榴槤香瓜不分

眼睛說
反常哪　反常
天空一直如春天的眉清目秀
為何看上去總是混沌不明

心靈說
反常哪　反常
八方齊射的都是毒箭
任鐵石鑄造也有切膚之痛

以「反常啊　反常」串起全詩意脈，強調五官通感如一，既有
凸顯的效果，也加強了詩的節奏感及回環美。另外，也有文字
稍加變化者，如〈Pretending〉三節全以「假裝自己是──」
發端；〈感恩〉每節的第一行都是「好在我們──」；〈DM〉整
篇以「Ｄ／Ｍ」建節，亦是「同語領起建節體」；而〈馳〉詩
之前兩節以「怪不得」為首、〈憑弔玉門關〉中間數節以「太
遲了」開始，又是此種體式的變異式。

3. 複沓建行組節體

　　現代詩人常用複沓、重疊的表現技巧，加重語氣，加深情
感。它不僅是簡單的修辭手段，而是詩人思維情感的外化與投

射，是一種重要且常見的藝術構思，甚而被視為新詩創作的
「母體」。其手法就是藉由字句、語詞或詩行、詩節的回環往
復、重唱疊現，來構築全詩。如〈愛情捷運〉（p52-53）第
一、二節：

> 如何最快最快到達你的那裡
> 我不知如何量出分隔的距離
> 這世界已經疲累得沒有力氣
> 彎路取代直行標出人我的分歧

> 我要如何最快到達你的那裡
> 紅綠燈交替打著啞謎
> 你等在和平路口等著我的和平到來
> 我卡在信義路口好想你會篤守信義

處在一切都講求快速、便利的現代都會裡，詩人於愛情與捷運
間，找到了藝術連結的契機，獲得了靈感。詩以「詞語複沓建
行組節」方式，形成一種緊湊節奏，刻畫詩中主角「我」的心
急、焦慮，淋漓表現現代愛情速食主義。再讀三、四節：

> 如何最快最快投入我的懷裡
> 你沒法告訴我
> 這世界已完全沒了主意
> 車和路都負氣僵持不走
> 每條路口都有洪流等待決堤

我招呼的喊叫敵不過高分貝的噪音
你焦急的手勢總被千門萬戶隔離

如何最快最快你我聚在一起
吵鬧的兩岸似乎都沒有交集
有人堅持縮地有術的快速捷運
兩點之間，取得直線
無阻地作高線專遞
有人建議避離塵囂遁走地底
一等四周的黑暗被眼睛望穿
盡頭站著風光亮麗的我和你

你我被噪音隔離，被時空阻絕，「焦急」的尋找「交集」，卻必須等到「望穿黑暗」，才能遇見真情。詞語複沓、「你我」反覆層出，以及韻腳的精心安排，營造詩的音樂性，進而浮雕出主角渴望與不安的情緒。〈鹿回頭〉同樣是複沓運用的成功之作：

麋鹿呀！
如果你曾是一隻麋鹿
切記不要回頭
後面跟來了射手

麋鹿呀！

如果你還是一隻麋鹿

抵死也不要回頭

縱然前面有大海擋路

麋鹿呀！

如果你真是一隻麋鹿

一回頭便永遠回不了頭

死的獵物會變成活的俘虜

以反覆的詩句建構詩節，構成自然律動，述說淒美悱惻的愛情故事。類似的還有〈天國近了〉一詩：

是的天國近了

我們的鞋底越墊越高

我們的債台越築越高

我們的大樓越蓋越高

我們的生活指標高與天齊

我們的頭顱快接近天國的褲腰

真的，天國近了

為了改信天國

我們把地上的神祇全部廢掉

為了改姓天國

我們把祖先的恩寵全要忘掉

為了住進天國更富有

　　　　我們把公私財產全裝進荷包

　　　　為了要躍昇成天國子民

　　　　我們把墊腳的石頭

　　　　全都踢掉

　　　　啊！天國真的近了

　　　　看那一條煙火飛昇

　　　　美日護衛的

　　　　金光大道

這既是「同字領起建行體」及「同語領起建節體」，同時也是
「詞語複沓建行組節體」。三節的第一行皆以「天國近了」為
主，而分別以「是的──」、「真的，──」、「啊！──」表現
情感轉折，尤其第二節中間八行，以「為了──」、「我們──
」建行，奇偶數詩行分別相對，為「扇對建行體」，如果合兩
句為一組來看，則又是「句組對應複合體」。當然，這只是形
式之美，詩人的藝術構思，當是藉此形式，營造出宛如宗教儀
式的進行，而置身其中的「我們」正被催眠的一種氛圍，以達
到嘲諷的目的。

　　此外，〈旗正飄飄〉以時態詞「昨天」、「今天」、「明天」
嵌入詩中，作為全詩結構的紐帶，屬於「嵌字建行組節式」；
〈時間十四行──悲大荒〉第一節：「你往哪裡去呀！／你說，
我在趕時間／時間在哪裡呀！／你說，在我的手上」，則是
「扇對建行體」。詩體建設最終目的，在於烘托詩意、激生詩味
與詩趣，若是一味地標新立異、惑人耳目，卻缺乏意義，則一

切的試驗努力皆屬徒然。向明一向主張「詩貴真誠」[19]，在創作實踐上，詩體形式不拘，皆隨著詩思起伏、端視詩意動向而定，以創造高度的藝術感染力為鵠的。至於譬喻、倒裝、借代、排比等修辭手法，或是可以造成「驚奇結尾」的逆挽法，達到「眾聲齊鳴」的交響法，都能熟練地變化運用，已臻自然而然之境地，無庸贅述。

四、詩意：《陽光顆粒》的四種滋味

《陽光顆粒》集結了向明六、七十歲以後的作品，錄寫其輾轉世路、浮沉人海的滄桑之感；由於關懷的層面漸趨廣闊，情感歷練益增深刻，因而更見乎人間溫馨與人情滋味。其豐饒的情味，主要表現在以下四個方面：

（一）時代政治的婉諷

溫柔敦厚的向明，「骨子裡卻蘊藏著一股勃鬱剛毅之氣」[20]，當面對物慾橫流、人性慘遭扭曲的社會，他憂心世情澆薄、道德沈淪；當置身天災不斷、政治荒謬的時代，他心痛卻不忍離棄，滿腔憤怒無法抑遏，遂一一化為強烈的批判。《陽光顆粒》中，出現了不少諤諤之士的沉痛諷刺，詩筆老練又辛辣。先讀民國九十二年發表的〈感恩〉（p110-111）一詩：

---

[19] 向明謂：「首先我認為詩貴真誠，以生活入詩，才算是真我的表現。」見《新詩五十問》（台北市：爾雅出版社，1997 年 2 月），頁 43。

[20] 洛夫，〈試論向明的詩〉，見同註 9，頁 262。

好在我們仍有一片天空
放煙火
雖然我們並不知道
在烏漆抹黑中
高興些什麼

好在我們早有一位天公
偶而放放田水
使得我們潰瘍的胃
永遠不飽
也不餓

好在我們留有一處空間
放心窮嚼舌頭
喉嚨雖然被迫失聲
好的是耳朵
並不寂寞

「好在」尚能呼吸、有得吃,可以存活,但必須作啞(被迫失聲),卻又不能裝聾,因為喧鬧吵雜的噪音,每天從四面八方湧入。影射時代亂象,反諷只有唯唯諾諾或噤若寒蟬,才是生存之道。

向明的許多政治諷刺詩,直指威權象徵——總統府及掌權者,如民國八十四年寄夏菁的〈姆指山下〉(p146-147),末節寫道:

每天有解讀不完的迷霧
尤其一抬頭
總是看到
朦朧中
一直在高高翹起的
那節
姆指

表面抒發生活感慨，復以山喻人，借題發揮地指涉時事。姆指
乃五指之首，又一直高高翹起，喻指「居高且狂」之人。若與
其作於八十六年底的〈轉世的摩西〉（p74-75）並讀，其諷刺
之對象當可了然於胸：

他從來深信
自己是摩西轉世
為了帶領我們走過今世的紅海
他把乖孫女也遠離他的保護
你看他多麼地
愛民如子

他是健朗的
經過名醫的鑑定
將近八十載風侵雨蝕的架構
尚具五十齡青春舞者的彈性
除非歷史在他身上

重重的碾過
目前，尚不至於粉身碎骨（摘錄第一、三節）

　　民國九十年發表的〈反斗城〉（p100-101）一詩，則是發
現腐敗與不公之後的反唇相譏：

一倉庫賣不掉的詩
等於不等於
一褲襠自己拉下的屎

一鼻孔的二氧化碳
等於不等於
一海域的黑漆油污

一肚子的不合時宜
等於不等於
一整瓶香奈兒加醋加辣油加臭腐乳

亂了方寸的這世界
站在萬千骸骨奠基的廣場上
還自稱是深宮怨婦

前文已指出，「一等一」實寓憤懣嘲諷之意，指斥的是等同元
首之尊的「深宮怨婦」。前三節的鋪陳，語氣溫和平緩，結尾
突地轉折，以「奇峰突崛」之筆，點睛式的揭示主旨。原先所

設喻的臭屎、油污與不合時宜，都只是為了凸顯這個世界的混亂荒謬，然而最大的荒謬實是「站在萬千骸骨奠基的廣場上／還自稱是深宮怨婦」。沒有聲色俱厲的斥責與怒罵之詞，然貶意刺旨昭然若揭，且力道十足。

　　環境變遷快速，醜惡之事紛至沓來，詩人無法冷漠以對，以致於這類諷刺之作不少，如〈餿桶〉（p199-200）詩，直擊「朱門酒肉臭」的現實場景，撻伐社會繁榮之餘，奢侈浮靡之風日益嚴重：

> 君必知曉
> 無所迴避的風景是
> 君家後巷
> 市政廳側
> 通往朱門的叉道
> 各有大大的一桶廚餘（第二節）

以賦法鋪敘，進行論斷批判，顯然知性多過感性，然而平靜的文字背後，所蘊含的主題卻是熟悉而深刻。再如〈登嶺十四行〉嘲諷野心政客；〈忍術〉譏刺顢頇無能的政府官員，喪失國格地向日本認錯道歉、拋媚求饒；〈八掌溪現場〉為那求援無門的工人怒吼、立碑，更是對害人制度、公務員心態的嚴厲譴責。〈判決〉一詩，則是對於台灣司法的不滿與灰心：

> 宣稱
> 一干被讒言凌虐的

耳朵
罰銀五千

宣稱
一千讓蜜糖醃漬的
大嘴
賞銀五萬

大堂上
依然
朗朗的召告
明鏡高懸

一再「宣稱」被讒言凌虐的人受罰，阿諛諂媚之徒得賞！忠奸
不辨，善惡不分，公義蕩然無存，「明鏡高懸」四字成了最大
的諷刺。還有〈麻辣小詩〉三首，分別寫躲在角落，趁機偷襲
的〈蚊子〉、出沒無常，吸血騷擾的〈跳蚤〉與群聚腐臭爛污
之中，卻又模仿高官貴人的〈蒼蠅〉，其諷世刺時之意，不言
可喻。

向明的內裡是「如此火燒赤熱」，則它「噴出的必定是血」
（《水的回想》〈石榴〉詩句）。洛夫說：「向明詩多含血
絲，……他是一位進而介入現實，出而批評人生，兼顧文學使
命與社會的現代詩人。」[21]感時憂世之情，激盪胸中，噴發於

---

[21] 洛夫，〈試論向明的詩〉，見同註上，頁 262。

字裡行間，詠歎淋漓，逐層撥開社會的瘡疤、政治的醜陋，雖出之以調侃戲謔的筆法，表面不慍不火、不動聲色，卻能有一針見血與入木三分的力道。

（二）文化歷史的省思

早在六〇年代，向明就開始於傳統與現代的夾縫中掙扎，詩中常見兩者之拉鋸：「而終不能將其臣服且歸化／這蒼老的羲皇／這隆鼻的愛迪生／／……你說我將討好誰？／……當一半的我正目迷於新藝體的遼闊／而另一半卻醉心於／一些陳年的雞肋／啃永明的風範／嚼天寶的餘韻」（《狼煙》〈或人的憂鬱〉），置身現代，頻頻回眸歷史，一切都顯得格格不入。這樣的矛盾衝突，持續到《陽光顆粒》中，更是凝重深沉，試讀〈太師椅〉（p80-81）一詩：

　　白鬚白髮的老太師
　　早就歇進大明那片縐摺的江山了
　　雞翅木的紋飾裡
　　還飄著幾絲陳年的
　　迷迭香

　　閒置得夠久的
　　這張太師椅
　　還一直巴巴的等待
　　當年的正直和威望
　　園子裡的雞翅木

> 落過不知多少次葉
>
> 耍酷的後現代兒孫們見了
>
> 總覺得
>
> 一輩子得這麼端正的坐著
>
> 要多彆扭就有多彆扭
>
> 要多荒唐就有多荒唐

即物書寫，「太師」是椅也是人。雞翅木的刻紋雕飾及陳年迷
迭香氣，烘托不凡質地，在在訴說著大明老太師的正直和威
望。結尾以「耍酷的後現代兒孫」對比「端正的老太師」，但
覺彆扭與荒唐。詩人感嘆時代丕變，道德倫理式微，價值觀已
大相逕庭，不免憂心忡忡。

　　由於對歷史文化的清醒認知，才能從樹木年輪中，看到滄
桑變幻，如〈可憐一棵樹〉（p40）：

> 先是
>
> 風以十七級的蠻力強暴
>
> 繼之
>
> 電剪咬牙切齒的
>
> 凌遲
>
> 呆呆地從不知道
>
> 誰要對一棵樹
>
> 這樣殘酷
>
> 而今

他用僅剩的幾枝斷臂
在怒指

生命的真相曝光後
一圈圈的年輪
從痴肥的民國
可以一直窺視到
乾瘦的
光緒

　慘遭自然風雨及人類雙重迫害的樹，僅以殘存斷臂微弱抗議，如此不堪的生命真相，既是樹的，也是整個時代的縮影。一圈圈的年輪，作為歷史的見證，對於那「痴肥的民國」以及「乾瘦的光緒」，敢於「怒指」而不能言說。

　　拜謁杜甫草堂，想及大陸文革時期，詩聖棲身草屋卻不得安寧。〈草堂謁杜甫〉（p254-256）云：

聽說紅衛兵曾趁黑抄家
空著的雙手出來都說你真窮
小將們那知你那驚風震雨的財富
都坦露在浣花溪外的大道通衢
不用付費，只要喜歡、任君索取（結尾末五句）

　　暗諷滅絕文化根源的瘋狂舉措，以及中國紅衛兵的無知。〈謁中山陵〉（p286-288）結尾：「一路遠人如織／然又有幾人

知道你的深淺／路兩旁的痰罐大口證實／東亞病夫是你難忘的遠見」，建國將近百年，中國人依舊是骯髒、貧弱、缺乏教養，令人不勝欷噓。又有八行短詩〈咸亨酒店〉（p230），末六行寫道：「孔乙己忙進忙出敞開嗓子吶喊／祥林嫂靦腆的在店門口徬徨／阿 Q 那廝聽股票去了／懶得來清理桌面／／魯迅在帳房裡輕聲嘆氣／唉！中國仍是這個模樣」，那長長的一聲「唉」，是魯迅等先知的嘆息，包蘊著沉重的歷史悲痛，以及厚實的文化傷感。

　　文化根源是久遠的印記與刻痕，除不去、切不斷。〈事故〉云：

> 突然閃出一段記憶
> 原來前生是一株發育不全的樹
> 矮小、乾瘦，就像鄰家流著鼻涕的孩子
> 那樣被風欺凌，被雨削直
> 也許由於基因亂序配置
> 總是結不出四季渴望的果實
>
> 原本就是兄弟的兄弟的兄弟呵
> 隔著一條意識幽冥的河谷，成就
> 一株幸運沒被斧斤腰斬今生的樹
> 我們活著是何其遙遠
> 雖然風雨相欺的聲音
> 你我，依然都清晰的聽見

時代的不幸，造成悲劇性的隔閡，但兄弟血源無法抹滅，結尾
三句：「我們活著是何其遙遠／雖然風雨相欺的聲音／你我，
依然都清晰的聽見」，那種似遠實近、若近還遠，穿透時空的
聲音，不正時時撞擊著時代人們的心靈深處？

〈白色螞蟻〉（p96）一詩，寫寧靜革命的悄悄進行，令人
怵目驚心。以物為譬，指桑罵槐，其底蘊仍是痛感文化之消
失：

> 你們
> 這些惡性的軟體動物
> 專作見不得人的勾當
>
> 書又有什麼好啃的呢
> 然而我這四壁
> 除了美味的書
> 便是發霉的牆
>
> 悄無聲息地
> 啃完一部精裝的錦繡中華
> 厚厚的一長列
> 二十五史
> 已經囓咬得
> 看不清
> 黃河長江

> 這顛倒的時空呵
> 白色恐怖
> 蟲蟲危機
> 文化蠶食
> 再加　大廈將傾的
> 心理恐慌

白蟻無聲無息地啃完「錦繡中華」，再逐一吃掉厚厚的「二十五史」，驚悚的恐怖行動，遂其「文化蠶食」、「斷絕根本」的勾當，使人心生「大廈將傾」的恐慌。「白色恐怖」是台灣戒嚴時期的產物，一段悲慘的歷史。當時的執政者，箝制人民思想、嚴密管控行動，甚至羅織罪名，濫殺無辜，於今，早已主客易位，竟還有人千方百計、無所不用其極地欲斬絕中華文化之根，這些數典忘祖之輩，如同白蟻在複製「白色恐怖」，詩人不禁懷疑「時空顛倒」，真是亂了方寸的世界！

　　另外，有趣的詩題〈阿土去釣魚〉（p62-63），有著深刻的題旨。藉日常細事，思辨爭議的歷史，強調國土主權不容剝奪：「風急浪高，阿土的釣竿尚未拋出／憑空伸出幾隻黑手把他攔住了／一隻握槍的手狠狠的對他說／……／一隻病弱發抖的手指著他／……／一隻精神分裂的手搶白／……／……朦朧中遠方霧中也伸出了一隻手」，憑空冒出黑手，紛紛阻擋，令人疑惑不解，詩人乃假小孩之口天真提問：「小腦袋瓜裡滿是發酵的問號／為什麼他們都異口同聲／一致不讓我們去／我們自己的釣魚臺／去釣我們的魚」。卒章點題，至此才明白那些黑手就是中國、日本等，他們相繼宣示擁有釣魚台主權，而我

國政府呢？面對列強虎視眈眈，有沒有足夠的談判能力，以保護漁民的權利？全詩詼諧幽默，令人莞爾，同時也暗藏針砭，諷諭當局。

（三）詩與存在的探問

向明寫詩，無一不是在詮釋個人的生命，而詩就是詩人的生命、「存在」的意義，所以以詩論詩，在詩中表達對詩的看法、信仰，亦屬生命真相的探索。《陽光顆粒》詩集開卷首篇〈窗外的加德麗亞〉，關注的是詩文字的質感與審美藝術、詩人的位置與評價，思考「詩與異色」有何干係？「惹火煽情」的文字，是「留神捕捉」抑是「冷不防地掉進」？俏皮且風趣，有自我調侃之況味，又似可作為〈詩序〉讀之。〈痣〉（p98-99）則寓針砭之意：「真像詩人們忙霍的／那些寫壞而不敢拋頭露面的詩／屢想暗地偷渡‧屢屢／慘遭出局」，想盡辦法暗渡陳倉的諸多壞詩，終將無所遁逃於評論者的法眼。至於〈走在前面〉（p112-113）、〈問題〉（p212）二詩，揭示詩壇怪現象，諷刺淋漓：

　　你一直把我當作馬弁

　　你總趾高氣揚坐在馬背上

　　我提著尿桶一路逃趕

　　就怕你控制不了的排洩

　　會迎風四散

　　你從來自己不認識自己

祇認為走在前面才是沙特或尼采
結果搞得存在的又不盡存在
超人又一點也不超人
短肢的我只能冒犯的提醒
別再自作應聲之蟲（〈走在前面〉二、三節）

這顯然是針對那批存在主義、超現實主義的盲從者而發。他們
強調挖掘潛意識，主張自動書寫，向明譏之為「控制不了的排
洩」，深怕臭氣薰人。再如〈問題〉一詩：

啄木鳥忙了一宿都未找到蟲蟲
鹽務大臣百思不解為何老是口渴
老奶奶的身上這裡痛完那裡痛
匠人們左一行右一行打造詩句
撒得滿地狗碎雞零

就是 DISCOVERY 跑到非洲行獵
discover 不了的，也是
問題和鬱悶

啄木鳥的白忙、鹽務大臣的不能解渴以及老奶奶的痛，都是
「問題和鬱悶」，而其癥結所在，就連 DISCOVERY 也無法
「發現」真相，因為問題不在非洲，而在「匠人」身上。向明
捨詩人之稱，改用「匠人」一詞，貶意刺旨已在其中，何況他
們打造的只是「滿地狗碎雞零」，根本不是詩。這是對於當代

詩壇某些標榜後現代、耍炫耍酷拼貼之作的強烈諷刺。台灣詩壇普遍患了語言焦慮感，流行失語症，偽詩、劣詩充斥，向明不禁感嘆：「詩人真辛苦，捕詩難於捕魚」，好詩總是滑溜難尋，這才明白：「難怪，魚市總是不會缺魚／而書肆／遍尋找不到詩」（〈第一次吃到自己手抓的魚〉p104-105），語帶幽默，卻又極盡嘲諷。

向明不僅熱情地關懷生活，同時冷肅的面對自己，勇於探索生命真相。他的詩，不僅是經驗，也是經驗後的頓悟；不但富有現實內容，也蘊含了深邃的哲思，頗富啟迪性。《陽光顆粒》中不乏寓深意於平凡中的佳篇，如〈日子〉（p207）：「日子密麻如篩孔／跌撞其上／忙成時間的祭品／／誰知顛簸中／是淘洗掉／還是／最後被吞食」，人生是風裡來浪裡去，勞碌奔波「在趕時間」，結果竟成了時間的祭品。

再如〈革石篇——畫家楊震夷「讀石系列」觀後〉（p192-195）七首，皆於淺白中醞釀真醇哲思，構思平易卻含蓄溫厚，茲錄之三、之四，概見其餘：

石頭也有哀歌的時候
貼身的青苔聽得清楚

薄霧似的超低沉渾厚
全部被趕路的水聲帶走（之三）

石頭花整生的思索

　　苦心經營出艱澀的詩一首

　　除了孤獨寂寞

　　仍是寂寞孤獨（之四）

石頭的哀歌，石頭的孤獨寂寞，不也是生命的寂寥，人生的感慨？〈偶然十行——和耳公鐵雕作品「偶」〉（p148-149）末六行云：「那些踏遍世間崎嶇／一直在趕路的芒鞋呵／怪不得總繞著，念叨著／那個可望而不可即的／滿月般的幻景／尋思如何自這塵世脫身」，這不就是人生真相、生命本質的追尋嗎？陶淵明過著悠然物外的至情生活，王維懂得遁逃人間無謂的紛擾，最為人所欽羨與嚮往。[22]向明也在追尋一個可以放膽作夢的領域，並渴望超然於俗世，御風而行。然而，現實中卻盡是空茫的眼神：「而我們只能蟄伏／像播出的種子相繼躍起／卻又無奈地蜷縮成一尾蠶／對著茫茫風雨呼喊／呵！大地・我的母親」（〈航行感覺〉p102-103）。人類卑微無助又無知，時時想凌空飛起，卻無法克服虛空的恐懼心理；〈天國近了〉（p116-117）同樣藉嚮往天國的美夢，嘲諷盲從迷信的大眾，譴責人間數典忘祖之輩。

　　詠物抒懷，進而觸及人間傷痛，流露悲憫之思，也是詩中所習見，如〈旗正飄飄〉（p187）：

　　昨天依附於一條堅實的臂膀

---

[22]　向明，《我為詩狂》（台北市：三民書局，2005年1月），頁187。

抓首弄姿
張揚如女子頭上的一方絲巾

今天面對陰暗詭譎的天色
垂頭喪氣
膽怯如藏身角落的一塊抹布

明天・明天大寒流南下
自許悲情為放逐天地的沙鷗吧
全是，由於風的緣故

或寫趨炎附勢者，或指無法自主、缺乏主體性者，總之是軟弱
如旗，時而張揚、時而膽怯，一旦遭受攻訐打擊，又攬悲情的
杜甫為同道，這一切，都只是因為風的緣故。〈秤〉詩是對
「公平正義」的質疑，因為即便是廚餘、殘羹，尚且計較它們
存在的斤兩，而真正具有「重量」，且鞠躬盡瘁、穩住平衡的
「那銼頑鐵」，卻無人在意、關心。〈Pretending〉（p132-133）
一詩，則是有無、真假「存在」的辯證：

假裝自己是貝多芬
學會摀住耳朵裝聾
拒聽荒野的四面楚歌
卻堅稱那是他譜的歡樂頌

假裝自己是海倫・凱勒

> 戴上墨鏡冒充盲人
> 從不祈求三天復明看看世界
> 卻瞎說前途一片光明
>
> 假裝自己是耶誕老人
> 暗藏虎姑婆的偽善本性
> 笑聲呵呵說他是神，愛世人
> 襪袋裡裝的儘是毒品

裝聾作啞，視若無睹，本性偽善也就罷了，尚且更進一層地「堅稱歡樂」、「瞎說光明」、「藉神毒世」，這豈不是當今社會普遍的墮落人性、醜陋本質嗎？再如〈影子〉（p204）：「永遠跟著別人／一步／一趨的／絕非磊落的好漢／／有種的／就站出來／曝光」；〈跳蚤〉（p222）：「專門出沒無常／一個標準的黑道」，皆靜觀體悟而生哲理，頗耐人深思。

（四）臨老生命的感悟

詩人對生命的詮釋與理解是：「我們，知道嗎？在這時間的長廊／原是那被風揚起又淪落的塵土」（〈長廊〉p36），於是感慨人生短促、時不我與的傷嘆之作，在《陽光顆粒》中俯拾皆是，尤其第二輯密集出現〈賣老〉、〈老來〉、〈老去〉三首，揣摩初老、既老至衰老的心境，最為典型。

〈賣老〉（p150-151）者實臨老未老而自以為老，所以詩人先是揶揄，繼而有意無意的自嘲一番：

> 強者你的名字叫做老人

老人絕對不會拒絕成為一切偉大和不朽的可能

常常因乾瘦而簇擁在一堆痴肥的前面
常常因位重而抬舉在鴻毛泰山的前面
常常因我執而透明在貪嗔痴怨的前面
常常因耳背而無助在讚歌頌詩的前面
常常因呆滯而厭棄在蒼蠅老鼠的前面
常常因蹣跚而追趕在噓聲咒罵的前面
常常因未嘗盡世間一切甜蜜，而猶張著大嘴
等在死神的前面

不幸現在的我也和他們一起
混跡在一切可能又可憐的前面的前面

將強者與老人畫上等畫，已夠突兀，第二節又有七行以「常常
因」領起，特寫一般老人「囉唆、反覆、賣老」的形象，刻畫
鮮活。整首詩則在自我解嘲的詼諧之中，帶著淡淡的感傷，惟
一旦老之已至，始驚愕黑暗籠罩，死神逼近，乃悔恨浪擲青
春，歲月虛度，〈老來〉（p159）云：

離子宮太遠了
而墓塚，就在緊鄰
這一前一後的
黑暗世界
不覺的，正慢慢拉近

像兩片厚重的幕帷
遮住中間
空白的一生

曾經是「一條錚錚漢子」,如今「祇剩一條呼吸的蚯蚓」(〈一條呼吸──致或人〉p170),行將結束的生命,竟然是乏善可陳的蒼白,以至於〈老去〉(p174)這一站,真的是「回不了頭的旅程」,生命無法重新來過,「就像葉子黃了/永不可能再度泛青」,服老且哀老,因為「老去就是日落黃昏/絢麗的光輝你看起來耀眼/於我‧那是血肉分離的光景」。日薄西山,風中殘燭,「裡外都已莫洛用」,再看看周遭朋友也都體態龍鍾,似乎筵席已散,燈即將關,「大家都要走了/對日出,已不存暖身的希望/對日落,也沒有安寢的幻想」(〈大家都要走了〉p168),身體老邁衰病,一切意興闌珊,日出日落就隨它去吧!

嘆老嗟逝而畏死,是人情之常,不過,死是無法逃避的,因此,而有重生、再生的想望,〈天葬哀歌〉(p268-269)的結尾,詩人產生如此浪漫的想法:

罷‧罷‧除了堅忍請別悲憤
一朵花的凋落即是另朵花的誕生
一堆肉血淋漓的齏粉最終均將化作泥塵
明年春天在你走過的路邊
或將有一朵隨朝露比美的花
希望滿滿的開出

完全跨越死亡恐懼，進入死而後生之喜悅。詩之意象好似周夢蝶的：「明年髑髏的眼裡，可有／虞美人草再度笑出？鷥鷥不答：望空擲起一道雪色！」[23]只是周作就生死的茫然問疑於鷥鷥，鷥鷥不答；而向明此節詩句，虛擬可能，恰似鷥鷥望空飛去的「那一道雪色」，也是對生命的一種深切感悟。

因對生命有所體悟，乃有追求永恆的執著。向明說：「深信有生之年將始終是繆斯的侍奉者。」對於詩「我的慾望永不貧乏」[24]。〈為詩奮起為詩狂〉一文，宣示不離不棄、九死不悔的聖徒般虔誠，「客子光陰詩卷裡」，詩是一種生活方式，是整個生命的完全投入，他要以詩叩問永恆。例如在〈鷹擊——許正賜畫作配詩〉（《隨身的糾纏》p1）中，開始即展現凜然豪情：「猶之乎，一顆／奔向群山沸騰的落日／猶之乎，趕赴一場／必將沏熄，冷卻／然後紛然解體的／流火行程」，如落日奔赴一場流火行程，心中沒有絲毫的畏懼徬徨。騰躍虛空，劈開咆哮，只為了「攫取泡沫間／忽隱忽現的／一丁點，生之存證」。雖是題畫詩作，但適逢詩人六十初度，當有昂揚詩魂的自我鑑照之深意。

耳順之年，臨老向晚：「可能麼？也許可以再一次年輕／……／邀來風雨，邀來雷電，邀來旗幟／邀來一切愛在長空對決的諸靈／……／就請對準這隻老不折翼的風箏／看牠幾番騰躍，一路揚昇而上／看牠一個俯衝而去，從此捨身下去／時間在後面追成許多仰望的眼睛」（《隨身的糾纏》〈隔海捎來一

---

[23] 周夢蝶，《十三朵白菊花》〈蛻〉（台北市：洪範書店，2002 年 7 月），頁14-16。

[24] 向明，《狼煙》〈後記〉（台北市：藍星詩社，1969 年 11 月），頁 89。

隻風箏〉詩句）。此番不凡氣象與氣度，於從心之年更是勁盛磅礴，〈行過七十──賀光中七十華誕兼自壽〉（《陽光顆粒》p156）云：

> 一路行來‧鬱鬱蔥蔥
> 人生的路標不斷往上攀昇
> 終點那如謎的數字
> 越看越步步接近
> 恐懼麼？一點也不
> 但看你我行過七十
> 猶是虎虎生風
> 你的光源愈來愈強勁集中
> 望之儼然、灼灼有神
> 迎面來的都稱道此光夠狠
> 不像我直到老來
> 才開始向明
> 你說幸喜不是向冥
>
> 這世界你比我遲來
> 一來就高居位重的重九
> 我性急的比你早到
> 卻落腳在低廻的六四
> 在序齒上我忝為老哥
> 就詩齡言你堪作詩兄
> 這一明一晦的兩顆藍星

猶以七十積重的頑固

欲與永恆那蠻力較勁

眼看祇要對手稍一分神

你便可讓蒙塵的繆司見光心動

我雖尚未繩斷臂折

卻也陪行得綽綽有榮

詩末附註：「光中兄生於戊辰年重九。我生於六月初四。」詩
之前節巧妙地融入「光中」、「向明」，兩人同年又同為詩壇的
熠熠星斗。「不像我直到老來／才開始向明／你說幸喜不是向
冥」一句，來自余光中評語：「向明是後勁愈盛，大器晚成，
他手中那枝健筆，揮的是反時鐘的方向，不是向冥，是向
明。」[25]迄今兩顆耀眼藍星，依然頡頏並馳，相互輝映，持續
地與永恆拔河。

　　向明對於詩的執著，始終抱持「雖千萬人吾往矣」的「殉
詩」襟懷，一生艱難跋涉，此刻已有老來算帳的心態。〈外面
的風很冷〉（p82-83）展現詩人的自信：「踮腳／凝神／雙手奮
力排開／不要有一隻腳／留在外面，歷史的外面／外面的風很
冷」，不管早已有李、杜、陳子昂、陶、謝、屈子聳峙東方，
或者佛洛斯特、葉慈、里爾克、但丁、荷馬等大詩人傲立西
土，仍矢志躋身行列，「把自己塞進書架中間的那隙縫／氣不
喘心不跳的坐定／外面的風實在很冷」，力求在漫漫詩史中找
到一個自己的位置。

---

[25]　見同註 2，頁 177。

五、結語

　　《陽光顆粒》延續一貫的生活書寫，題材擷取日常庸俗習見，涵蓋個人的、群體的、國家的互動關係，甚至是國際局勢、世界宇宙之變化等大小系列；語言文字不避成語俚俗、口語方言，信手拈來，質樸自然而親切；於詩歌形式的創設上，配合藝術構思，衡酌詩想動向，機心獨運地建構了各種詩歌體式，尤以「視覺化」的精心設計，獨具特色。要之，題材瑣屑，文字淺白，筆觸輕鬆詼諧，而能做到「於淺白中隱見深沉，瑣屑中涵容真醇；乃至，於粗俗中凝融雅致。」[26]看似簡單的詩藝，實則千錘百鍊。

　　詩人溫熱地面對生活，冷肅地觀照自我，詩乃成為其時空意識、內外宇宙的共構體。《陽光顆粒》詩意輻射多面，蘊含豐富深刻：首先，觸及時代面目，關注社會議題，詠歎政治而能婉言以諷；其次，透過旅次詩作，重新審視民族歷史，省思文化根源；再次，針對詩的本質、價值，細微深入的探求與思索，從而尋繹出詩人的「位置」，肯定詩人的「存在」；最後，譜寫嘆老嗟逝、哀感傷悲的曲調，並且從中升起與永恆拔河的卓絕情志。

　　向明嘗引方孝儒之言：「作詩最重豐致，意欲圓，語欲活。藏深思於語言之中，發天趣於摸題之外。」說道：「寫詩能寫得內含深思，外創天趣，則此詩必定有感人的魔力，亦必

---

[26] 向明，〈平淡後面的執著〉，見同註9，頁196。

定暗藏動人的張力。」[27]證諸《陽光顆粒》，往往符合「內含深思，外創天趣」的審美要求。所作皆源自現實的愛憎好惡，落實於人間層面的觀照體悟，情感冷靜深刻，語言節制精鍊，飽含「內涵力」與「外延力」，兼有感人的魔力與動人的張力；表現生活的真味、生命的質感，淡而有味，淺而有致，最具人性、人情的人間情味。

---

[27] 向明，〈內含深思，外創天趣〉，見同註 19，頁 60。

巨掌的寬厚
──試析向明詩作的鄉愁關懷

虞慧貞

高雄師範大學國文教學碩士班

◆

前言

　　詩壇前行代詩人向明曾撰文提及那種堅持不懈、持續創作的詩人態度：「一個詩人通常會有兩種態度在繼續寫詩，一種是自身生命力的發揮。一種是文化的傳承。前者通常是指作小我的書寫，後者則會被認為是關懷大我。……如兩者都兼顧，肯定是大詩人應有的胸襟與抱負。」[1]若據此審視詩人所交出的成績單，向明無疑是令人刮目的一位。自上世紀九〇年代以來，在詩話、詩論集方面，向明已陸續出版了九本著作，尤其近五年出版的就佔了六本：《走在詩國邊緣》（2002 年）、《窺詩手記》（2002 年）、《詩來詩往》（2003 年）、《和你輕鬆談詩：向明新詩話》（2004 年）、《我為詩狂》（2005 年）、《詩中天地寬》（2006 年）。可謂愈到近期，創作愈盛。他素來堅持以生活入詩，在其精鍊的生活語言表現之下，描繪大我關懷的各類議題，皆寓意深遠。

　　本文試從向明詩學本身的理論，鎖定詩人「鄉愁關懷」此

---

[1] 見向明：《詩中天地寬》（臺北：臺灣商務印書館，2006 年），頁 222。

一主題，進而反觀其詩文創作的內涵和意境。為了討論上的方便，將詩作劃分為幾個類型，而後加以例舉剖析。其實憑心而論，詩人有許多詩作內容非常豐富，已然跨越多種類型。是故採取分類的準則，乃以掌握詩人內心世界活動的起伏為憑據。

縱觀中國詩歌發展的歷程，被人稱道又膾炙人口的作品，其主題鮮有不反映現實的。「鄉愁」這一個主題更是古典詩詞中經常出現的母題元素，而「還鄉情節的慣有模式」亦是我們熟悉的古人表達方式。雖然在向明的詩作中，並未刻意反映現實，但現實卻活生生地由他的作品中跳躍出來，而後再透過現實面的呈現顯露出他個性的真誠，且彰顯出儒者的厚實。正因為擁有紮實的生活體驗，他是用真誠去啟迪人生，用善良去激勵大眾，以及用詩作的美感去融合創作。

本文藉向明詩觀做引導，深入詩人現代生活的本質，了解他一貫執著的寫詩態度。爬梳其中較具代表性的作品來印証他的詩觀，發掘他詩作的豐富意涵，到最後經由詩作重塑詩人的儒者形象。因為詩觀說得再好，如果沒有付諸作品，終究是空泛的理論歸納；而詩作是真正的靈性創作，是詩人生活、個性、理想的展現。一旦將詩觀和詩作結合，就可以完整的呈現詩人的風範，並由體悟詩人的胸懷，進而步入詩人關懷的議題，達到感同身受的共鳴。如此詩人透過詩來作鹽作光的任務也就完成了。

一、向明詩觀

（一）定義詩觀

所謂「詩觀」指對詩本質的定見。由於向明是詩人，所以他定義「詩觀」就明白地指出是「詩人對詩的認定或看法」[2]。詩人由實驗詩作進入到理論架構，必然經過長期的蓄積醞釀，循環過程大約是：詩人不斷累積創作經驗，同時廣為吸納各樣學問知識，而後涵養轉化為個人思想，進而投注表現在詩作上，逐漸形成詩人獨到的特色。因此向明認為勤於創作的詩人，必然會由經驗中累積創作的法則，同時也愈來愈清楚詩的本質，和個人所欲樹立的風格。故於〈找一扇窗〉一文中，向明說：

> 一個人假定他已迷上了詩，經常創作詩，他對詩的本質
> 應該是有定見的。有了定見才能反應在詩的規劃上，才
> 能形成自己獨特的風格。……而今又是一個多元文化衍
> 生的時代，詩的光怪陸離自不足怪。然而這種變應該祇
> 是指表現技巧或語言使用而言，詩人對詩本質的定見應
> 該不會變，因為定見是由個性、人格、思想、氣質而鑄
> 成，這些是不太會變的。[3]

---

[2] 見向明：〈找一扇窗〉，《創世紀詩雜誌》，第 72 期（1987 年 12 月），頁 10。
[3] 同前註。

雖然現代詩的發展經歷了將近百年，新的突破和嘗試未曾稍歇。所謂當仁不讓於師，詩人們在創意的驅使下也都想求新求變，進而形成現代詩的多元面貌。但可貴的是，向明絕不為了圖變而勉強求變，他強調的「變」，不在文體、格式甚至題材上標新立意，別出新裁，乃是針對「表現技巧或語言使用」上下功夫。在「表現技巧或語言使用」上的求變，乃是詩人不欲重複自己、向自我宣戰的用意。至於對詩本質並無昨非今是、隨流而變的定見，正是詩人從長年的創作歷程裏提煉出來的珍貴結晶。

（二）向明詩觀

向明在《向明·世紀詩選》一書中曾開宗明義的揭示他對寫詩範疇的六點看法。如欲了解向明思想、探知他的創作風格，必得深入說明。《向明·世紀詩選》前文詩人自序道：

- 在我而言，一首詩即算不能觸到別人痛處，也要抓到別人癢處，讓人感覺不關痛癢就是失敗。
- 在我而言，一首詩的完成，準確與新鮮是追求的兩大重點。所謂「語不驚人死不休」也不外乎是求準確求新鮮。光準確不新鮮，祇是拾人牙慧，重複別人用過的意象。光新鮮不準確，會使人如入五里霧中，晦澀即由此形成。
- 我視理論如敝屣，決不跟著別人的笛音起舞。
- 我堅持以生活入詩，更以精鍊的生活語言來表現詩。在生命的意義上有

所探索，在嚴肅的問題上有所堅持。

· 我力求我的詩在溫和的後面表達剛健，在平淡的後面
有一種執著。

· 我尊敬每一位從事詩的創作者，我主張我們祇在詩藝
上競爭。[4]

　　本節試從向明的幾首以詩論詩的作品以及詩話評論的文章
之中，引用他的觀點說明，並參酌其他各家相關的評論，以為
佐證，務期藉此更加瞭解向明的詩學觀。

1、就創作動機而言：

　　向明強調創作不是無病呻吟，至少「要抓到別人癢處」。
要能精確掌握那個痛處或癢處，則須具備敏銳的觀察力和精準
的批判力，以洞察物象背後的事理，引發讀者多層面的聯想，
以及深刻的感動。所以向明認為寫詩：「以能把詩意表達出
來，且使人感動為第一要義。」[5]，但是，他也以自身創作的
經驗，提出如何恰如其分地展現令人動容的詩意並非易事。他
曾自剖寫詩的難處：

　　　我認為寫詩最難的是找到自己獨特的思想著力點，也就
　　　是自己對事情看法的敏銳度。有時候我認為這種獨具的
　　　慧眼簡直是天生的，不是可以學得到。[6]

---

[4] 見向明：《向明·世紀詩選》（臺北：爾雅出版社，2000 年），頁 4~5。

[5] 見向明：《新詩後五十問》（臺北：爾雅出版社，1998 年），頁 29。

[6] 見向明：《新詩五十問》（臺北：爾雅出版社，1997 年），頁 123~125。

儘管向明認為「敏銳度」方面有天賦的差異，培養不易，但對於有心追求詩藝者仍可靠勤學勤練來提升，他強調：「才情欠缺者，則就要規規矩矩的多讀多寫」[7]，

假以時日漸成氣候，那麼在創作時可以透過文字為媒介，表達心中的主張，準確展現意象，否則「讓人感覺不關痛癢」的作品就是形同無病呻吟，無法清楚呈現寫作動機，就創作而論終歸是失敗。

2、就創作態度而言：

向明認為創作態度不得馬虎隨便，必追求「準確與新鮮」。因為光準確不新鮮，就落入了迂腐；光新鮮不準確，又落入了晦澀。李進文在〈航向詩人：向明〉一文敘述向明的創作態度：

> 他以「穩、準、狠」三個字做為他寫詩的圭臬。「穩」指的是對文字的駕馭力和紮實的知識修養；「準」是指意象的精確；「狠」乃意味著創意。他認為創意是寫詩的最高境界，他不喜歡重覆自己……他在創作時恨不得每樣都去嘗試它一下，包括各種形式、內容和議題都去寫寫看，成不成功是另一回事，重要的是，要不斷向創意挑戰。[8]

---

[7] 同註 6，頁 124。

[8] 見李進文：〈航向詩人：向明〉，《淡藍為美：藍星詩學》，2000 中秋號（2000 年 9 月），頁 14。

掌握「穩、準、狠」的寫詩原則,挑戰創意,就一位已享詩壇
盛名的詩人而言,即不以眼前成就為滿足,挖掘自己,歸零自
己。向明在《新詩後五十問》一書中也曾論述:「就一個自覺
性很強的詩人而言,如果一旦發現自己所寫的詩有前後重複的
跡象,他會馬上提高警覺,趕快改弦更張,或者暫時不寫,閉
門思過,直到找到一個新的出發點,再突破自己。」[9]對於避
免落入「重複自己」的因襲中,向明不僅為文呼籲,亦時時保
有高度的自覺。

3、就創作理論而言:

向明雖然也談詩觀,但是詩人看重的是創作,而不是理
論。因此之故,詩人直言「我視理論如敝屣」,他更不願「隨
著他人的笛音起舞」。向明曾為文提及不論是早年現代派,抑
或之後的象徵主義、超現實主義、存在主義一波波由西方引入
時,幸得恩師覃子豪的提點,他對這些理論都抱持保留的態
度:

> 我的老師卻及時提醒我不要一開始就亂拜偶像,要等煙
> 霧澄清後,看清菩薩的真面目才決定自己的信仰。所以
> 我自始就沒有捲入那些潮流主義的紛擾中。[10]

透過澄明的思考而站穩立場,長久以來,不受外在環境的影
響,以一貫的堅持來面對,踏穩自己的步伐,因此向明認為:

---

[9] 同註 5,頁 9~10。
[10] 同前註,頁 197~198。

> 詩是一種個人的追求，詩人都是單打獨鬥。一種風潮可
> 以帶動很多詩人盲從的跟風，但有主見的詩人絕不隨波
> 逐流。詩有很多主義可以效法，但一個成功的詩人絕不
> 會讓一種主義綑手。[11]

　　向明認為詩人有能做自己的自由，詩應屬個人的追求，因
為「詩是一種個人的思想或情緒的獨白，詩人想寫什麼和怎麼
寫都是一己的私事。」[12]，早在 1976 年，古丁〈論向明〉的
一篇文章中也曾就此一觀點論析向明的作法，他指出：

> 向明沒有提過什麼理論上的問題，他和多數沉默的詩人
> 一樣，只在尋求一種美的事物；這種美並不是如批評家
> 那種學究式的理解，而是他傾聽繆斯自己所說的：「美
> 是我們看見了便喜愛的東西。」這不需要什麼理論來支
> 持，它存在於我們每個人的心中，或任何事物中，只要
> 我們能在適當的時候，和適合的狀態中發現它，就可以
> 了。所以美是人人能夠認識和可以理解的東西。靠了理
> 論才存在的，決不是我們需要的美。[13]

古丁直言「靠了理論才存在的，決不是我們需要的美」，直探
美的核心，不須套用理論，所以向明審慎地走自己的路，寫自

---

[11] 同前註，頁 200。

[12] 見向明：〈讓我們各自爭奇鬥艷〉，《藍星詩頁雙月刊》，第 73 期（1984 年
4 月），頁 38。

[13] 見古丁：〈論向明〉，《秋水詩刊》，第 9 期（1976 年 1 月），頁 7。

己認為的詩。而這樣的一條路線，正是無法用任何理論或形式來框架的。

4、就創作內容而言：

　　向明在說明個人詩觀的特質時，特別引用覃子豪對他的《雨天書》詩集風格所下的評論：

> 這樣的詩，已深入了現代生活的本質。向明的詩，對於現實的憎恨，多於讚美。[14]

對於恩師覃子豪的這段見解，向明曾對此引為知音，他說：

> 他真是最瞭解我，確實我是一個敏感多慮時時在睜著眼生活的人，越活越覺得人的迷惘。我時常唸的一句禱詞是『給我一扇窗』，但是不要說是我，所有活過的人，都沒有得到過這份恩賜。這是我始終唱不出太平歌詞的原因。[15]

由此可見，向明慣常對社會人生、自然萬物投以關注，甚至常為社會現狀和人類的前景擔憂。他曾分析關懷現實的詩人是「以當下的時空為定點，以當下人面對現實環境中的事物所激發的直接感受，或憂患意識為表現主體，他們扮起詩乃社會觸角的身分，用反映或批判的聲音對社會付出關懷，對現實世界

---

[14] 見覃子豪：《論現代詩》（臺中：曾文出版社，1977年），頁217。
[15] 同註3。

作深情的擁抱。」[16]因此，所謂「憂患意識」油然已譜成向明詩作的基調，殆無疑義。

關於向明堅持「以生活入詩」的主張，他曾有如下的一段說明：

> 我所謂的以生活入詩，並不是把詩當成生活紀錄來寫，
> 也就是說生活本身並不就是詩。必須認真體驗生活使之
> 成為人生經驗中的一部分之後，才能在必要時成為隨手
> 可取的詩材。[17]

詩人認為「生活本身並不就是詩」，須要透過精鍊的生活語言來表現，才能呈現出詩意的境界。至於分寸的掌握上，主要是視他自身那種「忠於詩」的心態而定：

> 寫詩總是以「忠」字為度量：在內「意」上，該忠於自
> 己，不故作虛驕，不故倡謬論，不讓自己跟著別人跳
> 舞；在外「象」上，該忠於生活，寫自己熟悉的事情，
> 道自己親歷的經驗。[18]

這段表白可詮釋在創作內容方面，向明素來著眼現實的精神。或者，如同蕭蕭所言：「向明的詩平實而不炫奇，都從生活中來，不過，看似平實，卻也蘊具巨大的爆發力。詩存在於生活

---

[16] 同註 6，頁 144。
[17] 同註 6，頁 44。
[18] 同註 12，頁 39。

中的每個可能的角落，用心可以擷取，無心也能拾得。」[19]一語道出向明詩作「從生活裡來，以關懷為志」的特性。

5、就創作風格而言：

關於向明的創作風格，古丁曾有如下的評論：

> 向明不是西方現代主義、超現實主義的模仿和崇拜者，他要走的是代表中國精神和文化的路線[20]

古丁強調向明「要走的是代表中國精神和文化的路線」，時隔三十年，今日當我們重新檢視古丁的論點，便不得不稱道他的知人之深、識人之明。甚麼是「代表中國精神和文化的路線」？這是一個既複雜又龐大的問題，絕非統計向明詩作裏用了多少古典意象或題材可解，也未必以他的詩話詩論中評述的古典議題可以為證。基本上，應為古典的人格認同與精神感召的緣故。且舉向明的寫詩感言為答：

> 對於一個醉心於詩文學的人而言，寫詩，不斷的把作品拿出來，命定是他一條永遠走不完的天涯路。邊寫邊求新境，讓詩的不斷新生取代肉體的日漸衰老，更是他一生唯一的志業。[21]

19　見蕭蕭：〈即使只是一根針，地球也知道〉，《隨身的糾纏》（臺北：爾雅出版社，1994 年），頁 183。
20　同前註。
21　見向明：《隨身的糾纏》（臺北：爾雅出版社，1994 年），頁 171。

向明為詩不悔的真誠尤見於被人稱頌多時的一首〈瘤〉的詩作，這首詩以瘤喻詩，且看詩的前三節，有著詩人久經磨難後的告白：

> 你是潛藏於體內的
> 欲除之而後快的
> 那一種瘤
> 是一種久年無法治癒的
> 絕症
>
> 除了灰飛煙滅
>
> 你決不止過敏於花粉
> 夏秋間
> 一隻蟬脫蛻時的痙攣
> 你也痙攣[22]

陶保璽鑑賞這首詩作內蘊時曾提出：「『你絕不止過敏於花粉』，即絕非是吟風弄月。而是要求詩人以一顆純正的、赤誠的心，去體察山川草木，去感受萬事萬物、人生百態，從而讓自己的生命同大自然，同社會人生相融合，以同頻共振。」[23]

---

[22] 見向明：《青春的臉》（臺北：九歌出版社，1982 年），頁 38~39。

[23] 見陶保璽：〈張望青春的臉，原是一隻老不折翼的風箏——對向明詩作內蘊及藝術探索的掃描與賞鑒（下）〉，《淡藍為美：藍星詩學》，耶誕號（2000 年 12 月），頁 177。

「一隻蟬脫蛻時的痙攣／你也痙攣」的同理共感，換言之，就
是民胞物與的襟懷，也就是中國傳統士人的精神特質，更精確
地說，正是儒家「任重道遠」心志的具體展現。在此種堅持
下，詩人的筆可以是：

> 祇要猛一揚首
> 便是石破天驚
> 便會雲開霽明
> 祇要偶一伸爪
> 便是抓星摘月
> 就會攪動一天的風雲
> 不要驚動牠
> 祇要牠一轉身
> 便是天地為之開闊
> 宇宙的一次巨大騷動
> ……
> 牠不吼則已
> 一吼便雷聲隆隆
> 牠不怒還好
> 一怒便把日月拿來撞擊
> 讓世間的一切不仁不義
> 在閃電的鞭撻下
> 一個個現出原形　　　　──節錄自〈龍的形象〉[24]

---

[24] 同註 21，頁 167~170。

向明曾感慨作為現代詩人的無奈，他說：「我既無法自外於這
種歷史設定的漩流，復無禪定的功力作視而不見聽而不聞的人
世歸隱，祇有藉詩的語言透露出我對周遭這一切變化所反映出
的體驗，感受，關懷，憂傷和疑懼。」[25]這種知其不可而為的
認知，來自詩人的詩觀：「我力求我的詩在溫和的後面表達剛
健，在平淡的後面有一種執著」。儘管詩的力量有限，甚且似
乎淹沒於眾聲喧嘩之中，但是「藉詩發聲、永不服輸」的創作
行動即為詩人剛健和執著的最佳力證。

6、就創作環境而言：

在「我尊敬每一位從事詩的創作者，我主張我們祇在詩藝
上競爭。」的主張方面，可以從向明慣常說的一句話：「讓詩
來決定一切」[26]來思考。一首詩的價值、好壞，必須由時間來
驗證，通過篩選而留存者，便是好詩。因此向明強調詩人詩藝
最好的明證就是作品的獨立生命：

> 一個詩人若能有一首能經久耐看的詩流傳被人記起，便
> 可不辜負詩人這一尊貴的頭銜了。……但是否能博得別
> 人的歡心，或不為時間所遺忘，則純靠詩自身的表現。[27]

詩人所欲確立的價值不僅是在自我的定位，更重要的是著眼於
整體的大環境，強調作品能否隨著時代的脈動而呼吸，能打動

---

[25] 同前註，頁 172。

[26] 同註 8，頁 15。

[27] 見向明：《我為詩狂》（臺北：三民書局，2005 年），頁 223。

世世代代的人心，那樣的作品才能夠生生不息。回顧歷史，時間是揭開謎底之鑰，所以向明不免感歎：「恐怕只有歷史這一無私的大獨裁者才能真正披沙揀金」[28]。向明從歷史的角度發聲，止息現世的紛紛擾擾。

誠如鄭慧如所說「詩觀其實沒有獨立的價值意義。缺乏詩作，詩觀就只是囈語罷了。」[29]換言之，詩人的作品就是他的詩觀的最佳證明。透過詩作的探討，不僅得以觀察詩人選取意象、重構素材、展現意境的手法，更重要的是，明瞭詩人寫作信念，體會閱讀之樂，促使吾人省悟慣性思考之僵化，進而移動論事觀物的視角，開展生活的眼界，另闢思路的新疆域。

二、向明詩中的鄉愁關懷

對於一個十四歲不到的年輕人，被戰火追得一路逃難，遠離家園，也遠離了親人；十八歲入讀軍校，輾轉進入戎旅，親臨戰役，備嚐淒苦艱辛；二十歲跟隨國軍進駐台灣，終於浮萍有了暫時的棲所。但總的來說，向明來台定居超過半個世紀，對他而言，「鄉愁情懷」命定是他無力擺脫的糾纏。因為年輕的生命承載著整個時代的動盪與不安，他的鄉愁情懷也是諸多遊子心中的情結，更是同屬一個患難時代裏人群的集體回憶！

就那些擁有五十年代背景的來台詩人們而言，「思鄉」情懷幾乎皆是揮之不去的夢魘。簡政珍在《放逐詩學》一書認為

---

28 見向明：《三情隨筆》（臺北：秀威資訊科技，2004 年），頁 163。
29 見鄭慧如：〈隱藏與揭露——論台灣新詩在文化認同中的世代屬性〉，《台灣詩學季刊》，第 32 期（2000 年 9 月），頁 25。

直至「八○年代中期以前則是思鄉的歲月，空氣中迴盪著鄉愁的慨歎，文學作品更是佈滿時代的烙記」[30]，作家為處境悲吟之舉，「並非個人情緒的傾瀉，而是一個時代集體意識的共鳴。」[31] 由此可見，向明在這個大時代裡，他所回顧觀照的不僅是個人的過往，更有反應所處時空的歷史意義。藉著他的眼、耳、口、鼻、手、心，為這個時代的每一個生靈做歷史的見証，將生命與時代結合起來，用詩作去觸及生命的本質，用詩作去喚起哀樂的共鳴。因此可以得知向明的鄉愁關懷乃屬大我的關懷。茲將向明的「鄉愁關懷」按時序推演，依次分為以下幾個階段來探討。

（一）久不生根的初期調適

蕭蕭曾於《台灣新詩美學》書中指出在「累積式移民社會的台灣」中，戰後渡台一代的境遇：

> 古典詩歌中有亂離詩，戰亂流離，鄉愁感懷，一寓之於詩，但比起飄洋過海的血淚，亂離詩不過是在自己的土地上流浪而已，移民則是從土地上連根拔起，面對完全不一樣的土地、天候、習俗、人民，他們的心中有著更多的失落、尋根、抗拒、調適、定位、歸屬、認同的疑惑。[32]

---

[30] 見簡政珍：《放逐詩學——台灣放逐文學初探》（臺北：聯合文學，2003年），頁 10。

[31] 同前註，頁 12。

[32] 見蕭蕭：《台灣新詩美學》（臺北：爾雅出版社，2004年），頁 14~15。

想當年向明以一個出生在中國大陸湖南省的青年人，離鄉背景移民到風土不盡相同的土地上，那種流浪感，和難以排遣的苦悶和辛酸，正如同覃子豪評論向明《雨天書》詩集的風格為「屬於現實生活的感受，經驗的表現，代表了中國苦難的現實掙扎著的青年人的精神」[33]。茲舉該詩集的〈野地上〉一詩為例，呈現詩人當年處境之一斑：

三月的晚上，雨淋着
墓碑們哭泣着
啊!為什麼不像一株樹
老待在這裏久不生根

三月的晚上，雷轟着
幽靈們埋怨着
啊!今年的節日這樣遲
我們需要一把淚，一點酒，一些紙錠

三月的晚上，風吹着
枯樹們的夢飄蕩着
啊!春天這騷婦那裏去了呢
我要我天真的綠，羞澀的紅[34]

詩中荒野的「墓碑們」「老待在這裏久不生根」，不只道出戰後

33 同註 14，頁 213。
34 見向明：《雨天書》（臺北：藍星詩社，1959 年），頁 21~22。

來台人士共有的孤寂心聲，還刻劃了定位歸屬的辛酸過程——
生活不易，青春早逝，何時返家。於是詩人感慨萬千的說：
「我要我天真的綠，羞澀的紅」。對於這種政治現實造成離鄉者
的心境，簡政珍認為難免會有放逐意識的湧現：

> 思鄉、時空錯失，自我身分的認同交相切入孤寂的心
> 境。此外，有時離開家國並非純然的肢體動作，而是精
> 神上的感受使然。[35]

　　當人的肉體與精神雙重失依，必常處茫然的無著狀態，這
是可以理解的。於是，向明在〈今天的故事〉詩第一節裏道出
當時那種無所遁逃於天地間的苦悶：「常常被搜捕／常常被壓
以一巨夜的重量／而常常與日神一同越獄／有那麼一種精
靈」[36]「搜捕」、「壓」、「巨夜」、「重量」、「越獄」這一連串的
詞彙層層套疊、層層逼進，處於這種境況下的詩人，自然產生
歸家的渴望而形諸筆墨：

> 有着炊煙的小店是旅人渴念的家
> 那裏，那撲鼻的乳香，店主的溫情……
>
> 我想我們也該有座小店在盡頭了
> 我囊中的口糧已罄，代步的蹄鐵已經磨損

---

[35] 同註 30，頁 6。
[36] 見向明：《狼煙》（臺北：純文學出版社，1969 年），頁 26。

──〈小店〉[37]

關於這首詩，蕭蕭曾作精闢的賞析，他認為第二節「有座小店在盡頭」的「小店」：「早已不是有著炊煙、有著乳香的小店，而是生命驛站的尋覓，身心安頓的終極追求。」[38]歸期無著，自海島一隅「引頸向西，西方是那麼沉重／海峽的密雲尚在醞釀着黎明」[39]於是，對現實的體悟、步調的調整，使得向明有著「沒有眼淚，不用叮嚀／我必須贖我」[40]這種沉痛後的醒悟與自勉，以及像「啊!引力，昇起吧！／昇向螞蟻的小腿／賜牠們以神奇的力／完成牠們征服的夢」[41]的穩健和振作。

(二) 始終張望的永恆聯繫

　　然而，始終揮之不去的現實是無力改變的鄉愁，母親的形象便成了最根柢的聯結，從《雨天書》的〈家〉，到《青春的臉》的〈青春的臉〉，還有《水的回想》的〈懷念媽媽〉，這幾曲思鄉情切的悲音裏，詩人寫出「親情」這個永恆的課題。且看隱藏在〈家〉中的母親的召喚：

> 星的眼永不疲憊，因為她有白晝的溫床
> 流水的歌最甜，她正趕赴大海母親的召喚

37　同註 34，頁 48。
38　同註 32，頁 71。
39　同註 36，頁 65，此段詩句摘錄自向明詩作〈富貴角之晨〉第三節。
40　同註 34，頁 24，此段詩句摘錄自向明詩作〈贖〉第一節。
41　同前註，頁 50，此段詩句摘錄自向明詩作〈啊！引力，昇起吧！〉第四節。

風這流浪漢最悲哀了

爬山越水的亂跑，故居卻丟在相反的方向[42]

在時局動盪下失去家園的庇護、親情的滋潤，「流動」是風的
宿命，偏偏那方向總不朝著故鄉前進，身不由己，母親再多的
召喚也只是異鄉遊子魂縈夢繫的揪心之痛：

好長好長喲

三十五年歲月的這條

時間的長廊

長廊的盡頭始終張望著

母親那張

青春的臉

可以焦心為她思念

可以清夜對她傾吐

就是不能觸撫到的

在單行道的時間長廊那頭

母親張望著的那張

青春的臉

在這種日子裏

不知該為她奉上一朵

什麼顏色的

康乃馨　　　　　　　　——〈青春的臉〉[43]

---

[42] 同前註，頁 36。

　　辛鬱在〈從生活出發──淺談向明的「青春的臉」〉一文中，曾表示：「詩句的序列，似應重加安排，首先應將『母親那張／青春的臉』定位，然後再以時間的長廊來聯繫。因為，如果先有時間長廊，詩人與母親之間，便已有了距離（時空兩方面的距離），雖然母親的形象在詩人心中永恆不變，轉念間索之即得，卻已不是那張『青春的臉』所能全面涵蓋。」[44]但是，「時空距離」正是阻隔親情的要素，對母子雙方而言，皆是日復一日、年復一年，企盼一再落空，漫長的等待沒有答覆的困境。記憶中母親那張青春的臉是「張望著的」，這何嘗不是詩人自我投射的描繪？事實上，兩岸交流後，向明透過老家侄女的來信，始知他的母親深信八字先生的一句話：「人還在，等幾年就會回來。」，懷抱著這份希望而等待的母親，藉由一隻兒子用過的籐箱寄託思念。[45]時間長廊如一面清澈的鏡子，照見人世的幾多滄桑，映現時代的萬千悲劇。誠如辛鬱所言：

　　　　向明不欲以「警句、奇句為先」，來取悅於人。從表層看，他的詩不是絢燦瑰麗的那一型，不依靠語言氣勢取勝。讀着他的詩，欲得其神髓，要從整體著眼。向明經營作品，以整體完成為要求。[46]

---

[43] 同註 22，頁 168~169。

[44] 見辛鬱：〈從生活出發──淺談向明的「青春的臉」〉，《文訊月刊》，第 2 期（1983 年 8 月），頁 99。

[45] 同註 28，頁 80~82。

[46] 同註 44，頁 98。

正因以生活素材為創作源泉，強調詩作的整體完成與感發作用，所以，「向明的詩在意義呈現上，帶給我們的，不僅是生命中某些內層的啟示，它更有形成生命導向的某種力量。」[47]。〈青春的臉〉這首思親的惆悵心曲，到了〈懷念媽媽〉詩裏轉而成為詩人自勉的動力──恪遵母教、不辱門楣的立身準則：

> 什麼事
> 都想告訴媽媽──
> 　　昨夜著涼了
> 　　鞋子有點打腳
> 　　老闆誇我好
> 　　頭髮一梳就掉一大把……
>
> 什麼事
> 都是媽媽教的──
> 　　吃飯要端碗
> 　　走路不哈腰
> 　　常想別人好
> 　　切莫說大話……
>
> 　　從五歲活到了五十歲
> 　　什麼事都還想告訴媽媽
> 　　記得媽媽說的每一句話

---

[47] 同前註。

永遠也少不了媽媽

還沒有發現

誰可以代替媽媽　　——〈懷念媽媽〉[48]

瘂弦曾針對此詩作出如下的分析：

乍看全係家常語的白描，但細加體會，會發現它的內蘊
豐富，形象飽滿，令人興趣盎然，玩味無窮。[49]

這段評論正足以闡釋向明一向寫詩所追求的「在溫和的後面表
達剛健，在平淡的後面有一種執著」的詩觀。向明曾經強調：
「尤其像寫懷念母親這樣的詩，我認為絕對要用非常通俗，卻
又極富深情的語言，否則我那不識字的母親哪裡聽得懂?一些
平凡的天下的母親和兒女們哪能從這首詩得到啟示？如果我用
的是現代或後現代那種艱深的語法。」[50]就〈懷念媽媽〉這首
詩的語言風格來看，生活是它最好的注腳，其實文字簡單，意
義未必簡單，端看吾人對字義的認識與聯想的狀況而定。如果
不是詩人對日常用語的選材別具慧眼、運用嫻熟於心，恐難有
「執著」的定見。風格平淡的詩，往往因為詩人的淡筆，才有
作品情緒的擴散性，那是縮合讀者日常生活的真實感受與人生
體驗而致。所謂平淡，並非無味無奇，更不是漫不經心，信筆
揮灑。平淡之能有味，乃由辛苦錘鍊而來，是經歷「絢爛之

---

[48] 見向明：《水的回想》（臺北：九歌出版社，1988 年），頁 88~89。

[49] 見向明：《詩來詩往》（臺北：三民書局，2003 年），頁 216。

[50] 同前註，頁 217。

餘，歸於平淡」的過程，是「成如容易卻艱辛」的釀造而得，不擺架勢，所以貼切動人、所以明暢、所以圓融。向明詩作提煉平淡自然的生活語言，展現豐富的意涵，使人初看時倍覺親切，細讀之下，往往衍生味中之旨、味外之趣。

（三）歲月壓傷的現實境遇

向明曾在一篇紀念他的老師覃子豪先生的文章裏發出感慨：「詩人是一種最寂寞，最難得獲到掌聲，最沒有報酬的行業。」[51]儘管有如此認知，向明走在寂寞的詩國之路，五十多年而不怠，推究詩人旺盛的續航力，對現實關懷的熾烈情結是關鍵因素之一。詩人有所感更有所應，有所應則衝擊愈劇，呈現於作品裏的便是「在生命的意義上有所探索，在嚴肅的問題上有所堅持」的態度。這也是現代詩人的沉重使命所致。大荒的〈泛論詩與詩人〉一文曾觸及這個議題：

> 西洋詩人戴桂冠，中國詩人應戴荊冠，因為有太多的事要他們關心。民族的苦難，社會制度某種程度之雜亂，道德價值之衰微，人的自覺之支離破碎……偉大的詩人必與時代社會共呼吸，共睹，共聽，而以其清明的心智在誠實的、痛苦的心靈間巡禮。[52]

詩人的困窘是現實生活的種種考驗一樣也沒少，詩人的苦楚是

---

[51] 見向明：〈詩名繼海峯〉，《中華日報》，第 12 版，1983 年 10 月 29 日。
[52] 見大荒：〈泛論詩與詩人〉，《創世紀雜誌》，第 29 期（1969 年 1 月），頁 20。

敏銳度較一般人為高，雖然定居島上多年，但是被現實區隔的
身份標籤，是隨著國府移居來台的大陸各省人士共同的境遇，
因此，有一種鄉愁是緣於無法被認同的心理而造成，「望大
陸」與「念台灣」意念的雙重並列，情的糾結形成這般難言的
尷尬：

> 從前他們說
> 你是一株不用著地的
> 移植的藋草
> 不再思念故土
> 貪戀現成的營養和食料
>
> 現在他們卻說
> 你是一株不願著地的
> 寄居的藋草
> 只會緬懷昔日的家園
> 難於認同眼前的窩巢
>
> 你的枯槁能為你說什麼呢
> 你委實不想說什麼了吧
> 在這樣的氣溫下
> 反正離鄉背井的這麼久
> 說什麼也不好 ——〈吊籃植物〉[53]

---

[53] 同註 48，頁 40~41。

這首詩寫於民國七十三年五月，彼時尚未開放大陸探親，多年
羈旅，思鄉情切，是三十八年後來台外省籍人士的普遍心理。
「吊籃植物」此一詩題頗堪玩味，向明以不著地的吊籃植物隱
喻來台外省人士，形象生動，誠如亞理斯多德說的：「善於使
用隱喻字表示有天才，因為要想出一個好的隱喻字，須能看出
事物的相似之點。」[54]，然而所謂的「吊籃植物」，是透過
「他們」的視界而定義：從第一節「從前他們說」的想法，經
過時間的推移，到第二節「現在他們卻說」的看法，其實他們
的觀點並沒有改變。詩作讓人省思到因為未能撤除意識的藩
籬，未能敞開同情共感的襟懷，所以總有許多聲音喧擾耳際，
時代的不幸釀成人際的隔閡。

　　詩人藉映襯手法對比出「你說」的處境──「不想說什
麼」，因為「說什麼也不好」。語言的主要功能是溝通，然而前
提是具備溝通的共識才得以發揮作用，否則，回應的話語便極
可能匯聚成另一道洪流，反倒倍增阻隔。詩人用形象答覆，
「你的枯槁」已然說明一切。造成「枯槁」的緣由，不只是歲
月的傷痕，還有心境的疲憊。蕭蕭曾評論這首詩的成功在於
「選材貼切」[55]，他提出了向明在詩中所探詢的「滿溢著離開
鄉土被架空的無奈感，懸在半空中的心如何才能踏踏實實，落
地生根？」[56]的問題，實在教人深思。

　　值得一提的是，事隔近二十年之後，由向明的另一首在九
十三年一月發表的詩作〈事故〉，所觸及的意識問題可以得

---

[54] 見亞理斯多德：《詩學》，（上海：上海人民出版社，2005 年），頁 80。
[55] 見蕭蕭：《現代詩學》，（台北：東大圖書公司，2006 年），頁 486。
[56] 同前註，頁 485。

知，欲去除人我之間的藩籬，實非易事，對此詩人發出深沉的
感慨，且看詩的第二節：

> 原本就是兄弟的兄弟的兄弟呵
> 隔著一條意識幽冥的河谷，成就
> 一株幸運沒被斧斤腰斬今生的樹
> 我們活著是何其遙遠
> 雖然風雨相欺的聲音
> 你我，依然都清晰的聽見[57]

面對眾聲喧嘩的現實，詩人以沉靜婉約的情致直入事態的核
心，是沉澱心緒後摯情的告白，即如董克勤的論述：「這首詩
拉近了人與人之間的距離，使同受外界侵害的人類因為命運遭
遇的共同悲慘而親近起來。」[58]「風雨相欺」一詞照映詩人洞
燭世情的憂心，詩人始終關注的恐是如何才能撥雲見日的轉
機。

　　向明曾在空軍服役多年，民國七十三年一月以上校軍階自
軍中退伍，三十多年的行伍生涯，在回首之際，一路上斑斑可
見的是近代中國的紛亂，詩人又是如何看待走過的歲月：

> 無論怎麼樣擺置
> 都不如當年頂在頭上

---

[57] 見向明：《陽光顆粒》（臺北：爾雅出版社，2004 年），頁 134~135。

[58] 見董克勤：〈命中靈魂某個部位──讀向明的短詩〉，《淡藍為美：藍星詩
　　學》，2004 新春號（2004 年 3 月），頁 179。

日曝雨淋合適的
一頂舊軍帽
妻一橫心
憤然扔進了儲藏室

誰知道她是，立意
在保持這室內的整潔
還是
想把殺伐一生的我
都一起封存進去？

只是，室外的世界仍然在喧嘩
胸口上的傷疤
變天就隱痛
在溫室裏成長的她
那裏會懂　　　　　——〈舊軍帽〉[59]

「不如當年頂在頭上」的一頂舊軍帽，或許意味著仍舊秉持著軍人那種盡忠職守的心志，那麼，怎樣看待舊軍帽，便不免觸動到一個問題：怎樣替既往的自己下注腳？那些長年備受移防駐守、日曝雨淋辛勞的戰士們，他們所付出的青壯歲月，以及他們家人的獨立堅強，擺置在人生的棋盤上是否能被關注？所以「憤然」的動作或者「封存」的意念，也許可以視為一種宣

---

[59] 同註 48，頁 66~67。

示。其實，一切的奉獻若能換得甜美的成果，再多的艱苦與辛酸也是值得，但是，「室外的世界仍然在喧嘩」，戰後成長的世代、經濟起飛的世代、富庶繁榮的世代，都未曾體會戰亂流離之苦，只怕難以瞭解「胸口上的傷疤」那種痛楚，尤其用「變天就隱痛」來回應外在世界的各式流彈，構築出現實一隅無言的畫面，更是道盡沉鬱的關懷之情。落蒂曾評論向明這類詩作可以說是「四十年來離亂一代的史詩」[60]，洵為知言。

向明曾說「生活本身即是一首最真切壯烈的詩」[61]，以生活入詩必得具備敏銳的眼力，才能產生批判的深度，即為「觸到痛處、抓到癢處」的準確呈現；更須具備寬闊的胸襟，而後延展關懷的層面，這便是「探索生命意義」的現實本質。當詩人的獨特感受昇華為一種具有當代意義的普遍性情境，從而獲致較高層次的社會價值與美學欣賞時，「現實」這個素材將回過頭來滋養詩的生命，古典詩詞裏可以找到許多的例證。生活題材雖未必是詩材的唯一選擇，然而詩人借助詩作發聲的目的之一，是分享感受和尋求認同的心理。知音所知者不外乎絃外之意。就素材角度來看，如果沒有交集的因素，像生存的環境、從事的活動、心智的思考、生老病死的現象，這些各色各樣的社會素材，那麼，透過詩的描繪，那種再生的成品，對讀者而言只怕是晦澀怪誕，難覓知音。詩作要能經得起歲月的反覆淘洗，闖得過歷史的無情關卡，或許植根於生活、反映出人性就是一條貫穿時空的通行道。

---

[60] 見落蒂：〈悲傷的旅人——評「水的回想」〉，《中華日報》，第 12 版，1990 年 2 月 9 日。

[61] 同註 57，頁 4。

除了〈舊軍帽〉一詩流露出人道關懷的情志之外，向明還
有一首寫於同期（七十四年一月）的作品〈破軍氈〉，也頗能
曲盡當年來台將士們復國夢醒的失落：

　　　那天下班後
　　　滿臉倦意的妻
　　　向我扯起那張舊軍毯
　　　毯子上新被熨斗灼傷的破洞
　　　張著嘴
　　　向我訴說
　　　一生的荒唐

　　　唉！我能回答什麼呢？
　　　一張軍毯
　　　沒有毀於彈片
　　　一頂軍帽
　　　無法昂首疆場
　　　一個士兵
　　　只能讓歲月壓傷[62]

詩人用「一生的荒唐」來總結生命歷程，不禁令人思索——多
年軍旅的願望隨著年華漸逝而成空，對他們來說這關涉到一個
相當重要的問題，即意味著返鄉之日遙遙無期，雖然七十六年

---

[62] 同註 48，頁 68~69。

十一月已開放大陸探親，但是將近四十年的等待委實太長，已然凋零者無法向歷史討回公道，這是一層「荒唐」。殺敵衛國、效命疆場是英勇的軍人形象，結果卻敗給了歲月這個可畏的無形敵人，廉頗老矣而情何以堪，「只能讓歲月壓傷」的挫敗感，又是另一層「荒唐」。向明在意象的掌握上，的確已臻至他所自我要求的「穩、準、狠」的境界。在〈破軍氈〉一詩裏，詩人蘊藏熾熱的家國之情於冷酷的現實之中，熔冶對現實的批判與歷史的反思於一爐，開拓了現實關懷的美學境域。

（四）花鳥夾道的鄉情招喚

羈旅多年的遊子不免思鄉情濃，往往執筆運思之時，自然會寓情於景，在向明所創作的旅遊詩裏，也有染上思鄉情結色彩的佳構，如收錄於《青春的臉》詩集的一首詩作〈萊茵河〉：

想像這就是那條孕我育我
讓我泅泳過的湘江
過了采石磯
就是風臨渡
我走在歸鄉的路上

而對岸陌生的哥昔克小屋
屋後山崖上那些蒼老的古堡
江心中那些從荷蘭來的畫舫
都紛紛投我以異色的目光

　　尤其那個大鬍子的巴伐利亞人

　　硬在大聲的嚷嚷

　　下一站

　　波昂 [63]

　　這首詩中的情與景是彼此滲透、融合為一。運用抒情與寫景兩
相結合、交織成篇的手法是詩歌藝術發展的常模。童慶炳在其
《中國古代心理詩學與美學》著作中，論及「情」要經歷怎樣
的審美過濾才能變成「詩」的問題，他認為以中國詩學的角度
闡釋是要經過兩度審美的轉換。首先，自然的情感要經過「精
思」、「凝思」、「沉思」，才可能變成動人的詩情。「反觀自己經
驗過的情感，使情感淨化、昇華，這樣才能化自然情感為『第
二度情感』——詩意情感。」[64]。其次，情感必須透過「對象
化」的過程，才能變為可以把握的詩情。情感的對象化就是
「情景交融」的歷程。「寫『景』是情感對象化的關鍵性因
素……在藝術和詩歌創作中，情感的表現必須通過可以知覺的
對象呈現出來，使情成體，化無形為有形。」[65]因此，童慶炳
的結論是：

　　　　對詩而言，並沒有天生自在的純客觀的「景」，在真正
　　　　的詩裡，一片自然風景就是一種心情。從一定意義上

---

[63] 同註 22，頁 133~134。

[64] 見童慶炳：《中國古代心理詩學與美學》（臺北：萬卷樓圖書公司，1994
　　年），頁 60。

[65] 同前註，頁 62。

> 說，景是詩人的情感返照。情感不同則相應的景物也就
> 不同。捨情描景對詩毫無意義。[66]

在「景是詩人的情感返照」的認知下，且看〈萊茵河〉詩的第
一節，詩人用淡淡輕愁的筆調低吟思歸的心緒，他在路旁望見
的景致，正是產生久客之悲、思歸之念的觸媒，而當他搭車眺
望之際，正是以我觀物的緣情視角。因此，詩人所寫之景是以
所懷之情為核心。深植於異國景物中的核心便是朝思暮想的年
少回憶，詩人內心真正的聲音只怕是：「這要是真的回家就
好！」。

　　游離於現實的想像，到了第二節時被不屬於回憶的陌生景
致拉回，令人玩味的是，先是詩人主觀情感的引導，對異國山
水投以「異色」眼光，而後用轉化手法再把「異色」丟回。賓
主關係的互換現象，就在詩末那一聲：「下一站／波昂」的強
勢裏拍案定調。此外，這首詩開頭就明說「想像」二字，如果
將此詞句抽去，先予讀者以錯覺，那麼所造成的反差效果可能
更強些。向明曾在《新詩後五十問》一書中，討論旅遊詩的寫
作方法，他主張：

> 祇選取現實中最具特徵，最能引人感受的片斷，創造一
> 個藝術情境予以闡發。它不是文字的無限延伸，而是語
> 言的精要出擊。在詩中你會看不到旅遊的細節，卻會反
> 射出一些新鮮的刺激。[67]

---

[66] 同前註，頁 63。
[67] 同註 5，頁 166~167。

這種見解若套用在他七十六年四月所發表的另一首旅遊題材的鄉愁詩〈善釀——賦碧瑤詩酒之夜〉上，可說是十分適切。詩人藉著美酒的滋味，釀成近代中國人的普遍鄉愁：

> 來自臺北的
> 而來自臺北的又有來自
> 山東，湖南，安徽，浙江，福建的
> 來自馬尼拉的
> 而來自馬尼拉的又是來自
> 泉州，晉江，南安的
> 一起聚在仍然不是自己的國土
> 喝著來自一個熟悉得叫不出地方的
> 善釀
> 嗯！好酒。好酒
>
> 善釀什麼呢？
> 臺北的鄉愁尚餘妻兒吻別時的體溫
> 馬尼拉的也仍留有昨晚消夜的殘餚
> 善釀什麼呢？
> 山東，湖南，安徽，浙江，福建
> 泉州，晉江，南安的鄉愁
> 卻又是陳年得如點了又點
> 光源不繼的幾枝殘燭

唉！酒倒真是好酒　　——節錄自〈善釀〉第一、二節[68]

乍看之下第一節彷若來客們的籍貫介紹，生活語言般的淺白親切，仔細一讀正是重現詩人們聚會時輕鬆的氣氛。初次會面者慣常問的一句話：「您哪裡人？」便串聯成一幅移民、難民、定居海外者的遷徙地圖。「一起聚在仍然不是自己的國土」一句，勾勒出省籍也好、縣城也罷，那種界限已然泯沒，因為同文同種、來自同一塊大陸如同母所生，來自臺北的固然是作客碧瑤，來自馬尼拉的也還是異鄉人。此時此刻，齊聚一堂，共品「來自一個熟悉得叫不出地方的」好酒。「熟悉得叫不出地方」是意味酒的滋味熟悉？抑或是曾熟知而今已模糊的記憶？

　　第一節裏的美酒「善釀」到第二節時，巧妙地轉品為動詞的用法，「善釀」成什麼呢?在時光的流逝裏「善釀」出什麼呢?詩人於此處探討了「鄉愁」的對象性質：人在菲律賓，鄉愁源自台北；人在碧瑤，鄉愁源自馬尼拉，那是因為「家」的所在。又或者是時空阻隔的鄉愁，遙遠而微弱，正是歸期無著，也不知誰能回答的喟嘆。夫復何言呢？不如且盡杯中物，珍惜歡聚之情。那麼，由鄉愁的感傷層面翻轉而出的憂患意識，便隱藏在飲酒作樂的表象之下。

　　向明寫於七十六年八月的〈湘繡被面——寄細毛妹〉這首詠物題材的鄉愁詩，又是另一番風貌。他在詩的後記說明：「日前細毛二妹自湖南老家輾轉托人帶來親繡被面一幅，未附隻字說明，因有感而草作此詩寄之。」，接到睽違四十年的妹

---

[68] 同註 48，頁 144~145。

妹寄來的親繡被面，竟是一封非常耐讀的家書：

四隻蹁躚的紫燕
兩叢吐蕊的花枝
就這樣淡淡的幾筆
便把妳要對大哥說的話
密密繡在這塊薄薄的綢幅上了

好耐讀的一封家書呀
不著一字
摺起來不過盈尺
一接就把一顆浮起的心沈了下去
一接就把四十年睽違的歲月捧住

遲疑久久，要不把封紙拆開
一拆，就怕滴血的心跳了出來
最是展開觀看的剎那
一牀寬大亮麗的綢質被面
一展就開放成一條花鳥夾道的路
彷彿一走上去就可回家

能這樣很快回家就好
海隅雖美，終究是失土的浮根
久已呆滯的雙目
真需放縱在家鄉無垠的長空

> 只是，這綢幅上起伏的摺紋
> 不正是世途的多舛
> 路的盡頭仍然是海
> 海的面目，也仍
> 猙獰[69]

　　這是一首以「鄉愁」為主軸的詠物詩，詩人透過心靈觀照將物象特徵捕捉之後，藉此鋪展思鄉的情懷。第一節起首即以倒述法敘說所見的被面圖紋：「四隻蹁躚的紫燕 / 兩叢吐蕊的花枝」，這是中國人生活裏常見的傳統圖樣，蘊含濃郁的人情和祝福的美意。然而，此處的「燕子」是否也有期待遊子返鄉的寓意？中國古典詩歌裏「燕子」常是歲月不居、人事代謝的象徵。春到湘江，燕子賦歸，而遊子的身影呢？關於向明的妹妹親手所繡的春意盎然、喜氣呈祥，來自故園的湘繡，李翠瑛在〈好耐讀的一封家書──向明「湘繡被面」一詩的鄉愁〉文中介紹說：「所代表的是地方的特色，也是家鄉的事物，於是擔任引發鄉愁的最重要媒介。」[70]詩人用密密繡織出淡淡幾筆的思念，來揣想妹妹彼時的心境，即使明知，無奈得屈於現實，閒閒幾筆，卻令人感受到詩人壓抑下的心緒。

　　「好耐讀的一封家書」此句意象鮮明，堪稱詩人的神來一筆。接手「家書」遲疑久久之際，猶如電影的場景，先是特寫鏡頭的手捧被面，而後是同一空間的逐步擴大，拉至遠景的鏡

---

[69] 同前註，頁 165~167。

[70] 見李翠瑛：《細讀新詩的掌紋》（臺北：萬卷樓圖書公司，2006 年），頁110。

頭下已是台北的天空裏，四十年的歲月悠悠，人事更迭。詩人用慢鏡處理拆封動作，久斷音訊所蓄積的情感能量，與乍然接獲時的雀躍忐忑，都從「一拆，就怕滴血的心跳了出來」迸現。終於展開觀看的一刻，看出一線希望：「一條花鳥夾道的路」。由展被而展路，實因須要紓解的思念太深，使得詩人作出如此貼切的聯想。畢竟人情之常無不視親情的所在就是根的所在，而有「海隅雖美，終究是失土的浮根」的遺憾。這種遺憾不免令人想起，曾遭逢漢末戰亂，避難至荊州的辭賦家王粲在他的名作〈登樓賦〉中發出對故土的思念：「雖信美而非吾土兮，曾何足以稍留？」，想來恐是古今一同、情理之常。

到了詩末，由想像落回到現實的處境裏，再拋出詩人對現實的關懷。「世途的多舛」暗指歸鄉路的艱辛，至於行不得也的心理掙扎，不妨試讀向明的另一首詩〈隨風而去〉第一節裏的苦悶：

> 被泥土絆住
> 算是非常久的兩隻腳
> 常想掙脫什麼
> 隨風而去
> 雖然，苦寒中
> 掙扎著奮飛的落葉
> 而逐青煙直上的
> 灰燼，只一轉身

都冰冷的落在不遠的廢墟上[71]

或可用這麼一首訴說企盼掙脫窒錮的心境寫真，來作「世途的多舛」的側寫。若根據「路的盡頭仍然是海／海的面目，也仍／猙獰」一句，來推究詩人的本心，或許是在詩人對故鄉的思念中已然包含嚮往時局太平的期盼。關於此詩，沙穗的評論：「〈湘繡被面〉一詩所象徵的不僅是詩人向明個人的切身之痛，也是那一段歷史的痛。」[72]，由此可知，向明要展開的是一條不再猙獰、河清海晏的祥和大道。

（五）滿腔鬱積的歸鄉情懷

　　兩岸的探親之門終於在七十六年十一月正式開放，向明於隔年七月首次返鄉，回到闊別四十年的故鄉湖南長沙，方始獲悉其父早在十二年前的文革時期，被紅衛兵折磨而謝世，翌年母親也在臥病一年後告別人間，等候他的家人僅剩一弟五妹，至於兒時記憶裏的百年老屋，已片瓦無存，只剩下屋外的榆樹：「唯一挺拔相向的／竟然衹是　踐踏成廢墟的老屋外／依舊著花的榆樹」[73]千里迢迢奔回的故園是一片殘破的景象，朝夕思慕的雙親竟早已天人永隔，這不僅是向明所必須承受的失落，更是千千萬萬中國人的傷痛，因為類似的情境不斷在返鄉者身上重演，這類的故事竟然成了這個時代的共同體驗。〈還

---

[71] 同註 48，頁 112~113。

[72] 見沙穗：〈被面無語・鐵砧有淚──談向明「世紀詩選」中的兩首詩〉，《淡藍為美：藍星詩學》，2000 中秋號（2000 年 9 月），頁 10。

[73] 同註 24，頁 9。此段詩句摘錄自向明詩作〈還鄉的短章〉第三首。

鄉的短章〉這組詩道出向明歸返故里後的心情，且看第二首傳
神描繪詩人與弟妹重聚的情景：

　　　淚洗過後　是
　　　驚悸　是啞然如
　　　蹲在門口對望的石獅子

　　　從那裡說起呢
　　　集了四十年要說的話
　　　一說　都憋成了
　　　一個痛字[74]

至親重逢淚洗過後，是甚麼引起「驚悸」的感覺？昔年離家，
青澀年少；今日返歸，青絲成雪，遊子與家人雙方的容顏已有
極大的變化，一邊端詳對方，同時努力搜索記憶中的印象，兩
相對照之下許是沒有太多交集，此其一。向明曾說：「從前連
夢想都不可能的事而今都變為了實際的可能」[75]，所以在會面
的當下，彼此的激動情緒化為淚水、化為幾近放棄的夢想竟然
成真的悸動，此其二。正因驚悸猶存而一時難平，眼前景便成
了最貼切的對照，「啞然如蹲在門口對望的石獅子」一詞，彷
若信手拈來，教人會心。按理說親故久別，憋在心裡那些要問
要答的話，多得林林總總、不一而足，其中的滋味彷彿打翻了
五味瓶，酸甜苦辣鹹摻和成一處。詩人的剪裁功力可以在此見

---

[74] 同註 24，頁 8。
[75] 同前註，頁 172。

出高下，而向明只用一個「痛」字就高度概括了一切：多年的
音信斷絕、親情的相思煎熬、世局的動盪不安、歷史的殘酷無
情。

　　向明的詩總能從生活出發，抓住生活裏的典型細節，經營
出看似尋常實則耐人尋味的獨特意象，誠如熊國華對向明詩風
所作的評論：

> 向明的詩絕不炫才嘩眾、故作驚人之語，他只是平平道
> 來，將豐富的人生經驗和深刻感悟蘊藏於普通的意象之
> 中。……向明的詩平實而又有深趣，恬淡而又不消極，
> 凸現出一種獨具個性的審美特徵。[76]

所謂「平實而又有深趣」的意涵，如果從另一個角度來看，簡
政珍的見解則為：

> 詩最大的技巧，是讓人看不到明顯的技巧。有些詩以
> 『非技巧』展現更大的『技巧』。八〇年代之後，由於習
> 於套用理論的批評者，在實際批評時規劃後現代許多標
> 籤，詩人和詩評的「默契」，詩的論述以看得見的表象
> 技巧作為焦點。……但是，套用技巧的詩作，很難觸及
> 人生的厚度。表象的花招，也只是浮光掠影。……因
> 而，以詩美學的觀點，超乎表象技巧而能顯現人生厚度

---

[76] 見熊國華：〈平淡而有深趣——讀向明詩集「隨身的糾纏」〉，《台灣詩學季刊》，第 11 期（1995 年 6 月），頁 156~158。

的詩值得注意。[77]

因為「讓人看不到明顯的技巧」，初讀向明詩作較少驚豔的炫
奇感受，實因詩人不作這種類型的經營所致。向明一貫的態度
仍是「在溫和的後面表達剛健，在平淡的後面有一種執著」，
在〈還鄉的短章〉詩中是如此，在其他的詩篇中亦復如是。收
錄在《隨身的糾纏》詩集裏，向明寄給弟弟的兩首詠物詩
〈井──寄仲儒弟之一〉和〈一方鐵砧──寄仲儒弟之二〉，分
別首次發表於七十八年一月及二月，創作時間相近，都藉由一
件具體的物象來呈現詩人內心糾結的痛楚：

> 什麼都不剩了
> 你說　什麼都不剩
> 浩劫後　祇留下這
> 有口難言的井
>
> 邁著　彷彿兒時
> 母親剛汲水為我濯過的雙足
> 躡躡上前
> 不待分說
> 井便迎面向我傾吐
> 滿腔鬱積的
> 寒冷

---

[77] 見簡政珍：《台灣現代詩美學》（臺北：揚智文化，2004 年），頁 25~26。

待再上前
看清了我的枯槁
才釋懷的
冷靜成一隻　讓我痛苦的
淚瓶
　　　　　　　　　　　　——〈井〉[78]

你說　這就是
我們董家現在唯一的祖產
一方鐵砧
近前一看
遺落在這泥地的角落裏
鬱鬱的
重重的
不恰似我此時沉落的心

你說　這就是
祖父曾經賴以維生的
一方鐵砧

我再近前看清
那不就是你麼
承受過錘擊
迸發過火花

滿是歲月永遠抹不掉的烙痕　　——〈一方鐵砧〉[79]

重返長沙故里後，詩人經由親屬的敘述而重新建構起對故鄉的認識。這兩首詩都以「你說」的口吻為引子鋪展情節、都以一看再看的動作傳達出詩人亟欲弄明白的求證心理、都是浩劫後僅存可繫連住舊日美好時空的具體物象、都在物象的背後見出詩人的身影、都是橫遭磨難，走過歷史的見證；差別的是在情節的安排上，一為以「井」喻家園，先是躡躡上前時「井便迎面向我傾吐／滿腔鬱積的／寒冷」，井以受迫害者的心態申冤，而後待「我」再向前時，「看清了我的枯槁」才釋懷的井，終於明白：在動亂分裂的時代裏，誰能倖免？彼此都付出了不同的代價。對少小離家的詩人而言，回首這離回之間悠悠四十載中，客地的生涯，職場的風波，世路的坎坷，鄉思的煎熬，豈能不悲人生之多艱？這馭繁於簡的「枯槁」一詞，使人感受到一種難言的鬱悶和沉痛。環顧家園的殘破，雖在意料之中，但在情理之外，是給回鄉者心上的重擊。這就引起了天倫夢斷四十載的詩人，那種久客傷老和人生無常的雙重悲哀。對於曾哺育他的「井」卻只能以淚水回饋，於是詩人用「淚瓶」喻井，實為自喻，聚焦成人事皆非下的失落、嗟嘆、自責、悲痛等複雜情緒。

　　另一首則是以「鐵砧」喻弟弟。鐵砧對詩人來說別具深意，原來那是他的祖父賴以維生的工具。據向明在〈為詩奮起為詩狂〉一文所述：

---

[79] 同註 24，頁 27~28。

> 我家有三處大生意、祖父是打剪刀出身，後來開了一家
> 全省最大的剪刀供銷店。父親經營的是南貨海味號，供
> 應全省城各大餐館每日的南貨海味。五叔與人合夥的是
> 綢布莊。可惜的是抗戰爆發、日本人打來了，我們政府
> 實行焦土政策以迎敵，全城一把大火，我家的三家生
> 意，一夜之間，燒得精光。[80]

鐵砧見證詩人一家三代的興衰變遷，也是變動中的國族盛衰。
向明藉由鐵砧鬱鬱重重的形貌傳達乍看時沉重直落的心情。它
承載著多少親情的記憶，卻在現實生活衝擊下，早被「遺落在
這泥地的角落裏」。詩末筆鋒一轉，將鐵砧比喻備受現實折騰
的弟弟，這種安排出人意料，誠如沙穗所評：

> 本詩最末一段更有令人意想不到的驚奇。詩人從被「錘
> 擊」、「烙痕」的鐵砧中看到了眼前歷經苦難與滄桑的幼
> 弟。一種說不出的疼惜，油然而起，是天性也是一種自
> 然的反應。[81]

憐惜幼弟身心上的烙痕，不也是映現了久客還鄉者心靈深處的
波瀾？

　　在上述兩首詩裏，「井」和「鐵砧」是聯繫詩人與兒時故
園生活的環節，透過這類物象的仲介將回憶凝結，並因詩人久
而愈深、老而彌堅的鄉情鄉戀，從而賦予物象另一層次的新

---

80 同註 57，頁 2。
81 同註 72，頁 12。

意。詩人使用擬人轉化法的特點是,隱藏在物裡的人性經由聯想投射的過程而出現在我們面前時,產生了新的意涵。於是,井不再是井、鐵砧也不純然是鐵砧,就如同宇文所安在論及「詩意」的由來時曾說:

> 詩意不在於記起的場景,不在於記起它們的事實……詩意在於這樣一條途徑,通過這條途徑,語詞把想像力的運動引導向前……這些特定的語詞使失落的痛苦凝聚成形,可是又作出想要遮蓋它們的模樣。這些詞句猶如一層輕紗而徒有遮蓋的形式,實際上,它們反而更增強了在它們掩蓋之下的東西的誘惑力。[82]

這種詩意誘惑力落實到讀者心裡,便是能同感詩人之傷痛、喚起諸多人生議題的省思。蕭蕭曾針對「井」和「鐵砧」的意象作出評論:

> 「井」之有口難言,滿腔陰冷,「鐵砧」之承受錘擊,滿身烙痕,拈引來象徵兩岸隔絕期間,家鄉與二弟的橫遭折磨,竟是如此貼切!這樣的貼切是時代的苦難,詩人的悲情所鑄成。[83]

---

[82] 見宇文所安:《追憶:中國古典文學中的往事再現》(臺北:聯經出版,2006 年),頁 6~7。

[83] 見蕭蕭:〈向明的詩與生活美學〉,《台灣詩學季刊》,第 11 期(1995 年 6 月),頁 132。

關於此點，李漢偉也認為戰後來台的前行代詩人們，當其返鄉所引發現實關懷的情況是：「詩人筆下的關懷不獨是呈現對故鄉的懷思，往往也都內含有不少的歷史省察，對多年阻隔的無奈、故鄉的破滅，更是詩人關懷的所在。」[84]向明在精鍊的藝術手法下用明白如話的生活語言，結合日常體驗，典型地抒發了歸鄉人士所經所歷、所見所感卻又未必道出的感受，充分表現出詩人高度概括生活的才能。

結論

縱觀上文所述，鄉愁關懷是向明詩作生涯最初創作的原動力，其濫觴處即為親情的思念緬懷和自我的迷惘苦悶。自首部詩集《雨天書》始，至近年的《陽光顆粒》，他不斷以生活為礦源，執探幽入微之筆持續創作。一路走來，沉穩練達之外，更顯精彩動人。豐富多姿的現實生活，始終是向明詩作的主旋律，除了思鄉懷舊的題材外，他對現實的關懷層面尚有描繪社會現象、政治觀感，以及關切環保議題、國際動態等。這種重視實際人生的取材態度，尤能展現詩人「人飢己飢」的胸懷與「追尋真理」的精神，而文壇「詩儒」之雅號，自此可見一斑。

本文只呈現了向明詩作歷程中的一個面向，至於其他的關懷對象：如社會弱勢、政治亂象、生態環保等題材的形式技巧與意象境界，都是值得吾人更進一步加以研讀分析，探討箇中

---

[84] 見李漢偉：《台灣新詩的三種關懷》（臺北：駱駝出版社，1997 年），頁128。

內蘊。就向明而言，集寫詩、論詩、譯詩、編詩於一身，其在詩壇多年編輯詩刊的熱誠付出、詩藝詩境勇於突破的精進不已、指導詩作培育新秀的用心良苦、詩獎選才獎勵後進的不遺餘力、推廣詩學奔走演說的不辭辛勞，凡此種種得以明證，沉著耕耘、貢獻良多的向明，無疑是當今詩壇足資效法的典範。

參考書目

大荒，〈泛論詩與詩人〉，《創世紀雜誌》，第 29 期，1969 年 1 月。

古丁，〈論向明〉，《秋水詩刊》，第 9 期，1976 年 1 月。

向明，《雨天書》，臺北：藍星詩社，1959 年。

向明，《狼煙》，臺北：純文學出版社，1969 年。

向明，《青春的臉》，臺北：九歌出版社，1982 年。

向明，〈詩名繼海峯〉，《中華日報》，第 12 版，1983 年 10 月 29 日。

向明，〈讓我們各自爭奇鬥艷〉，《藍星詩頁雙月刊》，第 73 期，1984 年 4 月。

向明，〈找一扇窗〉，《創世紀雜誌》，第 72 期，1987 年 12 月。

向明，《水的回想》，臺北：九歌出版社，1988 年。

向明，《隨身的糾纏》，臺北：爾雅出版社，1994 年。

向明，《新詩五十問》，臺北：爾雅出版社，1997 年。

向明，《新詩後五十問》，臺北：爾雅出版社，1998 年。

向明，《向明·世紀詩選》，臺北：爾雅出版社，2000 年。

向明，《詩來詩往》，臺北：三民書局，2003 年。

向明,《三情隨筆》,臺北:秀威資訊科技,2004 年。

向明,《陽光顆粒》,臺北:爾雅出版社,2004 年。

向明,《我為詩狂》,臺北:三民書局,2005 年。

向明,《詩中天地寬》,臺北:臺灣商務印書館,2006 年。

宇文所安,《追憶:中國古典文學中的往事再現》,鄭學勤譯,臺
　　北:聯經出版社,2006 年。

辛鬱,〈從生活出發——淺談向明的「青春的臉」〉,《文訊月刊》,
　　第 2 期,1983 年 8 月。

沙穗,〈被面無語‧鐵砧有淚——談向明「世紀詩選」中的兩首
　　詩〉,《淡藍為美:藍星詩學》,2000 中秋號,2000 年 9 月。

李漢偉,《台灣新詩的三種關懷》,臺北:駱駝出版社,1997 年。

李進文,〈航向詩人:向明〉,《淡藍為美:藍星詩學》,2000 中秋
　　號,2000 年 9 月。

李翠瑛,《細讀新詩的掌紋》,臺北:萬卷樓圖書公司,2006 年。

亞理斯多德,《詩學》,上海:上海人民出版社,2005 年。

陶保璽,〈張望青春的臉,原是一隻老不折翼的風箏——對向明詩
　　作內蘊及藝術探索的掃描與賞鑒(下)〉,《淡藍為美:藍星詩
　　學》,2000 耶誕號,2000 年 12 月。

覃子豪,《論現代詩》,臺中:曾文出版社,1977 年。

童慶炳,《中國古代心理詩學與美學》,臺北:萬卷樓圖書公司,
　　1994 年。

落蒂,〈悲傷的旅人——評「水的回想」〉,《中華日報》,第 12 版,
　　1990 年 2 月 9 日。

董克勤,〈命中靈魂某個部位——讀向明的短詩〉,《淡藍為美:藍
　　星詩學》,2004 新春號,2004 年 3 月。

熊國華，〈平淡而有深趣——讀向明詩集「隨身的糾纏」〉，《台灣詩
　　學季刊》，第 11 期，1995 年 6 月。

鄭慧如，〈隱藏與揭露——論台灣新詩在文化認同中的世代屬性〉，
　　《台灣詩學季刊》，第 32 期，2000 年 9 月。

簡政珍，《放逐詩學——台灣放逐文學初探》，臺北：聯合文學，
　　2003 年。

簡政珍，《台灣現代詩美學》，臺北：揚智文化，2004 年。

蕭蕭，〈向明的詩與生活美學〉，《台灣詩學季刊》，第 11 期，1995
　　年 6 月。

蕭蕭，《台灣新詩美學》，臺北：爾雅出版社，2004 年。

蕭蕭，《現代詩學》，台北：東大圖書公司，2006 年。

身體、纏繞與互動
——從向明的童詩看文學時空的指向

夏婉雲
中華民國兒童文學學會理事

◆

一、引言

　　詩是向明（1928-）生命的道場，寫詩、評詩、講詩是他修行的方式，這其中有他老師覃子豪的影子，但向明做得更含蓄、更低調、更謙虛、也更徹底。覃子豪以壯年過世時，向明人在馬祖，[1]那是他生命中極大的遺憾，但他這一生所作的並不比覃子豪少，年到八十，他仍奮進不懈，甚至成為網路世界中「最老的年輕人」，上網下網，[2]為諸多愛詩人撥疑解惑、影響力擴及兩岸三地，從不知疲倦為何物。

　　當然，與向明同時代的詩人太多了，一九四九年兩百萬人跨海大遷徙時，那種特殊的、很難再有的「歷史時空」，使得諸多軍人和流亡學生因「物理時空」的巨變和隔絕，扭曲了、形變了他們的「心理時空」，進而催化形成了只有在那一代才

---

[1] 張默：〈好空的一方方陷阱〉一文，參見張氏所著《夢從樺樹上跌下來》，（臺北：爾雅出版社，1998年），頁47。

[2] 向明對網路的觀點可參見其〈詩人的新天地——網路〉一文，見向明所著《詩來詩往》，（臺北：三民書局 2003年），頁234。

有的特出的「文學時空」、「藝術時空」，作家、詩人、藝術家
輩出成了那詭異時空下，方能誕生的奇蹟。而那時向明自十幾
歲離家已多年，征戰陝西、內蒙、舟山群島地區，多次與死神
擦肩而過，他的土地經驗、戰爭體認是大陸來臺同輩詩人中除
了沙牧（本名呂松林，1928－1986）、文曉村（1928～）之外
最早的、磨難也最深的一位，何況在貧瘠的時代他早已與無線
電、通訊結了不解之緣，[3]那幾乎預告了「詩」在後來會成為
他向殘酷的命運發射的一通通「人生的無線電通訊」。由於他
離家極早，又經戰事多年的折磨，他企圖保有的童年形象、母
親的影子、家的感受也最迫切，他是他同時代詩人中除了楊喚
外，以童詩形式書寫童年的經驗和感受最多的一位。收在他一
九九七年出版的童詩集《螢火蟲》中第一首〈家〉[4]及其他四
首，均曾發表於 1956 年《藍星詩週刊》上，後來收於成人詩
集《雨天書》[5]中，另外此集中尚有多首寫童玩的詩作早已收
在一九九四年出版的成人詩集《隨身的糾纏》中，[6]因此那些
詩並不是為兒童寫的，就像他著名的朗誦詩〈仁愛路〉不是專
門為兒童寫的卻仍適合兒童朗誦一樣，[7]尤其他的那些童玩詩

---

[3] 關於這段「輝煌豐富的歲月」的簡述可參見向明〈詩的奮鬥〉一文，見
   其所著《我為詩狂》，（臺北：三民書局，2005 年），頁 213。

[4] 向明：《螢火蟲》，（臺北：三民書局，1995 年），頁 8。

[5] 向明：《雨天書》，（臺北市：藍星詩社，1959 年），另參見《向明‧世紀詩
   選》卷一，（臺北：爾雅出版社 2000 年），頁 3 至 9。

[6] 見本文第四節的討論，這些詩均參見向明：《隨身的糾纏》，（臺北市：爾
   雅出版社 1994 年）。

[7] 此詩多次在舞臺上由小學生演出，效果極佳，參見白靈「詩的聲光」網站
   的影片（http://www.ntut.edu.tw/~thchuang/s/index.htm），詩另見向
   明：《青春的臉》，（臺北市：九歌出版社，1982 年），頁 156。

對兒童仍有重大的啓示性，甚至可以說是老少咸宜的。

向明以他的身體，深刻地磨擦過他年少時的土地，那成了他終身「要跳脫」但又難以真正擺脫的「隨身的糾纏」，[8]後來那些土地、親人、和老家糾纏的影像分散、化身、轉移為諸多他身邊的老鄉和文學夥伴，他們由青年、中年、老年，始終相隨他左右，成了他的朋友和敵人——事實上也可看作他的「影子」或分身——使得他一生都得與之相互纏繞、分享、互動、和對抗，那恐怕也是他會從激烈的現代主義走向溫和的現代主義的理由、以及一生固守在詩的道場上奮戰不懈的原因。[9]而這種特殊「歷史時空」所營構出的「物理時空」、「心理時空」，必然有別於其他時代不同「指向」的「文學時空」，本文即擬單純以向明的童詩為例，說明詩如何會成為他再不可更替的生命道場，並試圖由時空角度、及與身體知覺纏繞互動的關係去理解童詩，以有別於過去採用虛實、意象、情景的分析方式。

二、向明童詩中的時空困境

(一) 從物理時空、心理時空、到文學時空

詩是文學的一種文體，文學又是藝術的一類，但藝術或文學的「時空」究竟比生活或歷史的「時空」更接近真實或更脫離現實，自古以來即是一個不斷向兩頭擺盪的問題。有時社會

---

8 向明：〈跳繩〉一詩中的句子，參見《隨身的糾纏》，頁 37。
9 向明：《我為詩狂》，頁 217。

潮流因「時空」轉變而向現實主義（包括寫實主義／自然主義
／古典主義）靠攏，下一個不同的「時空」可能又向浪漫主義
（包括象徵主義／現代主義）盪過去。前者注重再現、客觀、
或寫實，或甚至強調「為人生而藝術」、要對社會發生教化作
用；後者注重表現、主觀、或虛幻，主張「為藝術而藝術」的
美學表現形式。兩頭擺盪的原因其實皆與「政治時空一再變
化」有關。

　　而在詩中，「時空」一詞其實正可融合過去詩理論中常論
及的虛實、情景、意象等詞彙，即使「世界上最難使之『屈
服』的東西，莫過於時空」（方勵之）[10]。在過去，中西方的
天文學、哲學、玄學、文學、宗教因研究「時空」而偉大，在
現代，近代的物理學、天文學、數學、光電學、奈米科學、心
理學更因研究或至大或至小的「時空」而進步。諾貝爾物理學
獎得主理察·費曼（RichardP.Feynman）博士在四十七年前
（1959 年）即預言可濃縮四十冊大英百科全書於一根針頭，這
豈不是早已預言至大時空微縮於至小的可能？[11]也因此，現代
的繪畫、視覺藝術、電影、建築，都間接直接要在時間和空間
上加以探索，而文學（包括童詩）的研究，也將終因加入時空
學而豐盛龐大。

---

[10]　方勵之：《宇宙的創生》，（臺北：亞東書局，1988 年初版），頁 191-192。
[11]　楊龍傑〈微小世界與微機械〉，（《科學月刊》，1999 年 3 月，第 351 期），
　　　頁 190-197。本文以理察·費曼的演講切入微小世界與微機械的課題，並
　　　依序闡述為何變小的理由、如何變小的工藝技術（room at the bottom），其
　　　中以大英百科全書全給寫在一根針頭上之例為開始，陸續揭示了超微電子
　　　顯微鏡、微小計算機、微小工廠、原子重組等縮小化微小世界的理念。以
　　　及何物變小的研發實例，最後以「小至何境？」作為文章的總結。

　　由於我們永不能越過自身的認知條件而妄言能對「客觀時空」、或「客觀世界」、「客觀宇宙」（亦即「時空自身」、「世界自身」、「宇宙自身」）有任何真正的掌握，亦即永不可能排除其他觀察條件或主觀的介入。因此，談論中的「時空」、「世界」、「宇宙」，只能代表某一種觀點。「時空」「世界」、「宇宙」本來就不是一可清楚地標明的對象，而是人於認識當前的對象事物時必須設定的界域。然而我們的感官祇能認知具體事物以及事物間的空間關係，但卻不能認知空間本身。空間自體是無形無狀的空虛的存在，感官絕不能認知如此空虛空間。物理學考察的空間應限定於具體的物理相對空間，心理空間又是有賴身體置身生物空間乃至物理空間。至於時間知覺，我們也不具有能認知時間的特有感官，只得依據具體事象的變化過程來認知時間的繼起關係。時間知覺祇是限定於如此事象間的時間關係，並無法認知時間本身。因此時間自體相較於空間自體更為空虛，心理時間自當依賴於這種相對時間。因此我們談論所謂「時空」時不外是一種「時空觀」，而非時空自身。雖然如此抽象，但從人的眼中卻又必須要「看」出一個「世界」、「宇宙」、和「時空」，即因「如此生活內容才有『定向』，生命才具有『意義』」。 [12] 且由於心理因素的主觀性的介入，其相對性的多樣相就更加複雜。因此，物理事物或心理事象介在於其間的空間關係與時間關係就均成為相對性的。其間的關係或可如表一所示：

---

[12] 關子尹：〈宇宙、世界和世界觀〉一文，見陳天機、許倬雲、關子尹主編：《系統視野與宇宙人生》，（香港：商務印書館，1999 年），頁 46-47。

表一、客觀時空與主觀時空的相對性[13]

客觀時空 （主要是空間）	物質 （含能量）	物理時空	為天文時空的基礎	自然界	相對地為實有時空
主觀時空 （主要是時間）	精神 （含意識）	心理時空	為人文時空的基礎	人文界	相對地為虛無時空

　　然而畢竟藝術或文學涉及的時空不等於現實生活的時空，現實與物理世界或物理時空有關，藝術文學則是由客觀的物理時空（事、物／多與自然和社會活動有關）獲得印象後進入內在主觀的情感或理性思維中，先形成心理時空的一些累積。而一旦企圖將上述由感覺活動到心理活動，以詩文表現時，才有所謂的表現活動可言。[14]此時即會將物理時空與心理時空的各種體認、知覺等予以整理，透過想像、和藝術手法表現成詩文，此詩文的時空顯然已不同於原來未經轉換或處理的心理時空內涵、或原初在物理時空所獲得的經驗，它們之間的進程或許可以如下表二予以說明：

表二、創作的感覺、心理、表現活動的過程表[15]

創作過程：感覺活動 ⟶ 心理活動 ⟶ 表現活動

　　　　　（物理時空）　　（心理時空）　　（文學時空）

---

[13] 參考曾霄容：《時空論》，（青文出版社 1971 年 3 月），頁 436-437。另行整理。

[14] 參考白靈：《一首詩的玩法》，（臺北：九歌出版社，2004 年 9 月），頁 24。

[15] 本表參考白靈：〈宇宙大腦的一點燐火——瘂弦詩中的神性與魔性〉，（瘂弦與二十世紀華文文學研討會），（香港大學中文系、武漢大學文學院合辦），2005 年 7 月 4 日於湖南武漢。頁 14，並加入時空說法，另行重製。

詩			
象（景、實）		意（情、虛）	
事	物	情	理
感覺活動		心理活動	
客觀		主觀	
偏向物理世界（物理時空）		偏向心理世界（心理時空）	
以此為主時偏向再現說		以此為主時偏向表現說	
強調為人生而藝術		強調為藝術而藝術	
偏向現實主義（社會）／自然主義（自然）		偏向浪漫主義／象徵主義／現代主義（個人）	
表現活動			
文學時空			
出入於「物理時空」與「心理時空」之間			

　　每個人都會在自身所處的物理時空（自然／社會）中生活，且也都會慢慢建構出自身的心理時空（個人），有時因所受教育、文化薰陶不同、經歷、年紀、與天資也人人有異，因此其心理世界（時空）也都難以相互揣測，這也可看出藝術文學存在的必要性。正是因個人其他諸如想像力、創造力、藝術手法的差異，所以歷經幾千年，我們仍可透過文學作品建構的時空一窺他人在物理時空的閱歷和經驗、他內在心理時空的差異、和轉換成文學時空時手腕的優勝之處。

（二）向明的成人詩也可以是童詩的原因

　　比如以向明童詩集《螢火蟲》的第一首詩〈家〉為例——那也是他寫得極早的一首童詩[16]——即可看出他一生的、也是

---

[16] 同註 4。

他那一代人最大的「時空困境」：

〈家〉

　　星星的眼精永遠不會疲倦，
　　因為它有白晝的溫床。

　　流水唱著甜甜的歌，
　　它正趕赴大海母親的召喚。

　　風這流浪漢最悲哀，
　　爬山涉水的亂跑
　　家卻丟在相反的方向。

引言中已說明向明此詩一起初並非為兒童寫的，且早已發表於
1956 年，其原貌為四句：

〈家〉

　　星星的眼精永遠不會<u>疲憊</u>，因為它有白晝的溫床
　　流水<u>的歌最甜</u>，<u>她</u>正趕赴大海母親的召喚

　　風這流浪漢最悲哀了

　　爬山越水的亂跑，故居卻丟在相反的方向。[17]

　　兩者意思全同，只將文詞改得更適應兒童的口語，但童詩的
「家」的形象似乎更突顯。而向明在四十年後所以將之歸為他
1997 年出版的童詩集的第一首，顯然有感於「家」對於兒童
成長的重要意涵，並提醒兒童有「家」是多麼幸福的事，尤其
離開「母親」就會如同離開「愛之本源」那樣的痛楚，而那正
是他一生最深刻、再也無可取代的感受。當然兒童不見得能體
會這許多，尤其更難明白向明當年寫此詩的時空背景和避免落
入政治指摘而必須採取的象徵隱喻，但詩中多層次的時空因數
卻讓向明此詩即使事隔五十年仍可熠熠發光。

　　詩中的關鍵句是「家卻丟在相反的方向」，渴望的是「趕
赴母親的召喚」，對向明而言是事實的陳述，是親身宛如流浪
漢般的浪跡海角天涯；對兒童而言此處卻可能成了一個疑問句
和勾起他們的好奇心：「哪裏是風的家？」由於隱喻遂產生了
歧義，作者真正關心的是有所假託的喻依（流浪漢／我；是特
殊歷史時空下必須隱藏的假託），兒童關心卻是自然事物來源
的喻旨（風），於是二者對「家」的理解乃有了差異：一是流
浪漢的來處，一是自然事物的來處；然而兒童對「家」的觀念
顯然會因間接地對流浪漢的進一步體會而鞏固，於是此詩成為
童詩的疑惑（風的家在何方？）和可能（凡事皆有起源，風的
形成亦然，尤其大型的颱風或颶風），或可因得到兒童的好奇
心之被勾起（包括前四句）而獲得化解。

---

[17]　向明：《向明·世紀詩選》，頁 7。

　　此詩分三段，第一段寫天，第二段寫地（海），它們均有所倚靠，星星白天睡溫暖的床，因此夜晚醒來睜眼不會疲倦，流水奔向大海歸處，因此敢唱甜甜的歌；第三段寫天地之間無所倚靠的風＝流浪漢＝隱藏的作者（"＝"代表二者有內在聯繫而非相等），因無所歸依而備感悲哀，爬山涉水，離家越來越遠。「家」在此詩中成了「可靠性」「可依賴」的事物，這其中，家＝母親＝溫暖的床＝甜甜的歌＝不會疲倦，它是物理時空（眼睛、床、歌、流水、海）與心理時空（「永不」疲倦、唱、召喚、悲哀）相互聯繫之處。因為「家」是最能夠讓人信賴之空間，也是我們「用」得最頻繁之處所，「在家」的感覺會讓人感覺舒適，即因其可依可賴的「可靠性」，反之若是感覺不舒適，即因其不可靠；而能令人信賴之事物，才能使我們與事物打交道時自由地活動。

　　海德格（Martin Heidegger，1889～1976）認為此種「可靠性」[18]的基礎是因其存在於一廣大「界域」的「世界」之中，也可說是聯結了各種事物的「時空感」，乃至即後來梅洛–龐蒂（Maurice Merleau-Ponty，1908-1961）所說的「空間的情境化」（包含了時間的內在意識延伸）[19]。海德格其意是說，任何世上之事物或用具皆非單獨孤立的存在於物理時空中，而是「互有因緣」的，「相互指引」的，亦即彼此之間存在一種內部的聯繫。比如釘子與鐵錘、鐵錘與錘打、錘打又與修繕互有因

---

[18]　海德格：《林中路》（Holzwege）（孫周興譯），（上海：譯文出版社 2004年），頁 19。

[19]　參見夏婉雲：〈當下、空間情境化與童詩寫作〉一文中的討論，見《台灣詩學學刊》第 8 期，2006 年 11 月，頁 156-157。

緣，修繕又與屋子、屋子與家互有因緣，一如此詩中的「家」
是與上述諸多其他「互有因緣」的存在（如床、眼睛、母親、
流浪漢）而存在的。這種「家」與看不見之感受（此詩中之
「永不」疲倦、溫暖、甜甜）的彼此「內在聯繫」（存在於直觀
式的心理時空中，是身體所知覺出的，尤其是觸覺和運動
覺），實際上就構成我們生活的「界域」。因此，我們對「家」
（此處是抽象的用具）的「信賴」之依據並不在家屋本身，而
在作為可「內在聯繫」之「界域」的世界中。亦即事物的自在
存在（具體如一般器物，抽象的如家）必須於「世界」中發生
運動（梅洛-龐蒂稱為身體與之共存、或纏繞與互動）中獲得
其意義的。而此運動或互動的顯現又都必須在「天／地」兩大
世界區域中進行的，一如此詩中之星星／白晝／夜（天）與流
水／大海（地）。這兩大區域是始終處於既顯又隱、既對抗又
共屬的交互運動中，此詩中即表現在夜／日、流水／海、風／
山水的相互運動關係中，而這就是事物（包含家）能自在自持
地存在的依據。「物」（包含家、故居、風、流浪漢）既然存在
於「天地之爭（互動、纏繞、運動）」中，就只有借助於藝術
或「作品」將此「運動的過程」宛如當下發生似地固定下來，
才能夠認識其存在；[20]且不僅用具（包括屋、家）的存在要通
過藝術作品方易得到體驗，一般物之存在（如此詩中的星、
河、海、風）也須借助於作品方能為我們所體驗。

　　向明諸多的童詩也都是他成人詩的移轉或化妝，其中充滿
了自少離家後對家和原鄉深切的渴望，那宛如人子渴望回到母

---

[20]　參見海德格：《林中路》，頁 37-45。

親懷抱的心境，成了他創作最大的源泉和動力，加上身體打滾
過的大地景象事物人影糾纏他一生，那種欲反哺而不可得的感
受使其赤子情懷自動延伸至自身都難以明白的層次，他在五十
歲時寫了一首他媽媽才聽得懂的詩作〈懷念媽媽〉，極為童言
童語：「什麼事／都想告訴媽媽──／昨夜著涼了／鞋子有點
打腳／老闆誇我好／頭髮一梳就掉一大把／／什麼事／都是媽
媽教的──／吃飯要端碗／走路不哈腰／常想別人好／切莫說
大話／／從五歲活到了五十歲／什麼事都想告訴媽媽／記得媽
媽說的每一句話／永遠也少不了媽媽／還沒有發現／誰可以代
替媽媽」，[21]此詩清晰明朗，卻是痛澈心扉的感受，寫的是十
五、六歲之後離鄉背井、此後再也沒見過母親的中年人心境，
是向明個人的、卻也是那整個世代數百萬人的心境，而此種一
生的隱痛是後幾代人很難明白的、永遠也難以明白的。

（三）向明童詩中展現的時空困境

向明及那一代人，即因被迫背離他們「可靠的」家，此事
物的喪失，代表的是人與其兒童至年少「內在聯繫」的世界界
域的完全背離，亦即身體與其最倚賴、與之纏繞、互動的世界
的全然抽離，此體驗在五、六〇年代那政治檢查無所不在的白
色恐怖時代，若非借境天與地之間相互運動的關係又如何得以
抒發？而〈家〉一詩中的時空變化正應和著向明少小離家老大
仍回不了的心境：

---

[21] 向明：《詩來詩往》，頁215。

靜態時空（時間慢）──▶ 動態、融洽的時空（時間加快）──▶時空變化難捉摸（時間更快）

（星夜／白晝；在家／和諧） （流水／大海；想家／意欲和諧） （風／山水；有家難回／和諧的翻轉）

　　前兩段和諧的物理和心理時空（空間情境上身體可與之纏繞互動）進入第三段後，即翻轉為難料難捉摸的物理和心理時空（進入內在時間意識的纏繞互動、和想脫離糾纏的矛盾中），此種和諧的翻轉所產生的「時空困境」，對作者向明及那一整代人而言，結果只有像封存於甕中的米開始發酵，痛苦地發酵，此後在作者自我建構的「文學時空」中成功地轉化成酒，要不就是任其在時空中慢慢凋零、老去、腐壞。

　　而這首詩能成功地成為老少咸宜的一首成人詩和童詩的原因，即是從不同方向──對兒童是自然物理時空現象造成的趣味性、對成人而言是心理時空保有安全的困難－－均可觸及對「家」之「可靠性」的感受，最終是對「家」營構的世界界域或時空感有了嶄新的體驗，向明個別的命運在此詩的「文學時空」中成功地展現了那一代人的時空困境，卻也同時獲得兒童更普遍地對天地風（風代表人）三者互動的體認、使其對自然事物更貼近地觀察，比如星夜與白晝的關係、流水與大海的關係、風與山水的關係及形成的原因等等，接著才是主旨家、及與之相連繫的床、母親、流浪漢、溫暖、甜甜、悲哀等的進一步體認，但那並非向明創作此詩的原有路徑，向明在 1957 年寫此詩時是寫他在那當下的悲哀感和對政治檢驗的規避，這與很多成人的童詩則是借回憶童年、或觀察其他兒童而創作有很

大差異，因此向明此作不能不說是童詩寫作的一項奇蹟。而底下將持續討論的他的其他童詩多少都帶有這種特殊時空困境下才會產生的特質，這與其他成人的童詩與特殊歷史時空經常脫離，有很大的區隔。

三、向明童詩時空中的影子哲學

（一）公共時空與人為時空的交光互攝

文學建構的時空是與生活的物理時空、和感應的心理時空相互糾纏不清的，但表現為作品時不見得會將其所處的歷史時空含括於內。龔鵬程認為若將文學與歷史相比，則它們「最主要的差別，在於它們的時空觀念並不相同」[22]。他說歷史形象必須建立在時間空間的座標上，而歷史時空「是一個公共的、自然的時空，而且，也是唯一的，不可改變亦不可替代」[23]，他說的是歷史時空的不可逆性。而文學作品中的事實，則被安排在「一個特殊的人造時空——作品——中，在這個時空裡，時間與空間是獨立自存的……它其中的事件，可以自為因果，自為起始與結束」[24]，他說的「文學時空」被具體呈現在作品中，卻是「人造的」——可與歷史現實時空不同、勇於不同、獨立自存，「自為因果」、即不怕誰畏懼誰地呈露於世。他又說：「如果作者又有意識地將它在實際公共時空中的感受和經

---

[22] 龔鵬程：《文學散步》，（臺北：漢光出版社印行，1985 年），頁 168。
[23] 同上註。
[24] 同上註。

驗，放入其中時，它就變成了公共時空與人為時空的交光互攝，既成就了文學創作，也顯示了歷史中人的活動，所以，反而彰顯了歷史的意義。」[25]他強調的「交光互攝」，顯然不是單指個人心理時空的勇於表現，更彰揚了「文學時空」中也可以、更應該一部分再現「歷史（社會）時空」中被遮掩、欺瞞、矯飾、乃致人人懼怕的真相。否則在「物理時空」中的現實世界中仍有「非本真的」事實無法以真相存在，真相被控制在某些人手上，無法還原，遂形成人的侷限、無力、和麵對生命的「萬古愁」和渺茫感。這意義就在於「文學時空」不只是「美」，也應不忘卻「真」和「善」。亦即如本文第二節表二所顯示的，表現活動時，「文學時空」除了應自由出入於「物理時空」與「心理時空」之間，曼妙的結合二者，而若能同時達到「公共時空與人為時空的交光互攝」自是更具時代意義了。

但亞里斯多德似乎沒有龔鵬程那樣樂觀認為有「交光互攝」的可能，他只是平實地認為：「藝術並不是像歷史學家那樣敘述已經發生的事情，而是敘述可能發生的事情」。[26]此即他在《詩學》所說的「已經發生的事情」多半只是「個別的、偶然的」，「可能（或然）發生」或「必然發生」的事情，才更具普遍性。所以亞裏斯多德相信「詩偏重於敘述一般，歷史則偏重於敘述個別」，[27]個別則不易再發生，不可逆性，故無參考價值；一般，則可能再發生，則具可逆性、循環性、具參考

---

25 龔鵬程：《文學散步》，頁168-169。

26 亞里斯多德：《論詩》（即《詩學》一書），（臺北：臺北：慧明文化事業有限公司，2001年12月），頁30。

27 同上註。

價值；他又說，即使詩人選用歷史題材，也會從中挖掘「符合或然律（可能性）或必然律的事情」——只有這樣，才成其為詩人或者「創造者」。因此他才會說：

> 為了詩的效果，一件雖然不可能，但卻令人相信的事優
> 於一件雖然可能，但卻不讓人相信的事。……因為典型
> 應當高於現實。[28]

亞里斯多德得出了不同於柏拉圖摹仿說的結論，亦即：藝術不僅可以表現真理，而且詩比歷史更為真實。這個「文學時空」所展現的真實，一方面呼應了「物理世界」中未來的可能性、也呼應了「心理世界」普遍人性的真實本質。已然之事不必可再得，未然和將然之事只要是人性之渴望、想像之所及，符合或然律和必然率，無不可入於「文學時空」之中，則亞里斯多德顯然已使文學具有了各種可能的超越性了。然而龔鵬程上述「公共時空與人為時空的交光互攝」——亦即莫忽視歷史籠罩在個人身上的陰影——未嘗不可視為詩人表現共相與殊相均能無所不能的一大考驗。

（二）向明童詩中歷史時空的影子

向明除了前節所引童詩〈家〉隱含有特殊歷史時空驅迫其流浪的影子，在很多詩中亦隱藏了這樣的陰影。由於 1949 年翻轉了幾百萬人的物理和心理時空，使其前後的時空斷裂、而

---

[28] 同上註，頁 59。

無法聯繫（「把家丟在相反的方向」），心境痛苦不堪，亟欲一
抒胸悶為快，但詩人寫這樣的感覺時卻迫於政治陰逼搜查，必
須改以象徵暗示的方式呈現，比如與〈家〉同一時間（1956
年2月）發表的成人詩〈車〉、〈燈〉說的都是那特殊時空下的
困境與自救，他是借著歷史時空的影子來指責歷史的。比如
〈車〉：「通往花穀物欄柵被看守者的頑固落鎖了／幸福的窄門
卻又與我的體積成反比／／於是這車便有著誤落盆底的甲蟲的
困惑了／有著兜不完的圈子，有著爬不過的陡峭」，[29] 或比如
〈燈〉：「窗外悄來的夜色把我的憤怒逼燃了／擁一木屋我有透
視宇宙的目力／／你渺小的燭光不要哭泣呀／在另個星系　我
們是視為同體的」，[30] 兩詩中的「看守者」、「夜色」皆與那當
下的歷史時空的翻轉和壓抑有關，於是車成了蟲、透視宇宙目
力的只是渺小的燭光；前一詩寫困境如在盆底，後一者寫內在
的目力仍可抵擋漆黑夜色對燭火的圍剿。而底下表三所列的幾
首童詩也皆是 1956 年同一時期成人詩的小幅度改動（為了適
應兒童的語言程度），其原作也都隱含著借著歷史時空的影子
來指責歷史的元素，但在童詩中此歷史時空的影子顯然淡了許
多，但畢竟仍躺在那裏，不能視而不見，它們是「公共時空與
人為時空的交光互攝」下故意「打淡」或「使之轉彎」後的產
物：

---

[29] 向明：《向明・世紀詩選》，頁 5。
[30] 同上註，頁 4。

表三、向明童詩與成人詩比較舉例

成人詩原作（均四行；皆發表於 1956 年）	童詩形式（皆出版於 1997 年）	時空關係
〈窗〉[31] 孤立於土牆上的窗是懷念者呆意的嘴 不喚住雍容華貴的雲，不招呼披著誘惑長髮的雨 煩躁時，它把鄰家解意的笛音迎過來 高興時，它把心靈的口哨吹出去。	〈窗〉[32] 高踞在土牆上的窗，像小哥哥那張呆呆的嘴， 招不來雍容華貴的雲， 喚不住披著誘惑長髮的雨。 煩躁時， 它把鄰家美妙的笛聲迎過來。 高興時， 它把心靈的口哨吹出去。	成人詩原作的「窗」是移動不了的時空困境，末兩句是自我解脫的方式。此處窗＝嘴＝懷念者＝孤立＝呆意，較接近懷鄉情境，「不喚住」「不招呼」是主動的對翻轉後時空環境誘惑的推拒。童詩則較接近兒童對兄長戀愛心境的描述，「招不來」「喚不住」是被動的失意。甚具趣味性。
〈門〉[33] 讓可憐的盆景驕傲室內的優遇吧 種子的兩頁綠扉是要開向風雨的 關不住的呀！當歌鳥輕啄銅環的時候	〈種子〉[34] 讓嬌貴的盆景， 享受室內的舒適吧！ 種子的兩扇綠扉， 是要迎向風雨的 關不住的呀！ 當歌鳥喚醒黎明的時	成人詩是對「門」的渴望，以及被「關住」的反抗，表面批判「可憐的盆景」，像是別人的時空困境，卻也是自身亟欲避免的寫照，可看作自我救贖的自勉語。

---

[31] 同上註，頁 6。

[32] 向明：《螢火蟲》，頁 10。

[33] 向明：《向明·世紀詩選》，頁 3。

[34] 向明：《螢火蟲》，頁 13。

成人詩原作（均四行；皆發表於 1956 年）	童詩形式（皆出版於 1997 年）	時空關係
關不住的呀！當春雷吆喝起程的時候	候。 關不住的呀！ 當春雷吆喝起程的時候	童詩則鼓舞性很強，尤其第二、六行的童語反不如原作有創意，且原作的「門」比後來的「種子」更具時空隱喻性。
〈筆〉[35] 不是牧鞭，揮不來牧羊女<u>銀鈴的淺笑</u> 不是蘆笛，和不上<u>秋天悲哀的交響</u> <u>冰泠的木屋裏筆是一支銀亮的燭光</u> 把自大的夜趕出去，把角落裏<u>小蟲的</u> 意志點亮	〈我的筆〉[36] 不是<u>長長的</u>牧鞭，揮不來牧羊女<u>銀鈴般的笑聲</u>。 不是<u>短短的</u>蘆笛，和不上<u>秋蟲們</u>悲哀的交響。 <u>小小的書房裏</u>，筆是一支銀亮的燭光。 把自大的夜趕出去。 把角落裏<u>渺小的我</u>，意志點亮。	成人詩「冰冷的木屋」、「小蟲的意志」才是原意，是被有如「自大的夜」之時空壓制下的心境。前兩句的牧鞭、牧羊女、蘆笛之體驗也是其身體所親臨，但對臺灣的兒童可能有隔閡，對大陸兒童則或不會。
〈釋〉[37] 貼金的讚美不要，風可將它腐蝕 <u>摻色的頌歌不要，時間會將它遺忘</u>	〈工匠〉[38] 貼金的讚美不要，風可將它腐蝕 <u>假意的</u>頌歌不要，	成人詩是在時空困境下對自我身分卑微但能有風骨的自勉。「沒有夢過」表示連潛意識都能自我肯

---

[35] 向明：《向明・世紀詩選》，頁 8。

[36] 向明：《螢火蟲》，頁 14。

[37] 向明：《向明・世紀詩選》，頁 9。

[38] 向明：《螢火蟲》，頁 16。

成人詩原作（均四行；皆發表於 1956 年）	童詩形式（皆出版於 1997 年）	時空關係
帶繭的粗手沒有夢過<u>女王的親吻</u> 偉大的建造裡，我是一名默默的工匠	時間會將它遺忘 帶繭的粗手， 沒有夢過<u>天使</u>的親吻 偉大的建造裡， 我是一名默默的工匠	定。題旨「釋」有「釋懷」、「自我詮釋」而不假手他人的讚美」、乃至「自我釋放」之意。童詩則有勉勵兒童甘於平凡但需建構自我特色的鼓舞特質。

　　上四首成人詩中都有困境中欲自求出口之意，而且能動力都沒有很大，幾乎是靜態的，均是以小抗大的，比如以「窗」對「土牆」、以「種子兩頁綠扉」對「風雨」、以「筆」對「冰冷的木屋」、以「工匠」對「風」、「時間」、「女王」、「偉大的建造」，是時空困局中的自我拯救形式，無力而無奈的自我拯救形式，此特質在後來的不同時空中當然也可轉而視為自我審視人生行徑方式的詩作品。但如果明白此特質有其歷史時空意義時，對讀者閱讀的感受應該是多添上一層次的，即使在童詩中亦然。

（三）身體與影子的糾纏互動

　　筆者在〈當下、空間情境化與童詩寫作〉一文中，曾提及現象學家梅洛-龐蒂特別注意到兒童的自我與他人互相「存在着一種內部的聯繫」，且也只有兒童保留了最多的「無名的集體性」、或混同特質，而脫離此特質即是試圖去「區分自我與他人」，但此種區分卻「永不可能充分完成」，此特質的逐步

喪失即是天真的喪失、創造力的失落、和社會化的開始。[39]而由於多數與向明同一批來臺的詩人多在年少時期，面對的是相近的歷史時空、相同的物理時空的隔絕與斷裂、相像地皆沉浸在有家回不得的廣大鄉愁營構出的心理時空中，他們彼此之間遂有了一種命運同悲同哀的「內在的聯繫」、「無名的集體性」、和始終處於無以脫離、拉開此岸與彼岸的夢境之中，那是「永不可能完成」區分的糾纏與矛盾。整片大陸的土地遂成了他們「無名的集體性」的共同根源、似真似幻的夢境，而老家，他們誕生的家屋，此後在時間的內在意識中延伸，成為他們創作的最大動力。

加斯東・巴舍拉（Gaston Bachelard，1884～1962）認為：

> 我們誕生的家屋，並輕只是讓一個居所有了身體（活了），它也是讓種種的夢有了身體，它的每一個角落都是做日夢的棲息處——，既使這棟家屋消失後，這些價值仍留存下來。無聊的、孤寂的、日夢的集中地，綉流為一，形構出夢的家屋。[40]

沒錯，1949 年後整片大陸形構出他們龐大「夢的家屋」，舉凡他們兒童至年少身體知覺觸及過的，均影子似跟隨他們，相互糾葛。童年家屋的一點一滴即是他們夢的寄託，梅洛—龐蒂即說身體的知覺是藝術創造的關鍵，它是理性介入前的所謂

---

[39] 同註 19。

[40] 加斯東・巴舍拉：《空間詩學》》（The Poetics of Space），（臺北：張老師月刊社，2002 年 9 月），頁 137-139。

「前理解」區域，因為它可直觀地將向明等人在兒童至年少那
一大堆「可見的」知覺轉換為「不可見的」的存在而存入身體
中，藝術創造時又把此「不可見的」轉換為「可見的」作
品。[41]而具有那種感受的每一具身體（同時期來臺的親朋好
友）也都化為那夢境的影子，踩踏在臺灣這座島上，在時空中
綿延流動，彼此面對面時，就宛如看見彼此的分身和影子，那
種身體與影子的糾纏互動、相抗、既相斥又相吸的矛盾心理，
持續他們一生。向明在不少童詩中表現了這些影子的威脅，尤
其是在相同歷史時空背景下一起成長、一起寫詩的詩人，對向
明而言，那些人亦敵亦友、是他亟欲擺脫的又擺脫不了過去的
影子。比如在成人詩〈影子〉一詩中他寫：「永遠跟著別人／
一步／一趨的／絕非磊落的好漢／／有種的／就站出來／曝
光」[42]，這其中「隨身糾纏」的不只是影子而已，而似是意有
所指，其中「一步一趨」四字是關鍵，此詞也可寫成「亦步亦
趨」，用以形容事事仿傚或追隨別人的人，此小詩有不願他人
緊纏不休，其實亦隱含脫身而去、能從此輕鬆自在自如之意。
而到了童詩同名〈影子〉一詩時，則成了：

　　〈影子〉
　　我走一步，
　　他也走一步

---

[41] 王岳川：《現象學與解釋學文論》，（山東：山東教育出版社，1999 年），
頁 106。

[42] 向明：《陽光顆粒》，（臺北：爾雅出版社，2004 年），頁 204。

我跳一下，
他也跳一下。

我站在那裡唱歌，
他也站在那裡，
咿咿啞啞。

好討厭呵！
他總是有樣學樣。

好沒個性！
總是躲躲藏藏。
好奇怪呵！
他總是不敢站出來，
給大家看看。[43]

　　此詩改以一至三段的戲劇化動作呈現，反而童趣橫生，有
回到真正地面影子的效果，而四、五兩段則保留了原成人詩的
諷刺意味，也有自我警戒、希望能拉開彼此距離，從此輕盈而
去的味道。這種想自身體與影子的糾纏互動脫離的心境，還可
以另一首寫「比高」的成人詩看出：「翻過峰頂的一朵雲／一
眨眼就無聊的飄走了／／他大概不想跟誰／更無聊的比高」，
這「一朵雲」有自況意味，詩中的「誰」是來糾纏要與他較勁

---

[43] 向明：《螢火蟲》，頁28。

的人，雲已夠高，不必再與誰互比，於是甚覺無聊地飄走了。

此四句後來再度轉化為童詩時反而更有深意：

〈比高〉
一株小草想，
拼命往上長吧，
長到超過一叢野菊的高度。

一叢野菊想，
拼命抽枝開花吧，
開到超過一根藤蔓的高度。

一根藤蔓想，
拼命往上攀爬吧，
爬到超過一棵松樹的高度。

一棵松樹想，
拼命伸長枝幹吧，
伸到超過一座山丘的高度。

一座山丘想，
拼命弓起背脊吧，
弓起超過天上星星的高度。

而天上的星星眨著眼睛說：

高高在上好冷呵！
如果我只有，
一株小草的
高度。[44]

　　此詩在空間的拓展上以高度為主，由小草而菊而藤而松而山而星，視野和涵蓋面也隨著期望而擴大，所需的時間顯然也逐漸更為漫長、甚至在可能性上趨於虛擬和虛幻。如此把好高騖遠的人性特質，借諸物欲在時空中有所變化的心態以戲劇性偕擬方式展現，可說發揮得淋漓盡致。尤其末尾更是一大反諷，把高處不勝寒的孤獨無依以強烈的天上與地下的對比予以呈現，更何況天地間高度只是如時空般地處於一相對性的運動關係，並無絕對性差異可言，比的「高」（高雅、高貴、或本領，又可能暗指詩藝或成就）看似當下空間占據的上下範疇（人氣、知名度），實則時間的主動選擇更為恐怖（歷史過程的淘汰，且有幸與不幸、機運亦一因素），非一時的「高度」（當代的論評）可決斷，因此其意義性不是一成不變的。此詩借時空的相對性寫出人性愛憎、互相較勁的可笑和可憫，卻以童詩方式表現時，反較原成人詩成功許多，如果說童詩是向明成人詩的影子，則此詩影子的表現還勝出原成人詩不少，其成功可能在能否擺脫過度隨身的糾纏、而更為輕盈自在的關係；上述〈影子〉一詩亦有此傾向。

---

[44]　向明：《螢火蟲》，頁 30。

四、向明童詩中的文學時空指向

(一)文學（含童詩）時空與身體知覺的位置

文學建構的時空有賴真實生活的時空座標做為出發點，再倚靠個人才具予以轉換（超脫／錯綜／變形）、擴大（空間）或拉長（時間），但它要達到的並不是生活局部的真實，而是要經過綜合概括，反映生活整體的真實。此種綜合、概括、反映的本領若無身體知覺做為這一切的基砥，則其意識的意向性也不可能將諸種時空中的事物予以涵蓋。因此此一路徑即是一種對自我與時空互動的自覺過程。

宇宙中的物質（包括能量）經由因緣際會到發展出生命，再由生命發展出生物的意識，進而由「意識的自覺」（「意識到自己」之意識）發展到「精神」；此「精神」不僅成為意識的自覺，亦可視為對物質本身的自覺，乃至身體知覺在天地時空中運動的自覺。此「精神」不僅能夠回溯到物質發生之根源的虛無時空（無盡的宇宙時空），此「精神」還能夠回溯「物質」發展到「意識」、再到「精神」本身的路徑。於是可說，精神乃宇宙的一種自覺方式，「宇宙發展史」亦則可視為「宇宙自覺的發展史」。[45]則由物質、到生命、到意識、到精神（現象學認為融合了肉身）的關係，可說是各種時空的演進過程，如表四：

---

[45] 曾霄容：《時空論》，頁 405。

表四：從物質、生命、意識到精神的關係表

物質──→ 生命──→ 意識──→ 精神（現象學認為融合了肉身）

（天文時空／ （生物時空）（心理學時空） （文學時空／宗教時空／哲學時空）
物理時空）

就自然、社會、個人的三角關係來看，「自然」包含了「天文時空」、「物理時空」、與「生物時空」，「社會」包含了「歷史時空」，「個人」則包含「心理時空」。而含攝以上各種時空的則純理性是「哲學時空」，含攝以感性為主的是「宗教時空」、「藝術時空」，感知合一但又稍偏重感性的是「文學時空」。因此現代文學時空（含童詩的時空）在宇宙時空與文化時空發展路徑中的位置，可以下列圖一看出其衍變和關係：[46]

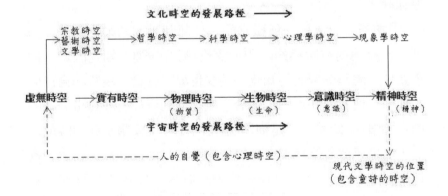

圖一：文學（含童詩）時空在宇宙時空與文化時空發展
路徑中的位置

---

[46] 同上註，參考頁 215-493 的討論，自行製作。

　　圖一展現了人類由「不自覺」的文化時空是由最早的各種宗教（神話）、藝術、文學不分的人與宇宙處於混沌同一中起身（即前述無名的集體性），慢慢地試圖區分自身與他者（在科學則是地球與天體的關係），在科學逐漸發達時代，將各部分自全體逐漸分離出去，以為可以透過理性掌持、理解一切（那就像自以為地球是宇宙中最進步的天體），其後在對宇宙時空的進一步認知後（比如宇宙至少有一千億條如我們銀河系般的星系，乃至近日已發現 20.5 光年有一如地球的天體），才自覺出沒有什麼是絕對的、中心與邊緣是相對的、任何事物之間都存在一種「內在的關係」，無法將自我與他者完全區分，乃至並無法將身體與精神予以全然二元化一般。此項發展與兒童身心發展的路徑極為相似，而身體知覺成了上述自覺過程的重要關鍵。

　　「知覺」並非是一種孤立的、外部刺激的結果，而是知覺者所經歷的內在狀態的總和。梅洛-龐蒂強調「知覺因素」的重要性，因為一個人的知覺是接受世界、社會、現實和自己的一種基本模式，知覺與超越於意識之外的世界有著無可分離的內在聯繫。「知覺」正是梅洛-龐蒂的知覺現象學研究的關鍵之處，也是兒童最能呈現自身能量的地方。他以知覺為對象，透過知覺去發現本能、自我與他人的聯繫，以及自我意識、氣質、語言等存在的根基。一個藝術家或哲學家不僅應該創造和表現一種思想，還要喚醒那些把思想植根於他人意識的體驗，而藝術品就是將那些散開的生命結合起來。作品使得生命變成了一種「審美歷險」。語言並不以符號的意蘊為終點，而是以呈現「事情本身」為旨歸，在童詩中即是諸多形象的畫面化。

於是身體世界成了梅洛—龐蒂眼中所謂藝術奧秘的謎底，因為身體既是能見的，又是所見的。我的身體之眼注視著一切事物，它也能注視自己，並在它當時所見之中，認出它的表現的另一面。所以，身體在看的時候能自視，在觸摸的時候能自觸，是自為的「見」與「感」。軀體領會自身，構成自身並把自身改造為思想的形式，這是童詩中常出現混同自身、他人、與世界形成一體的成因。真正的藝術家，就是通過形形色色的藝術方法去表現那不可表現者，去把人們所忽略的自明之理，揭示為一種可見的「震驚」，並以一種幾乎荒誕的方式去表現現實，而完整地呈現這個被人們見慣不驚的世界。[47]肉體通過感覺的綜合活動去把握世界，並把世界明確地表達為一種意義，諸多看似各自無意義的事物因此一欲使之互動的意向性而生龍活虎起來，此種天真正是兒童最大的本領。

我們由前節所舉向明的童詩〈影子〉一詩中唱歌時「咿咿啞亞」、「有樣學樣」、「好沒個性！總是躲躲藏藏」、「好奇怪呵！他總是不敢站出來」等句，去形容身體與影子互動的關係時，即隱含了自身與他者之間始終存在著一種「無名的集體性」、因彼此維繫著微妙的「內在關係」，而「永遠無法完全區分」；而向明將原作成人詩中對他人緊跟不放、模倣他人行徑的批判性詩句，轉移為兒童自身身體與影子的遊戲關係，即是上段所說「肉體通過感覺的綜合活動去把握世界」，其轉移的可能即在梅洛-龐蒂所說身體世界乃藝術奧秘的關鍵，自身身體即隱括了自我與他人的各種可能，於是其成人詩與童詩的關

---

[47] 王岳川：《現象學與解釋學文論》，頁 104。

係宛如身體與影子的關係似的。

又比如〈比高〉一詩中，從小草到菊到藤蔓到松樹到山到星等諸事物，都不會有如詩中所述的任何想法，向明再一度把他在成人世界與他者的互動、相抗關係，改以身體能知覺的「拼命往上長」、「抽枝開花」、「向上攀爬」、「弓起背脊」、「眨著眼睛」、「好冷」等詞綜合了天地之間諸多事物的時空關係，去把握自身與他者難以說明白的糾纏，此詩即將「被人們見慣不驚的世界」重新「以一種幾乎荒誕的方式」予以綜合把握，給予不同的時空位置，因而也間接表現了向明心中的「現實」，鬆綁了他原有的糾纏而得以暫時脫身、亦即得以進入現象學所謂的「綻出」、「整全」、或「澄清」等的短暫本真存在的體悟中。[48]

（二）變形、拉長、縮小、擴大的文學時空

當詩人由「與現實歷程相關」的「消極式的時空」進入「借託臆想」之「積極式的時空」（張曉風）。[49]前者於藝術呈現時多與現實主義的再現或自然主義的模倣手法有關，後者則與浪漫主義、象徵主表、現代主義的表現手法有關。而由「消極式」到「積極式」可說即由所處的「外現的時空」，意向為一「內化的時空」，亦即詩人透過其擬物的描寫，打破時序或物理視野、錯綜或對照古今場景，借鑑歷史和記憶突顯現世之

---

[48] 參見夏婉雲：〈時間的擾動——從意向性與時間性分析兩首童詩〉一文中的討論，見《台灣詩學學刊》第 7 期，2006 年 5 月，頁 34。

[49] 見張曉風：〈中國詩中時間與空間並峙的現象——乾坤萬裏眼，時序百年心〉一文，參見《古典文學第十一集》，（臺北：學生書局 1990 年），頁 68。

寂寥感，對存在處境發出哀鳴或不平。[50]如此寄意託興於其所構成的時空場域中，並透過時空存在之「過程化」手法[51]，以達成感受上的時空移動或交融。如此文學時空就常不受上述天文時空、物理時空、生物時空、心理學時空（比心理時空範圍窄）、歷史時空、乃至哲學時空所左右，它常透過變形、拉長、縮小、擴大等不同手法，不為其他時空所囿限，開展出突破各種時空的創新性，因而常處在不確定或曖昧之中，此即第三節曾提及的，於文學時空裡，時間與空間是獨立自存的，可以自為因果，自為起始與結束，它與各種時空的關係和指向或可綜合之，以下圖二表示之：[52]

---

[50] 楊慶豐：〈詩歌藝術中「時空意識」之思考——以《離騷》為例〉，《文學前瞻第二期，2001 年 1 月》，南華大學文學所研究生學刊。

[51] 參見夏婉雲：〈時間的擾動——從意向性與時間性分析兩首童詩〉一文中的討論，見《台灣詩學學刊》第 7 期，2006 年 5 月，頁 35~36。

[52] 參酌以上討論及圖一。

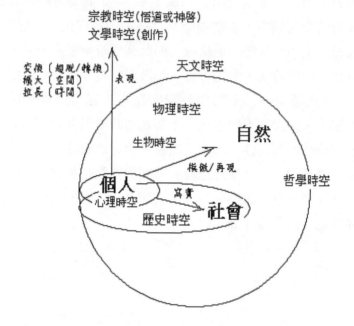

圖二：物理時空、心理時空、文學時空相互關係圖

　　向明在九〇年代初期寫了系列的「童玩詩」，當時並未以童詩視之，只是借其童年及身體知覺極為親近的兒時記憶，抒發其一生命運的的險阻、幸、與不幸，後來由於部分尚適合兒童閱讀，才將這些詩作拉入其童詩集中，如〈踢毽子〉、〈跳繩〉、〈打彈珠〉、〈翹翹板〉、〈盪秋千〉等均是，而且均為原貌，無一字更替，並未如前二節所舉童詩例在語言上有少數改動以適合兒童閱讀，而如〈滾鐵環〉、〈捉迷藏〉、〈抽陀螺〉、〈跳房子〉、〈漂水花〉、〈隔海捎來一隻風箏〉等與童玩或兒童遊戲有關的詩作，由於牽扯的人事物更為複雜，則未收入。後者比如〈抽陀螺〉一詩其實理應仍可歸為童詩，或適合小六或

國一的學生看，但並未收入其童詩集中，而因此詩與其他童玩詩皆有關，故特列於下以見其他：

〈抽陀螺〉
一旦、一旦被縛的生命
自一雙手中脫險
突來的自由呵
瞬間的選擇，你是
跌個跟蹌
跌成一枚失速的星子
還是，立定腳跟
趁勢旋轉

旋成一支地軸
牽著無數的眼精
看你頂天立地的
堂堂獨立表演
還是，就這樣永不停歇
旋去一生
讓抽身的鞭子
痛成
恆動的能源[53]

---

[53] 向明：《隨身的糾纏》，（臺北市：爾雅出版社 1994 年），頁 127。

從童詩的角度看，這是一首寫陀螺從被繩索綑綁（首句）、放開（二、三句）、不旋或旋（四至八句）、到旋轉至倒下的姿勢（九至十四句）、到繼續以鞭抽打還可續轉（末三句），把整個童玩過程寫得相當細膩。但由成人詩的角度看，則由詩句中「被縛的生命」、「脫險」、「瞬間的選擇」、「趁勢旋轉」、「旋去一生」、「抽身的鞭子」等辭彙可看出，向明寫的是自身在歷史時空中僥倖未失速，而幸定立定腳跟、得以堂堂獨立表演的過程，而且只要自我鞭笞將可旋轉完一生，這是與其同一代人許多人只因「瞬間的選擇」的方向不同，而失速、跌個踉蹌，失卻了自我表演的機會（比如面對一九四九年的物理時空斷裂時所作的選擇），那些人相對於向明而言是更多數的，因此整個抽陀螺的過程是殘酷的時空的選擇的內化，是綜合其一生的感慨、感傷於一支陀螺上！一邊由外向世界的空間旋轉和短暫的時間停留去描述一支陀螺，一邊卻是由當下的陀螺於空間的短暫旋轉、和其一生長時間的抽痛體認結合，去描述一整個時代的轉折和失落。如此相互輝映，使得此詩呈現出上段所說「打破時序或物理視野、錯綜或對照古今場景，借鑑歷史和記憶突顯現世之寂寥感，對存在處境發出哀鳴或不平」，這樣的童詩（雖然向明未將之歸入）顯然其時空指向大大不同於他人的詩作。

而被向明歸入其童詩集中的其他的童玩詩，大致都有略似傾向，且皆如第二節所說，其運動方式皆處在「天地之爭」中，比如：

一撞腿／一隻三羽的珍禽／展翅躍上青天／／再一撞腿

／一顆觸天的大志／飛了出去探險／／永不饜足的／撞腿揚手／揚手撞腿／忙忙碌碌地／翻攪著黃金的童年（〈踢毽子〉前三段）[54]

只要注意／躍起時，動如脫兔／落地時，輕若飛燕／任颼颼的風聲／耳旁威脅的獰笑／你得鎮靜如風雨圍攻的那尊塑像／那管它，要跳脫的／是怎樣隨身的糾纏／保持一種清醒的立姿／天地都不能圍限（〈跳繩〉後半）[55]

這頭的我／雙腳一伸／想要趁勢躍上青天／那頭的你／兩腿一縮／處心要把地殼震動（〈翹翹板〉第二段）[56]

窄窄的踏板／是落腳的唯一國土／祇要兩手把持得穩／可以竄升為／一柱衝天的圖騰／或是，款擺成／時間滴答的／那支主控／／盪得越高／會看得越遠／會發現／牆外的喧嘩／祇是一場虛驚／幾個同齡的頑童／看到一隻鷹掠過高處時／發出艷羨的驚恐（〈盪秋千〉後二段）[57]

　　這些童詩（也是成人詩）以身體的「知覺過程」（踢毽子的揚手撞腿、跳繩的躍起和落地、翹翹板的雙腳一伸或兩腿一

[54] 向明：《隨身的糾纏》，頁 121。另收入向明：《螢火蟲》，頁 34。
[55] 向明：《隨身的糾纏》，頁 123。另收入向明：《螢火蟲》，頁 36。
[56] 向明：《隨身的糾纏》，頁 137。另收入向明：《螢火蟲》，頁 38。
[57] 向明：《隨身的糾纏》，頁 139。另收入向明：《螢火蟲》，頁 42。

縮、盪秋千的盪得越高會看得越遠）體現了時空的存在感，其
對當下短瞬童玩之細節的「意向性」描述，又涵容了個人所處
時空的特殊的、長至一生的體認和感受，這樣的童詩是具有生
活的厚度、和生命的深刻思維的。這些詩中，多數由其所經驗
過的時空中取材，再經由所臆想的時空之變形、拉長、縮小、
或擴大，於是毽子成了珍禽會飛出去觸天，盪秋千的人成了一
隻鷹飛過高處讓同伴驚訝，跳繩的人要跳出的是遮天蓋地之隨
身的糾纏，陀螺成了一支地軸可以牽著無數隻眼睛，向明借著
童玩在「時空」中的上天下地，使得兒童對童玩的認知既從身
體的互動開始，也進而再由身體的知覺與時空中其他事物的五
官接觸互動，逐漸擴展他對世界的認識，突破各種時空的侷
限，更深入地指向他生命中自生的各種生命能力，而這正是向
明以其漫長的生命，具體地濃縮、體現在這些小童玩詩上的重
要貢獻。

五、結語

詩是向明向殘酷的命運發射的一通通「人生的無線電通
訊」，他年少投入通訊兵時就得以電波與四方電臺來往聯繫的
背景，使得他到年近八十依然可以藉指尖按鍵盤在網路世界中
與年輕詩友輕鬆互動，這種與人在空中、網絡中頻繁互動的行
徑，他那一代人中恐怕他是唯一的一位，他的詩即是他的身體
與這世界糾纏、互動過程化的記錄和回應。由於他離家極早，
又經戰事多年的折磨，他企圖保有的童年形象、母親的影子、
家的感受也極迫切，他是他同時代詩人中除了楊喚外，以童詩

形式書寫童年的經驗和感受最多的一位。向明以他的身體，深刻地磨擦過他年少時的土地，那成了他終身「要跳脫」但終究難以全然甩脫的「隨身的糾纏」。向明個別的命運在他諸多童詩的「文學時空」中展現了那一代人的時空困境，卻也同時又能使兒童更普遍地對天地人三者之互動有更深切的體認、對自然事物更貼近地觀察。他早期的四行詩後來轉移為童詩，那其中隱含了在那當下的時代悲哀感和對政治檢驗的規避，這與很多成人的童詩往往則是借回憶童年、或觀察其他兒童而創作、且與特殊歷史時空經常脫離，有甚大區別。

　　而多數與向明同一批來臺的詩人多在年少時期，面對的是相近的歷史時空、相同的物理時空的隔絕與斷裂、相像地皆沉浸在有家回不得的廣大鄉愁營構出的心理時空中，他們彼此之間遂有了一種命運同悲同哀的「內在的聯繫」、「無名的集體性」、和始終處於無以脫離、拉開此岸與彼岸的夢境之中，那是「永不可能完成區分」的糾纏與矛盾。此種糾葛極接近兒童成長時的赤子天真心態，遂能於其一生的時間中在內在意識中持續延伸，因此也成為他不歇地創作的最大動力。

　　而他創作於九〇年代的一系列童玩詩，常能借著童玩建構於「時空」中上天下地的能量，使得兒童經由身體的知覺與時空中其他事物的綜合接觸，逐漸擴展他們對世界的認識，突破各種時空的侷限，更深入地指向他們生命中自生的各種生命能力，而這正是向明在童玩詩上特殊的體現方式。

試窺向明的新詩話

謝輝煌

詩人

一、前言：詩話的屬性與內涵

　　十三年前，瘂弦先生以「新詩話」為題，序向明的《客子光陰詩卷裏》。到去（九五）年三月，向明出版《詩中天地寬》，中間還出版了《新詩一百問》（計兩冊）、《走在詩國邊緣》、《窺詩手記》、《詩來詩往》、及《我為詩狂》等五個話新詩的集子，合起來是七集八冊了，這也似乎巧合了他從七十歲到八十歲之間，除新詩創作外的另一種金黃的收穫。

　　詩是一切文學的起源。它的原始表現工具，就是語言與聲調（節奏和旋律）。當然，有時還得加上一點「肢體動作」，來補助或強化語言和聲調表現的不足。惟通常還是以語言和聲調為主。

　　既然，詩的主要原始表現工具是語言和聲調，聽的一方就可能會有意義上的「懂」或「不懂」，及感覺上的「快」或「不快」的種種反應。這些反應，也就是「詩話」或「詩評」。所以，羅根澤在《中國文學批評史》中，就把「詩話」列為專章來論述。而且上溯到晚唐五代間孟棨的《本事詩》，說《本

事詩》乃「詩話的前身」。是以，詩話是有著「文學批評」的
屬性的。

　　不過，古人真正以「詩話」為名的著述，則始自歐陽修的
《六一詩話》。歐公的《詩話》雖只二十七則，且自謙是「以資
閑談」之作，但卻也包括了記述詩人詩事、考辨語言、慨嘆詩
家的幸與不幸、紀存前人已散失的名篇名句、及紀錄詩人間相
互以詩戲謔的諧劇。此外，也批評了「西崑體」的「語僻難
曉」、白居易的「淺俗」、和張繼的「夜半鐘聲到客船」是「理
有不通」等等，實已超越了「以資閑談」的輕鬆範圍了。

　　事實上，嚴謹的「詩話」，多是第一手的史料，可補詩史
或其他正史的不足。如王安石好友魏泰的《臨漢隱居詩話》有
一條說：「近世婦人多能詩，往往有近古人者，王荊公家最
眾。」他並錄了荊公大妹文淑的名句「草草杯盤供笑語，昏昏
燈火話平生」傳世，即為一例。至於向明這一系列的「新詩
話」，除擁有古代詩話的內涵外，還間及了不少外國詩人詩事
及詩的流派，和當下兩岸三地新興的網路詩及其他詩派，可說
是又多了幾扇可供我們「窺詩」的靈魂之窗了。

二、向明寫作新詩話的動力與實踐

　　韓愈在〈送孟東野序〉說：「大凡物不得其平則鳴：草木
之無聲，風撓之鳴……人之於言也亦然。」以此再聯繫《文心
雕龍・明詩》中的「人稟七情，應物斯感，感物吟志，莫非自
然」。則所謂的作詩為文，其動力都來自於情感的需要抒發。

　　然則，向明有什麼情感需要藉「新詩話」的方式來抒發

呢？且看他在和劉正偉編的《新詩播種者——覃子豪詩文選・我的詩人老師覃子豪先生》中的追憶：「論到我和覃先生的師生關係，越到後來，他簡直就像父執樣的關切和照顧我了……後來我結婚時，是由他給我當的主婚人。」又說：「因為他給我的鼓勵，他給我的指導，以及他作為一個詩人所樹立的榜樣，都使我一生受用不盡，使我覺得我要永遠不辱沒他的成就，和他在詩壇上所受到的尊重，因為我是他的學生。」他這種近乎「不辱先人門風」的「爭氣」精神，塑成了他內心深處的一種類似宗教家或革命家的那種繼志承烈，捨我其誰的「使命感」。也就是說，他早已立志，要設法賣力地演出，好把覃氏點燃的那盞詩燈承接下來。

覃氏畢生為新詩傳道，鞠躬盡瘁，死而後已，已是兩岸詩壇都知道的事了。他傳道的方式，不是什麼「不立文字，教外別傳」的那種，而是採取儒家身教言教並重的方式，把新詩的種籽撒播出去。首先，他和葛賢寧、鍾鼎文、紀弦等詩家，借《自立晚報》創立《新詩週刊》。兩年後，與詩友鍾鼎文等創設「藍星詩社，並借《公論報》創立《藍星詩週刊》，其後增闢「宜蘭版」。又設「藍星詩獎」，出《藍星詩選》，發行《藍星詩頁》、《藍星季刊》（覃氏獨資）等。覃氏曾親口對向明說：「我不是教書的卻教書（按：指擔任函校教職），開闢了這麼多園地供大家發表詩，絕不是為我個人。要名，我已名氣不小了。我無非是要為中國的詩傳統培養出一些接棒人。我的樂趣，是看到一個個優秀詩人出現在詩的地平線上。」（見前引向明文）故當覃氏看到學生蘇美怡在〈燕子〉詩中有句「芬芳的桃花為你剪落」時，就在通訊和講義中表揚了好多次。

　　若進一步打開《覃子豪全集・三・函授通訊》，瀏覽一下覃氏給函校詩歌班學生的公開信，那種感覺，就不止是「如沐春風」了。如；「各位同學；『秋』的習作，成績不如理想，只有蘇美怡同學的〈傷秋〉，是難得的佳作。」（按；蘇先生當時是基隆要塞的一名大兵）「各位同學：『我的歌』，習作成績甚好。其中獲八十五分的，計有彭捷、董平等七位，八十二分的計有蕭佑安等三位，八十分的計有張熾昌等五位，足見你們在創作上已有大進步。」（節錄）「各位同學：我現在雖極疲倦，但卻以極度興奮的心情來給你們寫這封信。這次你們的『樹』的習作，大大的進步了！不是幾個人的進步，而是普遍的進步。」「各位同學：……讀了你們的信和詩，令我感動，我自然想給每一位同學回信，但時間和精力不允許我，我只有用公開信的方式作答了。」「彭捷同學問：押韻在什麼地方較有餘味？答：這一問題問得很好，我很高興答覆這問題……。」「董劍秋同學問：下面一詩，作者表現的意識是什麼？（原詩略）答：這首詩是桑德堡的名詩（即〈霧〉）。此詩純為寫霧，不是表現意識的詩，故談不上中心思想或生活遭遇等等。」（簡摘）光是上面這幾隻傳道授業解惑的雪泥鴻爪，就可從中見到覃氏是如何地在為新詩賣力播種、耕耘，和對學生們提攜捧負的心血與精神了。對照向明在〈我〉文中的另一段追憶：「覃先生批改作業非常認真。一百多位學生的習作，不但每篇詳細批改，沒有交的還來信催。而且每次都要針對題目寫一篇批改示範（餘從略，批改示範請參看《詩的解剖》）。」可說絲毫不爽。

　　至於覃氏的言教方面，包括他的詩論、詩評、習作批改示

範（即《詩的解剖》）、兩洋名詩介紹、及函授通訊、問題解答
等，無一不是他的「言教」，這裡就不贅引了。

　　向明是得天獨厚，常親炙覃氏熏陶的大弟子之一，且好學
不倦。面對「亦師亦父亦忘年」的覃氏之過早凋謝，心中的
痛，恐不下於「如喪考妣」。為此，他那份「孤哀子繼志承
烈」與「矢志孤忠」的情懷，也就可想而知了。

　　然而，向明要把覃氏奉獻詩神的精神發揚光大，其中有些
條件還操之於人。如覃氏當初，倘若沒有《自立晚報》、《公
報》等，及「中華」、「國軍」兩個文藝函授校（班），縱有
「新詩播種」的理想，也要浩歎苦無「生公說法」的道場。好
在向明有念茲在茲的弘道精神，及矢志不懈的努力與奮鬥，而
得以在詩壇上嶄露頭角，從接編《藍星詩刊》，到先後應聘為
國軍文藝金像獎、時報文學獎等評審委員，及文藝營、耕莘寫
作班等處的教授，和經常應邀赴幾所大專院校或中學演講，主
編爾雅「年度詩選」，與主持《華副》筆政等，已到了緣結十
方，聲蜚全島的成熟期。花香蝶來忙，北中南多家報紙的副
刊，競相邀請他開闢以青年學生為對象的談詩專欄。佛光山旗
下的《人間福報》及《普門月刊》，也先後邀請他撰寫談詩和
品評新詩的專欄。在「有了廟，也有道場」的天時地利人和的
因緣滿足下，這些「話詩」的「新詩話」，就在幾位「廟公」
的追趕下被「逼」得汩汩而出。不過，其中有一部分也是被
「散文寫不好才去寫詩」的諷刺話「氣」出來的（見《走在詩
國邊緣・詩外另一出口》）。然不管是逼出來的也好，氣出來的
也好，話詩的主題總是「鳥聲常在耳東西」。實踐的腳印，更
是一個接一個的堅實地敲在詩國的大地上，為新詩弘道，為乃

師繼業，為詩壇播種，為後進拉拔，在在彷如覃氏的投影，也
弘揚了覃氏當年的「家風」。

三、向明新詩話的內容取向

我國的詩話，自孔子「思無邪」的片言，到宋人許彥周
「辨句法、備古今、紀盛德、錄異事、正訛誤」的界說，再到
清代袁枚的「主性情、反書袋、反復古、反泥古」，趙翼的
「李杜詩篇萬口傳，至今已覺不新鮮。江山代有才人出，各領
風騷數百年。」的喜新厭舊，詩話的內涵已洋洋若江河湖海。
更有趣的是：袁枚記了一則自己刻了一個「錢塘蘇小是鄉親」
的私印，某尚書見了印文大加苛責。袁枚聽得忍無可忍了，遂
正色曰：「公以為此印不倫耶？在今日觀，自然公官一品，蘇
小賤矣。誠恐百年以後，人但知有蘇小，不復知有公也。」
（見《隨園詩話·卷·三二》）詩話已寫到向道學開槍了。不
過，綜觀向明的「新詩話」取向，基本上是不外乎詩、詩人、
和詩事等三大面向。但因時代不同，加上傳媒和科技的突飛猛
晉，以及他腳跡踏遍大半個地球的多見多聞，故其內容取向的
多面化，早已超越了傳統的詩話了。例如：

（一）關於詩的：最具代表的當然是《新詩一百問》了。
這「一百問」是向明在幾個文藝營和寫作班授課時，從年輕學
子的口中所獲得的「大哉問」，也是單純地討論有關新詩中常
遇到的一些說大不大、說小不小，大至「詩與哲學的關係」
（第 28 問），小至「詩後的寫作時間」（第 52 問）的疑難雜
症。粗略地歸納一下，大致有下列幾個面向：A、一些詩種如

散文詩、都市詩、隱題詩……等的起源與定義；B、各種西洋詩流派、主義如古典、現代、象徵、超現實、後現代、結構與解構……等的主張和特徵；C、詩學述語的闡釋；D、詩的產生條件；E、詩的美學；F、詩的功能；G、詩的寫作工具和媒材，以及技巧和師承；H、部分名詩人和某些特殊詩體的簡介等等。認真的說，這還不能涵蓋全部。倒是值得特別一提的是：這種「設問體」的寫法，顯而易見是師承覃氏為文藝函校學生所寫的「問題解答」（見前），及覃氏訪問軍中歸來為軍中戰士所作的〈答詩十問〉（見覃氏《論現代詩》）的模式而來。當時，向明也是「問津」者之一（即前引中的「董平」），真可說是衣鉢相承了。

另一方面，關於新詩的問題，其中任何一題，也往往不是千字左右的小專欄所能盡所欲言的。所以，某些同性質的問題，又往往會在其他幾本新詩話中「借題發揮」。當然，行文的繁簡、深淺、高低、及徵引的材料等，就明顯地有所不同了。如「意象」問題，在第 26 問中，只話了卅二開兩小頁，像幾筆墨竹寫意。但到了《詩來詩往·沒有意象，詩會異樣》一文中，則話了廿五開十九大頁，就好像一大幅山水工筆。又如「傳統詩和現代詩」的問題，在第 5 及第 9 問中從不同的角度話過，到了《我為詩狂·詩的現代性與古典性》中，則又另闢蹊徑，從另一個更高的角度來話了。這種互為補角的說詩方法，不僅在歷代的詩話詞話中屢見不鮮，尤其在《覃子豪全集》中也可找到不少例子。原因是寫作的文類、閱讀的對象和發表的地方不同，而且是以「隨筆」的方式寫成，故在質量方面，各有千秋。這倒也可給讀者一個啓示：要想認識長江的風

貌，不能只看三峽。

（二）關於詩人的：詩人是詩的母親。在詩話中讓詩人出場的原因，是因某些詩人對文壇有特殊的貢獻，或在詩歌理論和創作技巧方面有突出的創新和發明，或已創作了名篇名句可供人學習與借鏡，或有特殊際遇和嗜好、糗事等可讓人興嘆、愉悅及資談助。總之，談到詩就少不了要談到詩人。在向明的七本多（含向明《三情隨筆》中的「詩情篇」）新詩話裡的四百零一篇文字中，出現了數以千人次計的古今中外老中青幼四個年齡層的詩人。有的側重他們的小傳、名作、及對詩歌的主張與其所屬的流派；有的側重他們的生活細節及際遇、軼聞；有的單說他們獨樹一格的名片、自傳、綽號及墓誌銘等。在他的尋幽探微中，有的令人捧腹，有的發人深省。唯一不談的，是詩人們的政治背景。這倒是一種免得讓意識形態破壞某些名詩人形象的做法。

不過，詩話中也仍有無法避免的批判，原因多半是因詩事而起。覃子豪先生就曾因「為新詩護法」而「立即執筆反應，表現出一種雖千萬人吾往矣的護衛精神。」（見前引向明〈我〉文）同時，從覃氏先後與紀弦、蘇雪林、言　曦等人的論戰筆墨中，也不難味出覃氏的批判火氣（恕不贅引）。向明呢？他在《走在詩國邊緣・詩外另一出口》中說：「這些詩餘之作……有的則是看不慣一些現象而亂發議論，更有的是路見不平，筆下也不太老實。」（簡摘）

其實，在向明的新詩話裡，表現「怒目金剛」的文字少之又少，比較「火氣」一點的，要算〈鼓勵・鼓勵・加倍鼓勵・脫國王新衣──評析羅門〈大峽谷奏鳴曲〉及其他〉（見《窺

詩手記》)。他如〈忽上忽下的翹翹板——讀『李金髮：不會寫作，才會寫詩』有感〉（見《走在詩國邊緣》），對該文作者趙毅衡先生也只是「旁敲」一下的說：「但現在的詩愈來愈晦澀，愈來愈艱深，愈來愈像從外文翻譯過來的語法，難道也是因未習得現代漢語或不會寫作而寫的詩麼？」替李金髮鳴了一次不平。而對於「新新世代詩人」以「投影片，電腦動畫，紙黏土，噴墨列印等一大堆生活現存物來取代」「固有的文字表意媒材」所「表演」的詩，也只是以「那能代替詩，產生詩的效果嗎？」來表示他的看法。（見《我為詩狂・詩的跨界演出》）另在同書的一篇〈所謂下半身寫作〉裡，對大陸新詩界瘋起來的赤裸的情慾詩，也只以「如果這也算是詩，應是詩的墮落」，敲擊了一下。所以，從大體來看，向明的「評」人「論」詩，依然不離儒家的「溫柔敦厚」。

向明也有不為詩事而開炮的一面，起因於張拓蕪賣彩券的事上了大報，很多記者一窩蜂去「追」「左殘」（拓蕪兄因病致左手成殘，乃自封此號）的「慘」新聞時，他大概是有感於社會的價值觀念零亂，及政府對在台無眷的大陸老兵遺產處理規定，未能隨時代的改變而作合理的修正，因而寫了一篇〈張拓蕪效應〉（見《窺詩手記》），他在文中一石二鳥的說：「作家除了寫作外，幹點副業是很正常的事。張拓蕪自己都賣得樂在其中，那裡值得這樣大驚小怪。再說，如果要說慘，真正慘的都沒有人發現，也沒有人寫文章，譬如獨居的詩人羊令野死了多天，待屍體發臭才被人發現，至今六年後，他的財產仍被封存，我們想要替他出版一部全集都因存款被凍結而找不到錢印書。」（簡摘）算是向某些媒體及政府有關單位放了一炮。

（三）關於詩事的：「詩事」有點近乎「詩壇大事」，也是「新詩史」的一部分。向明在《詩中天地寬》的第四輯裡，以「記憶開挖」的姿態，寫了〈五〇年代初期的詩壇〉、〈第一份詩刊的出現〉、〈第一本雜誌型詩刊〉、〈現代派的蠢然創立〉、〈藍星的卓然昇起〉、〈第一場新詩論戰〉、〈第二場新詩論戰〉、〈邁進詩的創世紀〉、〈其他詩（刊）的組合出現〉、〈詩集與詩選艱苦中出版〉、及〈五〇年代現代詩的省思與展望〉等十一件詩壇往事。這些史料，在「空間就這麼點大，時間就這麼點近」的台灣詩壇上，當然不是絕無僅有的珍寶，但是，不關心詩事的人，縱有「等身」的著作，也不會收容這些「古董」進去。

詩事不只是這些早期的詩史而已，像〈九重天上的詩歌舖子〉（見《走在詩國邊緣》），就替設在台北市羅斯福路三段二七七號九樓的「詩歌舖子」立了一塊紀念碑，不是有心人，誰又會去記錄那個帶點「商業味」，且跟「打鐵舖子」差不多的「詩歌舖子」呢？

四、結語：向明樹立了「新詩話」的風格

曾創辦中華文藝函授學校的李辰冬先生，在《文學與生活‧中國文學的兩種主要形態》一文中說：「中國文學可分為兩大派：一是仕人意識的文學，一是隱者意識的文學。」換言之，中國文人也多屬這兩大派：前者是積極入世的兼善天下派，後者是消極出世的獨善其身派。向明是屬於前者。

前文已說過，向明是在「不傳而傳」中領受了覃氏的感

召，萌發了他對新詩傳承的使命感。這種使命感就是「志」，就是他的人生理想，也是令他心甘情願為新詩效命的動力，促使他數十年如一日的實踐不輟。因而他的詩觸角早已伸到一個較高層次的廣平面上，而且肉眼與心眼齊開，從不放過任何一個到手的有關詩的資訊。因此，他不僅看到了「小樓一夜聽春雨」的場景，且能描繪「深巷明朝賣杏花」的風光。他的新詩話之所以能如此源源而來，除了有前述的相關因素外，還可從他的新詩話中，得知他有一種能「學而思，思而學」的循環吸收、反芻和放射的功夫。此外，還有一顆得自覃子豪先生默化的「我為詩狂」的奮鬥的詩心（按：向明有〈我為詩狂〉及〈詩的奮鬥〉兩文），和一份也是來自覃氏的「絕不是為我個人」（見前）的無私襟懷。因為能「無」，所以才「有」。

最後要指出的是：向明的新詩話，既有別於傳統的詩話，也不同於一般的讀詩札記。因為，他的新詩話，重點不在詩的品評。雖然，他也拈出了不少古今中外的傳統詩和現代詩，卻常是「借詩護法」或用在「以詩證道」等方面。同時，他在《窺詩手記‧窺詩者言》一文中說：「儘量找些別人尚未看到的角落去發揮。」這就意味著他的新詩話，是不自囿於某些習見的向度與向量上，而是向深廣的層面去發幽啟微，提供讀者更多有用的詩知識，而不是僅止於以資談助的消遣。這也就是向明所樹立的「新詩話」的風格。

附錄一

議程表（2007 年 6 月 3 日）

9：30~10：00	報　到（領取資料）			
10：00~10：10	開　幕　式 主持人：**李瑞騰教授**（台灣詩學季刊社社長）			
第　一　場				
時間	主持人	主講人	論　文　題　目	特約講評人
10：10~10：40	**蕭　蕭** 明道大學 通識主任	**簡政珍** 亞洲大學 人文社會學院長	主題演講： 人間的意象與想像 ——以向明詩作為例	
第　二　場				
10：40~12：10	**林明德** 國立彰化師 範大學教授 兼副校長	**劉正偉** 佛光大學博士生	諷喻的詩生活—— 向明《水的回想》評析	**方　群** 台北教育 大學語創系 主任
		鄭慧如 逢甲大學教授	論向明的〈生態靜觀〉 ——兼及小詩的問題	**李瑞騰** 中央大學 教授
		何金蘭 淡江大學教授	「家鄉／異地」之「內／ 外」糾葛 ——剖析向明〈樓外樓〉	**簡政珍** 亞洲大學 人文社會 學院院長
12：10~13：10				

		第　三　場		
13：20~14：50	向　陽 國立台北教 育大學教授	林于弘 台北教育大學 語創系主任	向明詩作中的現象與意涵 ——以「詩選」為例	唐　捐 國立清華 大學教授
		郭　楓 詩　人	燦爛在雪線以上的語言花 ——論向明其世其人其詩	丁旭輝 高雄應用 科技文發系 主任
		曾進豐 高雄師範大學 教授	以溫柔樣態烘焙人間情味 ——論向明《陽光顆粒》 的詩藝與詩意	向　陽 國立台北教 育大學教授
14：50~15：10				
		第　四　場		
15：10~16：40	尹　玲 淡江大學 教授	虞慧貞 高雄師範大學	巨掌的寬厚 ——試析向明詩作的鄉愁 關懷	李癸雲 政治大學 教授
		夏婉雲 中華民國兒童文 學學會理事	身體、纏繞與互動 ——從向明的童詩看文學 時空的指向	孟　樊 國立台北教 育大學教授
		謝輝煌 詩　人	試窺向明的新詩話	白　靈 台北科技 大學教授
16：40~17：00	閉　幕　式 主持人：陳維德教授（明道大學國學所所長） 致詞者：向　明先生（台灣詩學季刊首任社長）			

附錄二

向明（董平）先生履歷

壹、向明小傳

　　向明（1928.6.4-）本名董平。另有筆名仲弟、仲哥、冬也。湖南省長沙市人。空軍通信電子學校及美國空軍電子研究中心結業，後又獲世界藝術與文化學院頒贈榮譽文學博士學位。曾在空軍服役多年，以上校退伍。從事現代詩創作 50 餘年，為藍星詩社重要成員，主編藍星詩刊多年，曾任《中華日報》副刊編輯、臺灣詩學季刊社社長、年度詩選主編、新詩學會理事、國際華文詩人筆會主席團委員等。曾獲全國優秀青年詩人獎、中國文藝協會五四文藝獎章、中山文藝新詩獎。國家文藝獎、中國當代詩魂金獎。

　　個人網站：「向明詩文陷阱」http://mypaper.pchome.com.tw
　　開設專欄網站：「詩生活」www.poemlife.com
　　　　　　　　「華語詩壇社區」www.xshdai.com
　　　　　　　　「詩評人」http://xz.netsh.com
　　電子信箱：poemming@gmail.com & cm052500@ethome.com.tw

貳、作品目錄

創作

A1001　《雨天書》，臺北市：藍星詩社，1959 年 6 月，詩集

A1002　《五弦琴》，臺北市：藍星詩社，1967 年 10 月，詩集

A1003　《狼煙》，臺北市：純文學出版社，1969 年 11 月，詩集

A1004　《青春的臉》，臺北市：九歌出版社，1982 年 11 月，詩集

A1005　《香味口袋》，臺北市：九歌出版社，1983 年 8 月，童話

A1006　《糖果樹》，臺北市：九歌出版社，1984 年 2 月，童話

A1007　《水的回想》，臺北市：九歌出版社，1988 年 1 月，詩集

A1008　《向明自選集》，臺北市：黎明文化公司，1988 年 5 月，選集

A1009　《客子光陰詩卷裏》，臺北市：耀文圖書公司，1993 年 5 月，詩話集

A1010　《向明自選詩集》，貴州省：貴州人民出版社，1993 年 10 月，詩集

A1011　《甜鹹酸梅》，臺北市：三民書局 1994 年 1 月，散文集

A1012　《隨身的糾纏》，臺北市：爾雅出版社 1994 年 3 月，

詩集

A1013 《螢火蟲》，臺北市：三民書局，1995 年 4 月，童詩集（董心如圖）

A1014 《新詩 50 問》，臺北市：爾雅出版社 1997 年 2 月，詩話集

A1015 《碎葉聲聲》，臺北市：台灣詩學季刊社 1997 年 7 月，中英對照詩集

A1016 《新詩後 50 問》，臺北市：爾雅出版社 1998 年 4 月，詩話集

A1017 《向明‧世紀詩選》，臺北市：爾雅出版社 2000 年 4 月，詩集

A1018 《向明短詩選》，香港：銀河出版社 2001 年 8 月，中英對照詩集

A1019 《走出阿富汗：中亞民間趣事》，臺北市：未來書城 2001 年 12 月，散文

A1020 《走在詩國邊緣》，臺北市：爾雅出版社 2002 年 11 月，詩隨筆

A1021 《窺詩手記》，臺北市：禹臨圖書 2002 年 12 月，詩雜記

A1022 《阿達‧阿哈羅麗短詩選譯》，2002 年 12 月，譯詩集

A1023 《詩來詩往》，臺北市：三民書局 2003 年 6 月，詩話集

A1024 《三情隨筆》，臺北市：秀威資訊科技，2004 年 8 月，散文集

A1025　《陽光顆粒》，臺北市：爾雅出版社，2004 年 12
　　　　月，詩集

A1026　《和你輕鬆談詩：向明新詩話》，臺北市：詩藝文，
　　　　2004 年 12 月，《客子光陰詩卷裏》增版

A1027　《我為詩狂》，臺北市：三民書局，2005 年 1 月，詩
　　　　話集

A1028　《詩中天地寬》，臺北市：商務印書館，2006 年 3
　　　　月，詩論集

編選

B1001　《七十三年年度詩選》，臺北市：爾雅出版社，1985
　　　　年 3 月

B1002　《七十九年年度詩選》，臺北市：爾雅出版社，1991
　　　　年 2 月

B1003　《八十一年年度詩選》，臺北市：現代詩季刊社，
　　　　1993 年 6 月（張默合編）

B1004　《可愛小詩選》，臺北市：爾雅出版社，1997 年 2 月
　　　　（白靈合編）

B1005　《讓詩飛揚起來》，臺北市：幼獅文化公司，2003 年
　　　　（蘇蘭・顏愛琳合編）

B1006　《新詩播種者——覃子豪詩文選》，臺北市：爾雅出
　　　　版社，2005 年 5 月（劉正偉合編）

B1006　《曖・情詩：情趣小詩選》，臺北市：聯經出版公
　　　　司，2006 年 5 月

B2007　《覃子豪短詩選》，香港：銀河出版社（宋穎豪英

譯），2006 年 5 月

年表

1928	6 月，生於湖南省長沙臬後街天利亨剪刀店。
1935	9 月，入長沙市基督教信義會所辦私立信義小學。
1937	長沙大火，全家遷居長沙東鄉老家董家沖，讀私塾。
1938	考入太平青雲兩鄉聯立高小。
1940	9 月，考入私立廣雅中學（校址湖南省湘潭縣石安鄉中間大屋）開始對文藝發生興趣。
1944	長衡會戰，學校遭困與同學十餘人乘湘桂鐵路向後方逃亡。
1945	入貴州貴陽中央防空學校通信學兵隊習通信技術。抗戰勝利畢業分發西北轉戰陝北、延安、清澗、榆林等地。
1949	漢中往安康行軍途中車禍，左腿骨折，十月隨軍來台。 翌年派往舟山群島配合海上突擊總隊隨機帆船巡查各小島，至舟山撤退始回台歸建空軍通信部隊。
1951	從 ABC 開始於一小型補習班讀英文，並開始新詩創作，作品發表於《軍友報》、《新生報》、《野風文藝雜誌》。
1953	入中華文藝函授學校詩歌班，結識前輩詩人覃子豪先生。
1954	開始於藍星詩週刊現代詩等等詩刊發表作品。
1955	於台大夜間部選修英文、理則學、中國通史。
1956	獲國軍文康競賽士兵級詩歌第一名。
1957	1 月，詩作品〈家〉、〈窗〉、〈車〉入選《中國詩選》。
	4 月，獲軍官深造教育機會，一年後升少尉級軍官。
	6 月，獲中國文藝協會頒詩人節優秀詩獎同時獲獎者有瘂弦、阮囊、戰鴻。
	11 月，詩作品〈啊，引力、昇起吧！〉〈三月〉入選《詩創作集》。
1960	11 月，考取留美深造一年。
	12 月，詩作〈野地上〉、〈井〉、〈今天的故事〉入選英譯《中國新詩選》。

1962	10 月，與穆雲鳳女士結婚。
1963	詩作品〈野地上〉、〈井〉、〈家〉、〈窗〉、〈車〉入選法文《現代中國詩選》。
1964	12 月，長女心如出生。
1966	7 月，次女心怡出生。
1967	10 月，與詩友楚風、蜀弓、彭捷、鄭林合著詩集《五弦琴》出版。
1968	11 月，長子克偉出生。
1969	11 月，詩集《狼煙》由藍星詩社出版。
1970	詩創作開始進入低潮，大量寫作童話故事及翻譯各種實用性文字。
	11 月，詩作〈向南的路上〉入選日文《華麗島詩集》。
1972	1 月，詩作〈狼煙〉、〈井〉、〈窗外〉、〈野菠蘿〉、〈馬尼拉〉、〈一株自己〉入選《中國現代文學大系》。
1973	4 月，詩作〈啊，引力、昇起吧！〉、〈三月〉、〈年〉、〈畫〉、〈井〉、〈野地上〉、〈秋歌〉、〈富貴角之晨〉、〈中年初旅〉、〈狂瀾篇〉入選《六十年詩歌選》。
	11 月，擔任「第二屆世界詩人大會」中國代表。
1975	9 月，與夐虹合編《藍星詩刊》（成文版）。
1976	6 月，詩作〈瘤〉、〈巍峨〉、〈如此而已〉、〈靶場那邊〉、〈煙囪〉、〈遊覽車上〉、〈窗外〉入選《八十年代詩選》。
	8 月，詩作〈瘤〉、〈巍峨〉、〈讀〉入選《中國現代文學年選》。
1978	8 月，應聘擔任國軍文藝金像獎評審委員。
1979	11 月，詩作〈瘤〉入選《現代詩導讀》。
1980	4 月，詩作〈異鄉人〉、〈門外的樹〉、〈巍峨〉、〈靶場那邊〉、〈蔦蘿〉、〈過星見橋〉、〈樓上樓下〉入選《當代中國新文學大系》。 詩作〈煙囪〉入選《中國新詩選》。 4 月、詩作〈富貴角之晨〉選入文曉村編著之《新詩評析一百首》。

	5 月，詩作〈巍峨〉錄入《中國新詩賞析》。 7 月，散文作品〈CUTE〉選入焦桐編著之《愛的小故事》第二輯。 應民族晚報副刊之邀與辛鬱、大荒寫「三人行」專欄。
1981	5 月，作品〈煙囪〉、〈瘤〉、〈巍峨〉、〈過星見橋〉、〈釘〉入選《中國當代新詩大展》。
	7 月，應聘擔任國軍文藝金像獎第十七屆評審委員。
	10 月，主編《藍星詩頁》雙月刊（原藍星詩刊至第十七期停刊）。
	12 月，應邀參加全國第三次文藝座談。 作品〈線香〉、〈紙錢〉入選《亞洲現代詩集》第一集。
1982	2 月，詩作〈瘤〉錄入《現代詩入門》。
	6 月，詩作〈秋歌〉、〈感覺中〉、〈苦楝樹〉、〈守拙歸田園〉、〈登第特利斯峯〉收入《聯副卅年文學大系》詩三卷。
	9 月，詩作〈煙囪〉、〈巍峨〉、〈瘤〉入選《現代百家詩選》。
	11 月，詩集《青春的臉》由九歌出版社出版。
	12 月，詩作〈菩提樹〉、〈巍峨〉入選《亞洲現代詩集》第二集。
1983	3 月，詩作〈翻書〉、〈妻的手〉入選《七十一年詩選》。 4 月，詩作〈檻內之獅〉入選《1983 台灣詩選》吳晟主編。
	8 月，童話集《香味口袋》出版（九歌出版社）。
	9 月，應聘擔任國軍文藝金像獎第十九屆金像獎評審委員。
	10 月，童話〈「大公雞的壞習慣〉入選《當代作家兒童文學之旅》。
1984	1 月，以上校軍階自軍中限齡退伍。隨即轉任中興電機公司管理師。
	2 月，童話集《糖果樹》出版（九歌出版社）。
	3 月，詩作〈生活六帖〉入選《七十二年詩選》。
	4 月，詩作〈檻內之獅〉入選《一九八三台灣詩選》。苦苓主編・前衛出版

	8 月，應聘擔任時報文學獎評審委員。
1985	1 月，主編《藍星詩季刊》（原藍星詩頁停刊），該刊由九歌出版社支持。
	2 月，詩作〈上帝戰士〉入選《一九八四台灣詩選》。前衛出版。
	3 月，主編《七十三年詩選》由爾雅出版社出版。作品〈吊籃植物〉、 〈夢訪草堂〉入選《七十三年詩選》。
	5 月，當選中華民國新詩學會理事。
	6 月，「鍾山詩刊」第六期特寫「詩人向明」由詩人李魁賢評論。
	8 月，應聘擔任時報文學獎評審委員。
	9 月，應聘擔任台灣省第一屆巡迴文藝營指導教授。應聘擔任國軍文藝金像獎第廿一屆金像獎評審委員。
1986	2 月，自中興電機公司離職，轉任《防衛科技》雜誌主編。
	4 月，詩作〈晨起二三事〉入選《七十四年詩選》。
	5 月，自《防衛科技》雜誌離職。
	7 月，應聘擔任耕莘寫作班教授。 7 月，詩作〈野地上〉、〈井〉入選英、德、荷文版〈CHINA CHINA 中國現代詩選集〉。由比利時詩人 Germain Droogenbroodt 編選譯·POINT 詩刊出版。 7 月，詩作〈瘤〉（日譯：腫瘍）入選日文《台灣詩集》北影一主編。
	8 月，應聘擔任台灣省第二屆巡迴文藝營指導教授。
	10 月，應聘擔任中華文學獎評審委員。
1987	2 月，隨中華民國現代詩人訪問團赴菲參加「現代詩學會議」。接受中華日報副刊「欣賞與創作」專刊訪問。
	3 月，詩作〈蝴蝶夢〉、〈隨風而去〉入選《七十五年詩選》。
	5 月，獲中國文藝協會頒發第廿八屆文藝獎章。作品〈黃昏醉了〉入選《小詩選讀》。

	6 月，應聘擔任耕莘寫作班教授。接受幼獅廣播電台「美哉中華」節目訪問。
	8 月，應聘擔任台灣省第三屆巡迴文藝營指導教授。
	9 月，應明德基金會邀請擔任歌詞徵選諮議並創作舉例。
	10 月，應聘擔任中央日報副刊抗戰徵文評審。
	12 月，應邀赴香港參加《文學世界》創刊號發行典禮。
1988	1 月，入中華日報副刊工作。
	2 月，詩集《水的回想》由九歌出版社出版。
	3 月，詩作〈午夜聽蛙〉入選《七十六年詩選》。
	5 月，《向明自選集》由黎明公司出版。
	8 月，詩作〈雨天書〉、〈野地上〉、〈巍峨〉、〈咳嗽〉、〈翻書〉、〈妻的手〉、〈吊籃植物〉選入湖南文藝出版社之《當代台灣詩粹》。
	9 月，散文〈豆與豬〉選入《800 字小語》8 輯文經社出版。
	11 月，來台四十年後首次回到故鄉湖南長沙始悉父親於一九七六年被紅衛兵折磨過世，翌年母親亦過世，現僅剩一弟五妹，老家百年老屋，片瓦無存。 詩集《水的回想》獲中山文藝獎。 參加於泰國曼谷主辦的第十屆世界詩人大會，發表英文論文〈「詩即是愛」〉，並獲世界藝術與文化學院頒發榮譽文學博士學位。
1989	2 月，詩作〈墜葉〉入選《七十七年詩選》。 3 月，散文〈幾卷詩一桿筆〉入選梅新主編之散文集《最愛》。
	5 月，詩作〈煙囱〉、〈瘤〉、〈釘〉、〈咳嗽〉、〈妻的手〉、〈午夜聽蛙〉、〈生活六帖〉、〈風波〉、〈出恭〉、〈洗臉〉、〈上帝戰士〉選入《中華現代文學大系：詩卷》九歌出版。 5 月，詩作〈釋〉、〈井〉、〈巍峨〉、〈黃昏醉了〉、〈生活六帖〉入選人民文學出版社出版之《台灣現代詩四十家》。 開始為中華日報「青春天地」版寫專欄「詩餘剳記」，隔周日一篇。

	8月，赴澳門中山縣及新加坡訪問。
	9月，擔任國軍文藝金像獎廿五屆評審委員。
	12月，散文〈水渡河〉刊聯副。
	12月，散文作品〈結〉選入由李瑞騰主編之《人間情分》漢光出版。
1990	1月，散文〈水渡河〉由湖南省「環境保護報」副刊及「長沙晚報」副刊轉載。作品〈湘繡被面〉、〈檻內之獅〉入選上海文藝出版社出版之《八十年代詩選》。
	3月，詩作〈七孔新笛〉入選《七十八年詩選》。
	4月，英譯作品〈門外的樹〉收入印度出版的《世界詩選》（World poetry 1990）
	6月，詩作〈隨風而去〉、〈妻說〉、〈黃昏醉了〉、〈煙囪〉收入廣西灕江出版社出版之《台灣現代百詩家》。
	7月，隨「中華民國作家、學人蘇聯東歐文化訪問團」赴莫斯科、列寧格勒、華沙、布拉格、布達佩斯，波斯多納、東西柏林、維也納訪問。（至8月31日）
	8月，應聘擔任台灣全省巡迴文藝營指導教授。詩作〈妻的手〉入選圓明出版社出版之《情詩一九九〇左卷》。
	9月，擔任國軍文藝金像獎第廿六屆評審委員。
1991	2月，主編爾雅版《七十九年詩選》出版。3月、詩作〈井〉、〈巍峨〉、〈妻的手〉入選非馬編《台灣現代詩選》。
	4月，英譯作品〈靶場那邊〉收入印度出版的《一九九一世界詩選》。
	5月，大陸第三屆全國報紙副刊好作品評選揭曉，一九九〇年一月發表於《長沙晚報》之散文〈水渡河〉，評為全國一等獎。
	6月，詩作〈簷滴〉、〈鄉愁〉、〈等待〉等十九首及生平事蹟收入四川文藝出版社出版之《中國當代詩人傳略》第二集。8月，散文作品〈明湖居〉入選由李瑞騰主編之《異國情調》小品集，漢光出版

	9 月，擔任國軍文藝金像獎第廿七屆評委。
	10 月，趁返鄉探親之便，赴湖南長沙領取第三屆報紙副刊好作品評選一等獎，計獲獎狀一紙，獎金人民幣二百四十元，於領獎後自添同樣數額，請由長沙晚報代收捐作賑濟華東水災之用。取道訪問北京，見卞之琳及馮至二老前輩·卅一日至十一月三日訪問上海。蒙詩人黎煥頤接待與上海作協及「中國詩人」各詩人見面。
1992	1 月，詩作〈巍峨〉、〈瘤〉收入湖南文藝出版社楊里昂編選之《中國新詩》。
	3 月，詩作〈登天安門〉入選《八十年詩選》。 英譯作品〈鷹的獨白〉收入印度出版的《一九九二世界詩選》。 5 月，散文〈時間、頭大腳短的侏儒〉選入簡媜編之《心似秋月》。
	7 月，主編之《藍星》詩刊出版至本月之三十二期後，因支持之九歌出版社不堪虧累，宣佈暫停。
	8 月，擔任聯合報新詩獎決審委員。
	10 月，散文〈水渡河〉入選幼獅文選《幸福的邀請》。
	12 月，與白靈、尹玲、李瑞騰、渡也、遊喚、蘇紹連、蕭蕭合辦《台灣詩學季刊》公推為第一任社長。創刊號於十二月一日出刊。 應香港廣大學院中國文學研究所邀請主持研究生蘇瑞儀碩士論文口試。
1993	3 月，與洛夫、張默、梅新、管管、葉維廉在美國加州聖地牙哥、新墨西哥州聖太非城、紐約市及西雅圖作詩巡迴朗誦。廿日至廿五日在紐約住女兒心如處，她正在紐約 Pratt 藝術學院修藝術碩士。
	5 月，詩話集《客子光陰詩卷裏》由耀文出版社出版，六月獲聯合報副刊「質的排行榜」推薦。 5 月，應聘擔任第廿一屆鳳凰樹文學獎現代詩評審委員。
	6 月，與瘂弦、梅新合力爭取文建會補助年度詩選恢復出版，《八十一年詩選》於詩人節當日發行。作品〈隔海捎來一隻風箏〉、〈虹口公園遇魯迅〉入選。

	7 月，不再去中華日報副刊上班，結束五年半編輯生涯。 7 月，〈啊‧引力，昇起吧！〉、〈富貴角之晨〉、〈門外的樹〉、〈蔦蘿〉、〈惑人的憂鬱〉、〈時間〉、〈感覺中〉、〈他們手無寸鐵躺在血泊中〉入選由上官予編著的《中國新詩淵藪》。 8 月、散文作品〈一塊銀元〉入選《人間叢書 197 童年的夢》焦桐主編。
	9 月，應聘擔任耕莘寫作班教授。
	10 月，擔任國軍文藝金像獎第廿九屆評委。
1994	1 月，由貴州文藝出版社出版、上海新華書店發行，列入《中國詩叢》的《向明自選集》在上海出版。 1 月，散文集《甜鹹酸梅》由三民書局出版。 2 月，詩作〈水和土的對話〉入選《1993 台灣文學選》前衛出版‧
	3 月，詩集《隨身的糾纏》，由爾雅出版社出版。 4 月，詩作〈臺北冬夜〉入選《1994 台灣文學選》前衛出版。 8 月，詩作〈臺北冬夜〉、〈在三萬呎高空〉、〈捉迷藏〉入選《八十二年年度詩選》。 8 月底參加第十五屆世界詩人大會（臺北環亞飯店）。 10 月，散文〈涓涓之水〉選入蕭蕭主編之《預約一個亮麗的生命》幼獅出版 12 月 23 日參加第二屆國際詩人筆會‧並被推舉為主席團成員‧ 12 月，擔任國軍文藝金像獎第三十屆決審委員。
1995	4 月，詩作〈賭徒之死〉入選香港詩雙月刊《中國現代詩粹》。 7 月，詩作〈詩眼七則〉、〈愛情捷運〉入選《中國詩歌選》1995 年版， 周伯乃主編。文史哲出版。 8 月，參加亞洲詩人會議日月潭大會作品〈湘繡被面〉英譯選入《1995 年亞洲詩人作品集》‧笠詩社出版。 8 月，詩作〈可憐一棵樹〉、〈窗外的加德利亞〉入選《八十

	三年年度詩選》 10 月，應台灣新聞報西子灣副刊邀寫《新詩一百問》專欄。 12 月，擔任國軍文藝金像獎第三十一屆決審委員。 12 月，詩作〈鷹擊〉選入《國際華文詩人百家手稿集》。
1996	3 月，詩作〈安全島〉、〈窗外的加德利亞〉、〈可憐一棵樹〉入選《國際華文詩人精品集》。國際華文詩人筆會出版。 5 月，詩作〈高腳杯〉、〈雪天〉入選《八十四年年度詩選》。 10 月獲國軍文藝金像獎特別貢獻獎。 10 月 27 日參加於廣東佛山市召開之第三屆國際詩人筆會
1997	2 月，《新詩 50 問》爾雅出版。李瑞騰作序· 4 月，童詩集《螢火蟲》出版。三民書局·心如繪圖。 6 月，詩作〈天葬的哀歌〉入選《八十五年年度詩選》。 7 月，自製中英對照詩集《碎葉聲聲》出版。 7 月，詩作〈妻的手〉入選湖南文藝出版社之《愛情友情詩300 首》。 10 月，任國軍文藝金像獎第三十三屆決審委員。 11 月，散文作品〈銅像〉入選由焦桐主編之《心靈戀歌》時報文化出版 12 月，散文〈地球的眼睛〉收入《他站成一株永恆的梅：梅新紀念文集》大地出版。
1998	3 月，詩作〈懷念媽媽〉選入由楊明編選之《親情無價》幼獅出版· 3 月 25 日參加於海南三亞召開之第四屆國際詩人筆會。 4 月《新詩後 50 問》爾雅出版。 5 月，詩作〈傳真機文化〉入選《八十六年詩選》。 8 月 19-23 參加第十八屆世界詩人大會（斯洛伐克 Bratislava城）。24 日參加維也納作家協會舉辦之詩朗誦、並與 1960年在美國密州空軍電子中心研究之澳地利同學 OthemarTausdisy（自澳國軍中上將後勤參謀長退休）全家聚會。 8 月·為配合第十八世界詩人大會在斯洛伐克舉行，該國（SVETOVEJ LITERATURY）出詩人專輯·詩作〈野地上〉、〈煙〉、〈鷹的獨白〉〈蝴蝶夢〉、〈水的回想〉、〈宿儒之死〉、〈巍峩〉譯成當地文字出版。

	10 月擔任國軍文藝金像獎第三十四屆決審委員。
1999	1 月,詩作〈湘綉被面〉入選廣州花城出版社之《過目難忘》詩歌選集。 3 月,散文〈一塊銀元〉選入蕭蕭主編之《千針萬線紅書包》幼獅出版。 4 月,詩作〈台灣雲豹〉、〈激情〉入選《1998 現代漢詩年鑒》並聘為該年鑒編委之一。 6 月,詩作〈台灣雲豹〉、〈賣老〉入選《中國詩歌選》1999 年版,詩藝文出版。 6 月,詩作〈太師椅〉入選《八十七年詩選》 9 月,詩作〈隔海捎來一隻風箏〉入選《天下詩選》。 10 月擔任 35 屆國軍文藝金像獎決審委員。 12 月,詩作〈歸途〉、〈渴〉、〈遠方〉、〈贖〉、〈老牧人〉、〈燭焰〉、〈門〉、〈雨天書〉、〈畫〉、〈井〉、〈野地上〉、〈你之羅馬〉、〈晨光〉、〈窗〉、〈煙囪〉、〈瘤〉、〈失眠記〉入選由畺耕玉主選之《20 世紀漢語詩選》。 12 月,詩作〈理想國千禧年的第一天上午〉入選《詩迎千禧年》。
2000	1 月,詩作〈生活六帖之一〉入選《中國當代名詩三百首》。 4 月,《向明‧世紀詩選》由爾雅出版社出版。 4 月,詩作〈八種情緒〉、〈雛舞孃〉、〈漂水花〉、〈虹口公園遇魯迅〉選入《爾雅詩選:爾雅創社 25 年詩菁華》陳義芝主編。 9 月 9 日參加於廣西桂林召開之第五屆國際詩人筆會。 10 月,擔任第 36 屆國軍文藝金像獎決審委員。 11 月,應邀赴廣東梅州參加「李金髮百年誕辰學術研討會」發表論文〈李金髮在台灣〉。 12 月,詩作〈秦俑說〉入選《兵馬俑「筆記書」》聯合報社出版。 12 月,詩作〈北京冬日〉入選《中國詩歌選-2000 年版》王祿松主編。詩藝文版。
2001	2 月,詩作〈雛舞孃〉、〈雛舞孃〉〈滾鐵環〉、〈踢毽子〉、〈打彈珠〉、〈抽陀螺〉、〈登梯〉、〈臼砲〉入選《九十年代詩選》。

	5 月擔任第廿屆全國學生文學獎大專詩獎決審委員。 6 月，詩作〈白色螞蟻〉選入《中國詩歌選》2001 年版，文曉村編，詩藝文出版。 7 月，詩作〈藤〉、〈雪天〉、〈高腳杯〉、〈馳〉入選澳洲出版之《世界華人詩萃》。 8 月，詩作〈富貴角之晨〉、〈瘤〉、〈蔦蘿〉、〈馬尼拉灣的落日〉、〈可能〉、〈滾鐵環〉等入選《廿世紀台灣詩選》中文版。 8 月，散文作品〈臉〉入選東大圖書公司編著之《國文教用課本》。 8 月二十日參加在大連市舉辦之第六屆國際詩人筆會。 11 月十七日赴浙江海寧參加徐志摩 105 歲誕辰及逝世七十周年國際學術研討會，發表論文〈徐志摩在台灣〉。 12 月，由未來書城出版中亞民間趣事《走出阿富汗》。
2002	5 月，詩作〈謁玉山〉收入由路寒袖主編之《玉山詩集》。 5 月，擔任第廿一屆全國學生文學獎大專詩組決審委員。 6 月，詩論〈瑣談小詩〉收入彰化社教館編印之《藝文賞析》。 7 月，詩作〈或人的輓歌〉收入（乾坤詩選：拼貼的版圖）文史哲出版。 8 月，詩作〈激情〉、〈斷橋〉手稿入選《情詩手稿》未來書城出版。 8 月，詩作〈吊籃植物〉選入《當代文學讀本》唐捐、陳大為主編。 8 月，詩作〈午夜聽蛙〉、〈隔海捎來一隻風箏〉、〈捉迷藏〉入選《台灣現代文學教程·新詩讀本》、由蕭蕭、白靈主編。 11 月《走在詩國邊緣》由爾雅出版社出版。 152 月《窺詩手記》由禹臨圖書公司出版。 12 月，中譯以色列女詩人《阿達·阿哈羅麗短詩選》由香港銀河出版社出版。 12 月廿三日參加在南京舉辦之第七屆國際詩人筆會。
2003	3 月，與蘇蘭、顏愛琳合編《讓詩飛揚起來：朗誦詩範本》幼獅出版

	4 月，詩作〈富貴角之晨〉等六首選入《廿世紀台灣詩選》，簡體字版，中國社會科學出版社出版。
5 月，擔任玄奘大學中文所碩士生劉正偉論文口試召集委員。
5 月，擔任第廿二屆全國學生文學獎大專詩組決審委員。
6 月，詩作〈咳嗽〉入選未來書城侯吉諒主編之《情詩現代篇》。
6 月，詩作〈靶場那邊〉入選《如果遠方有戰爭》反戰詩集，小知堂出版。
6 月《詩來詩往》由三民書局出版。
7 月，出版中英對照《向明短詩選》由香港銀河出版社出版。
8 月，詩作〈黃昏醉了〉入選由仇小屏編著之《世紀新詩選讀》。萬卷樓出版。
9 月 15-20 日參加於珠海之第八屆國際詩人筆會。
10 月，詩作〈六根詩〉入選由中國文聯出版之《世界華人詩存》。
10 月 16-28 日受邀參加由臺北市文化局主辦之「2003 國際詩歌節活動」。
11 月，詩作〈蔦蘿〉、〈踢毽子〉入選由陳幸蕙編著之《小詩森林》，幼獅出版。
11 月，詩作〈富貴角之晨〉、〈八掌溪現場回憶〉選入由侯吉諒編著之《台灣的詩》未來書城出版。
11 月 23-30 日參加在臺北召開之「第 23 屆世界詩人大會」。詩作〈懷念媽媽〉、〈可能〉中英對照選入大會專刊。
十一月，詩作〈四重奏〉選入塗靜怡主編之《泱泱秋水》漢藝色研出版。
12 月，散文〈日月潭隨想〉選入日月潭觀光發展協會發行之《逐鹿文學日月行》。
2004	1 月，散文〈一塊銀元〉選入立緒出版之《百年文選：我的父親母親》。
2 月，詩作〈莫高窟隨想〉入選《2003 國際詩歌節中外詩作專輯》。
3 月，詩作手稿〈跳房子〉、〈向陽門第〉、〈旗正飄飄〉、〈飲

	金門高粱〉選入《名詩手稿》未來書城。 5 月，擔任第廿三屆全國學生文學獎大專詩組決審委員並撰總評。 5 月，擔任香港 2004 年度網絡詩獎及傑出學生詩人獎評判。 6 月，詩作〈天國近了〉選入《2003 台灣詩選》。 6 月 9-11 日參加澳門詩會及葡萄牙詩人賈梅士紀念活動。 8 月，散文集《三情隨筆》由秀威科技有限公司出版。 8 月，散文〈做月餅的父親〉選入港大黎活仁編著之《我的父親》。 8 月，詩作〈家〉、〈瘤〉選入《現代新詩讀本》揚智文化出版。 12 月，詩話集《和你輕鬆談詩》由詩藝文出版社出版。為《客子光陰詩卷裏》之增訂改版。 12 月，詩集《陽光顆粒》由爾雅出版社出版。
2005	1 月，詩作〈告訴媽媽〉選入港大黎活仁選編之《我的母親》。 2 月，詩作〈十大消耗〉、〈PRETENDING〉入選（全球華人文學作品精選）古遠清主編，長江文藝出版社。 3 月 24-26 日參加「高雄世界詩歌節」發表論文〈浪尖上博鬥的詩——讀汪啟彊的《人魚海岸》〉。 3 月，詩作〈天真三題〉選入《2004 台灣詩選》。 3 月，詩作〈水的回想〉、〈蝴蝶夢〉入選法國在台協會《記憶之薪火相傳：古今詩情》並於三月五日與法國來台女詩人 Camille Loivier 共渡「春天詩人節」，朗誦各自詩作。 4 月，散文〈童年有夢〉選入港大黎活仁編著之《我的童年》。
	5 月擔任第廿四屆全國學生文學獎大專詩組決審委員並撰總評。 5 月參加大理國際詩人筆會發表論文。 6 月，詩作〈風波〉、〈捉迷藏〉入選向陽編著之《台灣現代文選·新詩卷》三民出版。 七月，詩作〈陽光顆粒〉、〈太師椅〉、〈可憐一棵樹〉、〈在三萬呎高空〉選入爾雅出版社之《詩集爾雅》，隱地編選。

	10 月，與劉正偉合編《新詩播種者：覃子豪詩文選》爾雅出版，臺北市文化局贊助。 10 月 24-29 日參加第一屆中國詩歌節「詩歌論壇」。發表論文〈詩的回顧與前瞻〉。 11 月，〈石獅軼事〉選入《中外華文散文詩選集》香港散文詩學會主編。
2006	1 月，詩作〈黃昏醉了〉入選由沈奇編選之《現代小三百首》。山東文藝出版社出版。 2 月，詩作〈詩的記憶〉選入《2005 台灣詩選》。 3 月，法譯作品〈巍峨〉、〈門外的樹〉印入〈春天詩人節在台灣〉法國在台協會。並於三月十日與法國來台詩人 Dominique Sampiero 共同朗誦各自詩作。 3 月，擔任香港 2006 年度詩網絡詩獎新詩推廣活動評審。 5 月，編選之中英對照《覃子豪短詩選》由香港銀河出版社出版。 5 月，編選之《曖·情詩：情趣小詩選》由聯經出版公司出版。詩作「詩趣」選入該書。 6 月，詩作〈高雄的阿勃勒〉選入《阿勃勒黃色迷戀》。 6 月，詩作〈湘繡被面〉入選《精選當代名家詩作——揮動想像的翅膀》蕭蕭主編·聯合文學出版（國中讀物）。 6 月，詩作〈瘤〉入選《精選當代名家詩作——優遊意象世界》蕭蕭主編·聯合文學出版（高中讀物）。 6 月，詩作〈春燈〉選入《當代愛情詩選——為了測量愛》聯合文學出版。 7 月，散文〈大難見真情〉為香港考試及評核局採用作學生《基本能力評估》之評估材料。 7 月 17-22 日參加第十一屆黃埔國際詩人筆會，獲頒「中國當代詩魂獎」。 9 月韓國《文藝春秋》雜誌九月號出「韓國文壇代表詩人：24 人特輯〈舊軍帽〉、〈懷念媽媽〉、〈富貴角之晨〉、〈太師椅〉等五首。」並由韓國資深女詩人金良植博士撰文介紹。 9 月，詩作〈生活六帖之三〉、〈還鄉短章之二〉、〈雄雞〉選入《小詩星河——現代小詩選》，幼獅出版、陳幸蕙編撰。 11 月三日參加 2006 臺北詩歌節活動「送詩人進校園」赴中

	正社區大學演講「你為什麼寫詩？」。 11 月四日應乾坤詩生活講座之邀與白靈共談詩刊發展經驗及轉型之道。 11 月六日，詩作〈大地之歌〉選入《青少年台灣文庫：新詩讀 7》國立編譯館出版。 11 月九日，詩作〈爭奪〉、〈蒲公英〉選入國立編譯館出版《青少年 台灣文庫-新詩讀本 8》。 11 月 25-26 日應中山大學文學院之邀參與現代詩系列活動「秋興動 詩興」朗誦詩作〈來者見招〉及參與座談。 11 月 29 日應高雄師大中文系邀請接受訪問並發表論文「超現實不如 超習慣」。 12 月三日評審第三屆〔心靈角落：精神障礙者康復經驗〕徵文比賽。
2007	3 月 9 日至 12 日應北京師範大學珠海分校舉辦「兩岸中生代詩學高層論壇及簡政珍作品研討會」應邀發表論文〈台灣中生代詩人之成長及簡政珍作品研究〉。 4 月 7 日撰文〈回聲不會喑瘂──讀姚風的「遠方之歌」〉發表於《人間福報副刊》。 6 月 3 日《台灣詩學》季刊社・國立台北教育大學語文與創作學系・明道大學中國文學系主辦「儒家美學的躬行者──向明詩作學術研討會」（國立臺北教育大學國際會議廳舉行）

重要評論資料（依發表序）

覃子豪：〈現代中國新詩的特質〉，《文學雜誌》七卷二期，
　　　　1959.7

夏　菁：〈詩人的悲哀〉，《聯副》，1967.2

鍾禮地：〈燃起一株詩的「狼煙」〉，《青年戰士報詩隊伍》，

　　　　1970.1.31

周伯乃：〈淺論向明的詩〉，《自由青年第 495 期》，1970.11

涂靜怡：〈向明的詩〉，《秋水詩刊》，第二期，1974

瘂　弦：〈冷冽瑩潔的水晶──評富貴角之晨〉，《自由青年》，
　　　　1974.6

辛　鬱：〈向明的「靶場那邊」〉，《詩隊伍》，1976.9.20

覃子豪：〈兩首素色的詩：評「馬尾松」、「野菠蘿」〉，《覃子豪
　　　　全集》，1979

古　丁：〈論向明──一棵免於病蟲害的樹〉，《秋水詩刊》第
　　　　九期

菩　提：〈淺析「外雙溪聽鳥」〉，《中華文藝》109 期，1980.3

文曉村：〈評析「富貴角之晨」〉，《新詩評析一百首》，1980.4

李豐楙：〈賞析向明的「巍峨」〉，《中國新詩賞析》，1981.4

張　默：〈安安靜靜的「巍峨」〉，《台灣時報副刊》，1981.6.5

古　丁：〈「春」的賞析〉，《秋水詩刊》，1981.10

魯　蛟：〈橄欖──品向明詩句〉，《新生副刊》，1982.1.12

蕭　蕭：〈一首哲思類的詩「瘤」〉，《現代詩入門》，1982.2.20

小　民：〈向明的詩「青春的臉」〉，《新生副刊》，1982.12.4

張　默：〈談詩集〈青春的臉〉〉，《民眾日報副刊》，1982.12.5

魯　蛟：〈談「青春的臉」〉，《中央晨鐘副刊》，1982.12.9

張　健：〈談向明的「讀」〉，《藍星詩頁》65 期，1982.12.10

沙　穗：〈時間長廊：談「青春的臉」〉，《西子灣副刊》，
　　　　1982.12.16

魯　蛟：〈欣見向明出書〉，《秋水詩刊》37 期，1983.1

洛　夫：〈試論向明的詩〉，《華副》，1983.1.5

趙天儀：〈溫柔敦厚的聲音：談「青春的臉」〉，《華副》，
　　　　1983.2.21

墨　　人：〈求新而不立異：讀「青春的臉」〉，《中副》，
　　　　1983.3.18

羊令野：〈向明的「青春的臉」〉，《台日副刊》，1983.4.1

劉滌凡：〈無情眾生有情詩：賞析「青春的臉」〉，《民眾副
　　　　刊》，1983.4.5

落　　蒂：〈火星四濺的鐵砧〉，《中華文藝》148 期，1983.6

辛　　鬱：〈從生活出發：淺談「青春的臉」〉，《文訊》第二期，
　　　　1983.8

麥　　穗：〈漫談方言入詩：談向明的「老者」〉，《秋水詩刊》39
　　　　期，1983.9

蕭　　蕭：〈談「生活六帖」〉，《七十二年詩選》，1984.3.1

凃靜怡：〈童心・童話：兼談向明的童話書「糖果樹」〉，《中
　　　　副》，1984.3.24

李　　弦：〈品向明作品「檻內之獅」〉，《1983 臺灣詩選》，
　　　　1984.4.1

趙天儀：〈向明的「小精靈」〉，《商工日報副刊》，1984.5.30

渡也、苦苓等：〈品向明作品「上帝戰士」〉，《1984 臺灣詩
　　　　選》，1985.2.10

沙　　牧：〈從生活出發向生命求証：「青春的臉」）賞析〉，《華
　　　　副》，1985.3.13

向　　陽：〈談「吊藍植物」與「夢訪草堂」〉，《七十三年詩
　　　　選》，1985.3.20

趙天儀：〈「行過花市」賞析〉，《台港文學選刊》總第四期，

　　　　　1985.4.15

和　　權：〈沒有答案的質詢：試論「上帝戰士」〉,《商工日
　　　　　報》,1985.5.19

李魁賢：〈說夜不夜‧說青春不青春〉,《鍾山詩刊》第六期,
　　　　　1985.6

和　　權：〈試論向明的「上帝戰士」〉,《藍星詩刊》第四號,
　　　　　1985.7

張效愚：〈逐臭之詩：兼談向明的「出恭」〉,《藍星詩刊》第六
　　　　　號,1986.1

李瑞騰：〈談「晨起二三事」〉,《七十四年詩選》,1986.4.10

孫家駿：〈談「車馳勝興」〉,《藍星詩刊第十一號》,1987.4

張　　默：〈賞析「黃昏醉了」〉,《小詩選讀》,1987.5

楊顯榮：〈長廊盡頭張望著的臉：讀「青春的臉」〉,《台日副
　　　　　刊》,1987.6.15

楊顯榮：〈秋後葦花的變局：談「生活六帖」及「吊籃植
　　　　　物」〉,《台日副刊》,1988.1.20

李元洛：〈屹立於時間的風中：論向明的詩〉,湖南《芙蓉月
　　　　　刊》,1988.3

小　　民：〈簡潔雋永的詩風：讀「水的回想」〉,《台日副刊》,
　　　　　1988.3.5

張漢良：〈談「午夜聽蛙」〉,《七十六年詩選》,1988.3.15

麥　　穗：〈向未來宣戰的詩章：讀〈水的回想〉,《華副》,
　　　　　1988.4.18

白　　靈：〈一隻蛙坐在心頭上：評〈水的回想〉,《文訊》36
　　　　　期,1988.6

蕭　　蕭：〈分析「樓上樓下」及「吊籃植物」〉，《文藝月刊》
　　　　　229 期，1988.7

李元洛：〈獨立蒼茫自詠詩〉，湖南《文藝生活》8,9 期合刊，
　　　　　1988.9

陸淑敏：〈專訪詩人向明〉，《極光詩刊》，1988.9.18

姜　　穆：〈評「向明自選集」〉《西子灣副刊》，1988.10.8

洛　　夫：〈向明詩「釘」賞析〉，《中國新詩鑒賞大詞典》，
　　　　　1988.12

于慈江：〈「馬尾松」的賞析〉，《中外現代抒情名詩賞析辭
　　　　　典》，1989.

邵燕祥：〈「一枚子彈」及其他〉，《藍星詩刊第 20 號》，1989.7

蕭　　蕭：〈即使是一根針，地球也知道；速寫向明〉，《中副》，
　　　　　1989.10.3

葉日松：〈賞析「黃昏醉了」〉，《國語日報》，1989.10.22

張　　朗：〈重質不重量的詩人——向明〉，《大同校訊》，
　　　　　1989.11.19

李元洛：〈山林小夜曲：「夜宿溪頭」賞析〉，湖南《環境保護
　　　　　報副刊》，1989.12.28

周　　粲：〈向明寫「馬尼拉灣的落日」〉，《藍星詩刊》第 22
　　　　　號，1990.1

落　　蒂：〈悲傷的旅人：評「水的回想」〉，《華副》，1990.2.9

蕭　　蕭：〈談「七孔新笛」〉，《七十八年詩選》，1990.4.25

陳　　謙：〈晚節漸於詩律細：讀「水的回想」〉，《文藝月刊》
　　　　　253 期，1990.7

張　　默：〈揚蹄前奔那騾子——側寫向明〉，《文訊》第 58 期，

1990.8

蓉　子：〈賞析向明的「砲竹」〉，《青少年詩國之旅》，1990.10

夢　如：〈秋葉無聲：淺析「墜葉」〉，《藍星詩刊》第 28 期，
　　　　1991.1

古遠清：〈向明詩「家」、「煙囪」、「瘤」、「妻的手」賞析〉，
　　　　《台港現代詩賞析》，1991.3

姜　穆：〈向明：找到一個發洩的出口〉，《台灣新聞報副刊》，
　　　　1991.6.4

思　陽：〈賞析「寫夜三帖」之一〉，《山西語文報》，1991.7

李元洛：〈「馬尼拉灣落日」賞析〉，《新詩鑑賞辭典》，1991.11

李元洛：〈向明詩「湘繡被面」賞析〉，《新詩鑑賞辭典》，
　　　　1991.11

方　聞：〈好厲害的一口「痰」〉，《青副》，1992.1

申維升：〈書之靈——評向明的「書」〉，《台港文學選刊》，
　　　　1992.2

思　陽：〈新感覺與傳統美：評「妻的手」〉，《山西語文報》
　　　　476 期，1992.3.23

李瑞騰：〈談「登天安門」〉《八十年詩選》，1992.4.5

劉瑞蓮：〈美的堂皇・美的硬朗談「巍峨」〉，《藍星詩刊》第
　　　　32 號，1992.7

無名氏：〈詩的星期五：兼評向明的詩〉，《台日副刊》，
　　　　1992.9.18

余光中：〈談「隔海捎來一隻風箏」「虹口公園遇魯迅」〉，《八
　　　　十一年詩選》，1993.

瘂　弦：〈新詩話：序老友向明「詩餘剳記」〉，《現代詩》復刊

19 期，1993.2

古遠清：〈兩岸文學交流應存在「敵意」：兼評（不朦朧‧也朦朧〉，《台灣詩學》第三期，1993.3

謝輝煌：〈杏花消息雨聲中：「客子光陰詩卷裏」讀後〉，《台灣詩學》第四期，1993.6

司徒傑：〈「井」的鑑賞〉，《台港抒情詩鑑賞》，1993.7

孫維民：〈詩人與詩評家的對話：「客子光陰詩卷裏」印象〉，《台灣新聞報副刊》，1993.11.15

朱雁先：〈賞析「巍峨」〉，《世界華人詩歌鑑賞大辭典》，1994.

李紅兵：〈賞析向明的詩「雨天書」〉，《世界華人詩歌鑑賞大辭典》，1994.

蔣　匡：〈賞析詩「午夜聽蛙」〉，《世界華人詩歌鑑賞大辭典》，1994.

麥　穗：〈令人心動的「隔海捎來一隻風箏」〉，《當代詩壇》，1994.1

邱　婷：〈「甜鹹酸梅」平實真摯〉，《民生報文化版》，1994.3.26

李元洛：〈杏花消息雨聲中：向明印象〉，《台灣新聞報西子灣副刊》，1994.5.20

洛　夫：〈談「在三萬呎高空」及「捉迷藏」〉，《八十二年詩選》，1994.6

熊國華：〈平淡而有深趣：談「隨身的糾纏」〉，《中央副刊》，1994.10.1

尹　玲：〈剖析向明「門外的樹」之意涵結構〉，《台灣詩學 11 期》，1995.6

蕭　蕭：〈向明的詩與生活美學〉,《台灣詩學季刊》第十一
　　　　期,1995 年 6 月

沈　奇：〈向晚愈明：評向明詩集「隨身的糾纏」〉,《台灣詩學
　　　　季刊》第 11 期,1995.6

游　喚：〈試用語言詩派解讀向明的詩〉,《台灣詩學季刊》第
　　　　十一期,1995 年 6 月

謝輝煌：〈漫談向明的「捉迷藏」〉,《台灣詩學》第十一期,
　　　　1995.6

駱曉戈：〈以書為名片——詩人向明印象〉,《湖南文學》,
　　　　1995.7.14

古繼堂：〈蚌殼與珍珠：評「隨身的糾纏」十首童詩〉,《上海
　　　　文學報》,1995.8.15

王常新：〈寓理論於閒話趣談之中：瑣談「客子光陰詩卷
　　　　裏」〉,《台灣詩學》第十一期,1995.12

吳　當：〈向明詩「瘤」及「湘繡被面」賞析〉,《古今文選》,
　　　　1996.2.10

吳　當：〈試析向明的「家」〉,《中副》,1996.2.11

吳　當：〈向明詩「滾鐵環」賞析〉《古今文選》)1996.2.24

吳　當：〈「隔海捎來一隻風箏」賞析〉,《古今文選》,
　　　　1996.2.24

吳　當：〈向明詩「墜葉」賞析〉,《古今文選》,1996.3.9

吳　當：〈向明詩「夏日」賞析〉,《古今文選》,1996.3.9

吳　當：〈賞析向明的「門」〉,《更生副刊》,1996.3.17

李元洛：〈壯心未與年俱老——讀寫白髮的詩〉,《西子灣副
　　　　刊》,1996.3.18

洛　夫：〈談「高腳杯」與「雪天」〉,《八十四年詩選》,
　　　　1996.5.31

黃　梁：〈新詩點評：「湘繡被面」〉,《國文天地》12 卷5期,
　　　　1996.10.1

沈　奇：〈向晚愈明：論向明兼評其詩集「隨身的糾纏」〉,《台
　　　　灣詩人散論》,爾雅出版,1996.11

小　民：〈讀向明「新詩 50 問」的聯想〉,《青副》,1997.3.28

席慕蓉：〈詩人與寫詩的人：讀「新詩 50 問」〉,《聯合報副
　　　　刊》,1997.4.8

辛　鬱：〈談「天葬的哀歌」〉《八十五年詩選》,1997.6

王偉明：〈夢與現實之間：訪談向明〉,《香港詩雙月刊》總 36
　　　　期,1997.10

馮季眉：〈懂得等待的詩人：專訪向明先生〉,《中央月刊文訊
　　　　別冊》,1997.12

辛　鬱：〈談「傳真機文化」〉,《八十六年詩選》,1998.5.

謝輝煌：〈一覽眾山、盡得風流：推介「新詩後 50 問」〉,《金
　　　　門日報副刊》,1998.6.14

少林子：〈功在詩壇的董平──有關向明與我〉,《世界論壇報
　　　　副刊》,1998.6.20

張　默：〈好空白的一方方陷阱：向明的詩生活〉,《夢從樺樹
　　　　上跌下來》,爾雅出版,1998.6.20

孫維民：〈詩‧一門精密嚴謹的學問：關於「新詩後 50 問」〉,
　　　　《西子灣副刊》,1998.7.11

張　朗：〈新詩探幽──向明的詩「書」〉,《大同周報》,
　　　　1998.10

莫　渝〈封存生命和記憶：解讀向明詩「舊軍帽」〉,《國語日
　　　報少年版》,1999.3.11

謝輝煌:〈一條揮出去的長鞭：向明「車馳勝興」讀後〉,《華
　　　副》,1999.7.16

于宗信:〈魚化石·詩之戀：小評「化石魚」〉《遼寧經濟日報
　　　文化周報》,1999.8.5

李進文:〈航向詩人：向明〉,《明日工作室網路文學》,1999.9

林峻楓:〈觀照詩的華陀──訪詩人向明〉,《青副》,1999.9.16

吳　當:〈期待悠閒的茶香──試析「下午茶」〉,《中副》,
　　　2000.1.26

陳智弘:〈生活是最真切的詩：專訪詩人向明〉,《北市青年》
　　　290 期,2000.3.29

賀少陽:〈讀向明的「世紀詩選」和其他的詩〉,《乾坤》十五
　　　期,2000.4

吳　當:〈先知的召喚：試析「虹口公園遇魯迅」〉《中副》,
　　　2000.4.19

方　群:〈謙謙向明〉,《中副·閱讀老作家》,2000.5.18

謝輝煌:〈與新詩纏綿五十年：談「向明世紀詩選」〉,《華
　　　副》,2000.6.13

楊顯榮:〈無聲的喉嚨：談「煙囪」〉,國語日報》,2000.7.8

洪淑苓:〈詩的純度深度與廣度:「向明·世紀詩選」〉評介〉,
　　　《台灣副刊》,2000.8.18

陶保璽:〈張望青春的臉,原是一隻老不折翼的風箏──對向
　　　明詩作內蘊及藝術探索的掃描與賞鑒－上－〉,《淡藍
　　　為美：藍星詩學》,2000.9.

沈　奇：〈向明之「明」：讀「向明・世紀詩選」〉,《台灣詩
　　　　學》32 期，2000.9

沙　穗：〈被面無語・鐵砧有淚：談「向明・世紀詩選」中的
　　　　兩首詩〉,《創世紀》，2000.9

林峻楓：〈投影在你的窗口：訪問向明後的感想〉,《華副》，
　　　　2000.9.28

吳　當：〈一條溫婉的溪流：讀「向明・世紀詩選」)〉,《明道
　　　　文藝》，2000.10

陶保璽：〈張望青春的臉，原是一隻老不折翼的風箏──對向
　　　　明詩作內蘊及藝術探索的掃描與賞鑒　下〉,《淡藍為
　　　　美：藍星詩學》，2000.12

落　蒂：〈詩不驚人誓不休：談向明的詩路〉《台時副刊》，
　　　　2001.7.11

瘂　弦：〈鉤稽沈珠、闢舊闡新：向明詩話新貌〉《》（中副）
　　　　2001.7.17

楊顯榮：〈愛詩成癖：欣賞向明的詩「瘤」〉,《國語日報》，
　　　　2001.9.27

仇小平：〈選讀「黃昏醉了」〉,《世紀新詩選讀》，萬卷樓，
　　　　2003.8

丁旭輝：〈溫文儒雅見真醇──論向明的詩〉,《淡藍為美：藍
　　　　星詩學》，2003.9

蘇　蘭：〈詩情・聲情介紹向明童詩「爆竹」、「仁愛路」〉《讓
　　　　詩飛揚起來》，幼獅文化，2003.9

陳幸蕙：〈簡讀「薜蘿」「踢毽子」〉,《小詩森林》，幼獅文化，
　　　　2003.11

董克勤〈命中靈魂某個部位：讀向明的短詩「事故」〉,《青
　　　副》,2004.3.30

嶺南人：〈向晚愈明：讀向明的「行過七十」〉,《華副》,
　　　2004.5.14

洪淑苓：〈童詩的田園取向：向明童詩集「螢火蟲」評介〉,
　　　《現代詩新版圖》,秀威科技,2004.9

邵燕祥：〈雪睛窗下遠人詩：讀向明詩集「陽光顆粒」〉,《香港
　　　詩網絡》,2005.1

魯　蛟：〈豐收十年間：談及其他〉,《華副》,2005.1.30

綠　原：〈為詩奮起為詩狂：向明詩集「陽光顆粒」讀後〉,
　　　《文訊》232 期,2005.2

謝輝煌：〈桃花流水總關情：「三情隨筆」讀後〉,《新書資訊月
　　　刊》,2005.3

文曉村：〈拇指山下品麻辣：漫說向明的另一面〉,《台灣詩
　　　學‧吹鼓吹詩論壇》,2005.9

李翠瑛：〈好耐讀的一封家書：向明「湘繡被面」一詩的鄉
　　　愁〉,《細讀新詩的掌紋》,萬卷樓出版,2006.3

謝輝煌：〈詩中日月照乾坤：析介向明「詩中天地寬」〉,《新書
　　　資訊月刊》,2006.5

陳義芝：〈賞讀向明的「春燈」〉,《為了測量愛——當代愛情詩
　　　選》,聯合文學出版,2006.6

孫　謙：〈溫柔敦厚的詩儒——向明先生〉,《渭濱文史》（陝西
　　　寶雞）,2004.3.。重刊於《詩生活博克》,2006.7.13

陳幸蕙：〈賞讀向明的小詩「生活六帖」之三、「鄉的短章」之
　　　二、「雄雞」〉,《小詩星河》,幼獅文化出版,2007.1

求不到的恩寵

——向明詩作學術研討會答謝詞

　　這真是一個奇蹟，一個天大的奇蹟，AN　INCREDIBLE MIRACLE，一件根本不可能發生在我身上的事情。然而，事實擺在這裡，終究發生了，而且有這麼多好友參與。這應該不是一個夢，而是在光天化日之下出現的一件美事。我的好友隱地對我說：「你知道嗎？你等於一次得了十個大獎。有十多位台灣頂尖的教授學者和詩人，同時間對你和你的作品作了最大的肯定，曾經有誰能有這種榮耀加身？」隱地兄說的話一點也不誇張，因為這都是真正愛護我，關懷我，在默默注意我的人，而由衷發出的對我一聲聲的鼓勵、一句句真誠的鞭策與包容。都是非常珍貴，非常難得，即使我有意去求，也求不到的恩寵。

　　因此我要很真誠的，發自我內心的一份由衷的感謝，深深的一鞠躬，謝謝你們。謝謝你們這些我所尊敬的專家學者詩人，包括論文主講人，主持人、特約講評人。雖然這淡淡的一聲口頭感謝比不上任何一句你們對我愛護的份量。

　　當然奇蹟尚不止如此。一向瘦弱，自小即在戰亂中打拼，吃苦，受害，受傷的我，居然能夠活到今天的八十歲，而且還站在這裡接受這麼隆重別緻，意義重大的討論會來為我做生日，這也是這亂世中的一個奇蹟。不知道多少與我同輩，同樣

一起受苦受難的人，他們不但沒沒無聞一生，好多還在一切潰乏之下，不幸凋零；有的則至今尚活在老而多病的掙扎中。因此在這裡我要感謝上蒼對我的厚愛，使我老來尚能健康地享受這份榮耀。

我還要在這裡感謝的是臺灣這塊土地。我二十歲子然一身來到台灣，是這塊土地養護我，培植我，使我不慮潰乏，在幸福安定的環境下成長茁壯。我愛這塊收留了我的土地，我的詩每一首都和這塊土地有關。

我再要感謝的是我的內人穆雲鳳女士。我有四十年的時間是在軍中。而偏偏我又寫詩。軍人的拘謹理性和詩工作者的自我頑固，可難為了她這位家庭主婦。我在三十歲左右曾有一次大量吐血和全口拔牙的災難，幸賴內人全心照顧，和為人帶五個孩子貼補家用，才渡過難關。她的為我犧牲貢獻四十多年，成就了我這麼一位詩人，卻使她的健康日益變差，可見呵護一位詩人的成長，會有多大的耗損。

最後最應感謝的是我們臺灣詩學季刊社的所有同仁，沒有他們對我這位唯一老同仁的照顧，和社長李瑞騰教授的起意要為我舉辦這次作品研討會，亞洲大學人文社會學院院長簡政珍博士親臨發表主題演講，以及蕭蕭教授、白靈教授，方群教授的安排聯絡主講人及商請明道大學和臺北教育大學的學者詩人大力協助和動員同學支援，這麼空前盛大的研討會是難以實現的。現在一切都成功美好的在這短短一天中呈現了。作為一個受惠者，我再次向你們感謝，感謝你們大家的辛勞和付出。同時、同時最要最要感謝的是這麼多來自四面八方，甚至香港、澳門的老友，老同好和老師、同學，由於你們的熱烈參與，才

能使這次討論會更具詩的意義，更能開拓詩的廣大空間的遠景，感謝你們大家。我和我的家人將永遠難忘生命中這難得的一天。

國家圖書館出版品預行編目資料

儒家美學的躬行者：向明詩作學術研討會論文
集 ／白靈，蕭蕭主編.-- 初版.-- 臺北市：
萬卷樓, 2007.12
  面；   公分
ISBN 978－957－739－618－1 (平裝)
1.向明 2.新詩 3.詩評 4.文集

851.486   96022415

儒家美學的躬行者
——向明詩作學術研討會論文集

指 導 單 位：台北市政府文化局
主 辦 單 位：台灣詩學季刊社
　　　　　　國立台北教育大學語文與創作學系
　　　　　　明道大學中國文學系
主　　　編：白靈・蕭蕭
校　　　對：劉正偉
封 面 設 計：董心如
發 行 人：陳滿銘
出 版 者：萬卷樓圖書股份有限公司
　　　　　　臺北市羅斯福路二段 41 號 6 樓之 3
　　　　　　電話(02)23216565・23952992
　　　　　　傳真(02)23944113
　　　　　　劃撥帳號 15624015
出版登記證：新聞局局版臺業字第 5655 號
網　　　址：http://www.wanjuan.com.tw
Ｅ－mail：wanjuan@tpts5.seed.net.tw
承 印 廠 商：晟齊實業有限公司
定　　　價：320 元
出 版 日 期：2007 年 12 月初版
　　　　　　2008 年 5 月初版二刷